기나긴 하루

기나긴 하루

박완서 소설

문학동네

차례

석양을 등에 지고 그림자를 밟다

현대문학, 2010년 2월

아버지에 대한 기억이 전혀 없다. 내가 젖먹이 때 돌아가셨다니까. 시골집 안방 미닫이문 위에는 액자에 넣은 흑백사진들이 현판처럼 걸려 있었는데 그걸 우리 집 사람들은 '사진가꾸'라고 불렀다. 사진이 귀한 시절의 시골구석이라 독사진이나 가족사진 같은 건 없었다. 물론 흑백사진이었다. 그래도 그 사진가꾸는 이십여 호 남짓한 동네에서 우리 집밖에 없는 귀물이었다. 아버지와 삼촌들이 소학교 졸업할 때 찍은 단체사진들이었다. 소년들이 제복처럼 입은 검정 두루마기의 흰 동정과 무릎 위에 얌전히 모은 두 손을 겨우 알아볼 수 있을 뿐, 얼굴을 개별적으로 식별하는 건 거의 불가능했다. 어린 나에게 그 액자는 너무 높았다. 고모가 나를 뒤에서 안아 들어올려주면서 그 녹두알만한 얼굴 중에 하나가 아버지라고 일러주었다. 아버지의 얼굴은 졸업사진 말고도 양복 입고 친구들하고 박연폭포에 놀러 가서 찍은 또다른 기념사진이 있었지만 폭포의 흰 물줄기를 한가운데 두어 강조하고, 잔뜩 폼 잡은 사람들은 가생이로 밀어내어 누가 누군지 식별할 수 없긴 마찬가지였다. 그래도 고모는 다섯 사람 중 맨 가운데가 아버지라는 걸 나에게 애타게 주입시키려 들었다. 내가 아버지의 얼굴도 모른다는 게 불쌍해서 그러는 것 같았다. 그럴 때마다 나는 고개를 홱 구십 도로 돌려서 그 사진을 주목하기를 거부했다. 눈여겨봤댔자 그 단체사진 중에서 한 사람의 얼굴을 기억하는 건 불가능하다는 걸 어린 마음에도 알고 있었을 것이다. 고모가 시집가고 내 키가 더 커진 후에도 나는 의식적으로 사진가꾸를 쳐다보지 않았다. 그걸 쳐다본다는 건 청승을 떠는 것처럼 보일 테고 내가 청승을 떨면 식구들이 나를 불쌍해할 것 같아 싫었다. 나의 최초의 자의식이었다.

내 기억 속엔 없는 아버지의 공백을 채워준 건 엄마였다. 아버지가 아파서 자리에 누워 있을 때 나는 아버지 주위를 앙금앙금 기어다니면서 소리없이 잘 놀았다고 한다. 어린 딸을 눈으로 좇던 아버지가 귀여움에 겨워 '뽀뽀' 하면서 입술을 내밀면 얼른 기어가 아버지처럼 뾰족하게 만든 입술을 갖다대

아버지의 얼굴이 활짝 피어났다는 얘기였다. 그때 어린 딸의 뽀뽀로 잠시 고통을 잊은 병이 아버지의 마지막 병, 죽을병이었는지 감기몸살 같은 금방 털고 일어날 병이었는지는 물어보지 않았다. 그건 그닥 중요하지 않았다. 젊은 아버지가 딸을 사랑했다는 게 중요했다. 나 역시 그 장면을 사진가꾸보다 더 좋아했다.

고모가 시집간 후에는 작은엄마가 나를 업고 다니길 좋아했다. 숙모는 시집온 지 십 년이 지난 후에 첫 아이를 가졌기 때문에 그전에는 나를 장난감처럼 갖고 놀지 않았나 싶다. 숙모가 마루 끝에서 '어부바' 하고 등을 들이대면 나는 업히기 싫다고 마루 구석까지 도망치던 생각이 어렴풋이 나는 걸 보면 꽤 클 때까지 숙모에게 업혀다녔던 것 같다. 숙모가 나중에 술회하기로는, 이웃에 마실을 가고 싶어도 맨몸으로 가기가 멋쩍어서 나를 달고 가려고 꼬셔도 내가 막무가내 그렇게 비싸게 굴었다는 것이었다. 숙모를 애먹인 얘기가 또하나 있는데, 그때도 나는 숙모 등에 업혀 있었다고 한다. 곧잘 업혀 있던 아이가 별안간 하늘을 가리키면서 무섭다고 몹시 울었다고 한다. 아이가 가리키는 쪽 하늘을 보니 마침 노을로 붉게 물들어 있었고 그날의 노을이 좀 유별나게 낭자하긴 했어도 울 정도로 무섭진 않았다고 한다. 천둥번개라면 모를까, 하늘이 어떻게 아이를 무섭게 할 수 있겠는가. 숙모가 그 사건을 못 잊는 건, 너무 오래도록 까무라칠듯 격렬한 울음을 안 그치니까 그대로 업고 들어갔다간 마치 아이를 떨어뜨리거나 꼬집은 꼴이 될 것 같아 어떡하든지 달래보려고 깡충깡충 뛰고 흔들고, 온갖 곡예를 다 부리면서 동네 한 바퀴를 도는 사이에 노을은 사위고 아이는 잠든 것으로 그 이야기는 끝난다. 이야기는 끝났지만 나에게는 영원히 결론 없는 이야기로 남아 있다. 아이에게 그렇게 크게 겁을 준 것의 정체는 무엇이었을까. 그후 나이를 많이 먹은 오늘날에도 유난히 곱고 낭자한 저녁노을을 볼 때면 내 의식이 기억 이전의 슬픔이나 무섬증에 가 닿을 듯한 안타까움에 헛되이 긴긴 시간의 심연 속으로 자맥질할 때가 있다.

내 위로 오빠가 있었지만 나보다 열 살이나 위였고 아버지를 여읜 종손의 책임감 때문인지 점잖고 과묵하여 함부로 할 수 없는 위엄 같은 걸 갖추고 있어 동기간이라기보다는 숙부들과 동격의 어른으로 보였다. 온 집안의 기대가 소년을 일찍부터 그런 애늙은이로 만들었을 것이다. 할아버지가 장남인 우리 아버지뿐 아니라 둘째, 셋째까지 장가들인 후에도 세간을 내지 않고 한집안에 데리고 사신 것도 내가 아버지에 대한 결핍감을 모르고 자랄 수 있는 환경요인이었을 것이다. 집안의 우두머리인 할아버지가 나를 편애한다는 걸 나는 일찍부터 알고 있었던 것 같다. 어린 날의 온갖 행복했던 추억은 할아버지의 편애와 관계가 있다. 지금 생각해보면 편애는 맞지 않는 말이다. 나눌 상대가 있는 사랑이 한쪽으로만 치우쳤을 때 그걸 편애라고 하는 것이지 여러 식구 중 어린것이란 달랑 나 혼자뿐이었으니 하는 짓마다 어른들이 재롱으로 봐준 건 어쩔 수 없는 일이었다. 다만 나 어릴 적인 그 옛날은 점잖은 남자들이 자식이나 손자들에 대한 사랑을 드러내놓고 표현하는 걸 군자답지 못한 경박한 짓으로 여길 때였으니까 할아버지처럼 동네 사람까지 어렵게 아는 양반이 손녀한테 드러내놓고 사족을 못 쓰는 것처럼 보인 것은 편애라기보다는 파격이었고, 애비 얼굴도 모르는 손녀에 대한 애달픈 연민이었을 것이다.

나도 할아버지를 좋아했다. 할아버지는 송도나 서울 등 대처大處 나들이가 잦았다. 대처 나들이에서 돌아온 할아버지의 두루마기 자락에 매달리는 걸 할머니나 엄마의 치맛자락에 매달리는 것보다 더 좋아했다. 할아버지의 두루마기 자락에선 거나한 약주 냄새와 함께 달콤하고도 상큼한 대처의 냄새가 났다. 가슴을 울렁거리게 하던 상큼한 냄새는 아마도 내가 최초로 감지한 세련의 예감이 아니었을까. 할아버지는 대처 나들이 아니라도 출타 시는 사철 두루마기를 입고 다니셨다. 모시, 무명, 명주 등 다 손 가는 옷감들이었다. 대처에서 돌아온 할아버지의 옷자락에서 술 냄새가 안 나는 적은 있어도 두루마기 주머니에서 미라사탕이 안 나온 적은 없었다. 미라사탕 아니면 잔칫집에 괬던 색색가지 꽃사탕이라도 나왔다. 한번은 꽃사탕의 물감이 옷에 번져서 할아버지가 할머니한테 된통 야단을 맞는 민망한 장면을 목격한 적도 있다. 훗날 서울 와서 알게 된 건데 우리가 미라사탕이라고 부르던 것을 서울선 눈깔사탕이라고 부르고 있었다. 미라사탕이 훨씬 더 예쁜데. 추측건대 미라는 아마도 호박琥珀의 그쪽 말이었을 것이다. 할아버지 마고자 단추를 우리는 미라단추라고 불렀는데 미라사탕처럼 반투명한 갈색 단추였다.

늘 옷자락에 타관의 냄새를 묻혀오던 할아버지가 어느 날 중풍으로 쓰러지셨다. 그때 일이 아직까지도 내 머릿속에 선명한 영상으로 남아 있는 걸 보면 그때 내 나이가 적어도 여섯 살은 되지 않았나 싶다. 사랑채에서 뒷간으로 가려면 뽕나무 그늘을 지나 개울을 건너야 했다. 어른들은 껑충 뛰어넘을 수 있는 작은 개울이었지만 아이들을 위해 징검다리가 놓여 있었고 징검다리 건너에는 재를 모아두는 잿간과 뒷간을 겸한 큼지막한 초가집이 서 있었다. 초가지붕에서 달덩이 같은 박이 자라면 그 뒷간은 운치까지 있어졌다. 할아버지는 뒷간에 갔다 오다가 미처 사랑마루에 올라서기 전에 비틀비틀 넘어진 후 왼쪽을 못 쓰는 반신불수가 되셨다. 한동안은 침쟁이도 불러오고 탕약도 드시면서 치료에 힘써 지팡이 짚고 뒷간 출입도 하고, 사랑 높은 마루를 붙들고 오르내릴 수 있도록 추녀 끝에 늘어뜨려놓은 삼으로 꼬은 동아줄을 붙들고 힘겹게 사랑마루를 오르내리셨다. 내 눈엔 영원히 펄펄 날아다닐 것처럼 보이던 할아버지가 동아줄에 필사적으로 매달려 안간힘을 쓰는 걸 본다는 것은 환멸과 비애의 극치였다. 그나마 거동의 자유도 오래가지 않았다. 이차 중풍이 오고 할아버지는 사랑채에서 꼼짝을 못 하고 할머니한테 지청구를 맞아가며 요강에다 똥오줌을 눠야 하는 수모를 겪어야 했다.

오죽 답답했으면 일 년에 몇 번 마을에 나타나는 각설이떼를 할아버지는 전에 없이 반기셨다. 전에는 각설이타령 듣기 싫다고 얼른 찬밥이건 쌀이건 주어서 보내라고 호령을 치시던 할아버지가 실컷 놀고 난 후에 주라고 바가지를 들고 나가는 식구들을 만류하고 그들의 신바람을 끝까지 즐기셨다. 중이 동냥을 올 때도 마찬가지였다. 자세히 들어보면 다 덕담이니 중툭을 자르지 말고 끝까지 들어주라고 이르는 할아버지의 음성은, 그 까탈스러운 쇳소리는 온데간데없고 바람 든 무처럼 퍼석했다.

불쌍한 할아버지. 그때 할아버지에게 위로가 된 건 그들의 신바람이나 덕담이 아니라 그들에게서 끼쳐오는 타관의 냄새가 아니었을까. 내가 할아버지 두루마기 자락에서 대처의 냄새를 즐겼듯이.

집안에 병자가 생기면 곧 경제적 궁핍이 따르게 돼 있는 건 그때나 이때나 피할 수 없는 수순인 것 같다. 형님 대신 부모 봉양의 책임을 떠맡게 된 큰삼촌 내외만 시골집에 남고 막냇삼촌 내외가 시골집을 등지고 서울로 가고 뒤따라 엄마도 오빠를 서울에 있는 중학교에 진학시키고 뒷바라지를 해야 한다는 핑계로 시골을 떠났다. 내가 명실공히 할아버지의 수족 노릇을 하게 되었다. 할아버지도 사랑에 서당을 열었다. 우리 집에 높이 걸린 소학교 졸업사진이 든 사진가꾸가 자랑스러운 가보家寶인 까닭은 삼형제를 다 신식교육을 시켰다는 증거물 같은 것이기 때문이었을 것이다. 홍씨들의 씨족마을이었고 다들 일 년 계량은 할 정도의 농토를 가진 자작농들이고 여자들이 부지런하여 집치장을 번듯하게 하고 넉넉하게 사는 편이었는데도 신식교육에는 등한했다. 학교가 있는 읍내까지는 이십 릿길이나 되는 궁벽한 고장이어서 일고여덟 살 적령기에 보내는 건 거의 불가능했다. 오빠도 열 살에 입학을 했고 삼촌들은 더 늦게 갔을 것이다. 열 살이 넘으면 일손이 달리는 농촌에서는 부려먹기 딱 좋은 나이다. 학교 간답시고 왕복 사십릿길에서 체력을 소모하게 할 필요가 없었다. 여자들은 언문이나 깨치면 되고 남자들은 천자문이나 떼면 관공서에 가서 볼일 보는 데 지장이 없다는 생각들을 가지고 있었다.

할아버지가 소일거리로 연 서당은 고개 넘어 이웃마을로 다니던 우리 동네 사내아이들을 다 흡수해 적막하던 사랑채가 시끌시끌 활기있어졌다. 할아버지 음성도 카랑카랑한 쇳소리를 회복했다. 나는 그때 언문을 깨친 뒤였다. 그때 우린 한글을 언문이라고 했던가. 언제 깨쳤는지 확실치 않고 누가 가르쳐준 것 같지도 않은데 저절로 읽을 수가 있었다. 집에 읽을거리라고는 오빠의 교과서가 전부였지만 꼼꼼히 모아두었기 때문에 제법 됐다. 오빠가 학교 다닐 때까지만 해도 일본말을 가르치는 국어 말고 조선어교과서가 따로 있었다. 오빠의 육학년 교과서까지 술술 읽는 걸 알게 된 할아버지가 나를 사랑으로 불러들여 맨 앞에 앉히고 천자문을 가르치셨다. 서당에 오는 학동들 수준은 천자문에서 공자 왈 맹자 왈까지 일정치가 않았다. 지금으로 치면 일학년부터 육학년까지 같은 반에서 수업을 하는 것과 마찬가지였다. 읽을 때는 각기 제 책을 목청껏 읽기 때문에 보통 사람 귀로는 악머구리 끓듯 시끄럽기만 한데 할아버지는 틀리게 읽거나 대충 얼버무려 넘어가는 건

영락없이 가려내어 그 아이 정수리에 장죽을 날렸다. 책 한 권을 떼면 그 아이 집에선 책거리로 떡을 해보내 아이들이 넉넉하게 나눠 먹게 했다. 나도 천자문을 뗀 날 숙모가 떡을 해서 사랑으로 내왔다. 할아버지는 서당에서 제일 어린 내가 그렇게 빨리 천자문을 뗀 걸 신통해하신 나머지 지나치게 소명하여 단명할까 걱정이라는 말씀까지 하셔서 할머니한테 구박을 받으셨다.

돌이켜보면 기억의 가장 밑바닥, 취학 전 시골에서 보낸 유년기는 온통 칭찬받고 사랑받은 기억밖에 없는데, 그건 내가 특별히 귀염성 있거나 출중하게 태어나서가 아니라 밑에 동생이 없고 생길 가망도 없는데다가 오빠와 십 년이라는 나이 차이 사이에는 삼 남매가 더 있었고 그 아이들이 다 어려서 죽는 걸 봐온 어른들의 놀란 가슴 때문이었을 것이다. 할머니 할아버지만 해도 자식농사는 수적으로 으레 반타작이라는 당시의 상식을 받아들이는 쪽이었지만 엄마는 안 그랬다. 엄마는 서울 근교 출신이었고 서울에서 여고까지 다니는 사촌들과의 교류도 잦아서 신식병원이 있는 도시에서만 살았어도 그렇게 어이없이 남편과 아이들을 잃지는 않았으리라는 확신을 가지고 있었다. 엄마는 할아버지가 툭하면 집안 식구나 동네 사람들에게 남발하는 약방문을 우습게 여기는 유일한 사람이었고 무꾸리와 푸닥거리를 증오했다. 잃은 남편과 자식들의 적절한 치료 시기를 놓치게 한 원흉이기 때문이다. 할아버지는 할아버지대로 정식 한의사는 아니었지만 젊었을 적에 선비 교양의 일환으로 익혀둔 보약이나 급한 병을 위한 응급처방 같은 걸 써먹고 싶어하셨고, 당신 자손들에만 안 통했다 뿐 동네 사람들에게는 실질적인 도움을 준 경우가 많았다. 아래 윗방으로 나뉘어 있는 사랑방 윗방 천장에는 약초 말린 것들과 누런 봉투들이 매달려 있었고 거기서 나는 냄새는 아랫방에 쌓인 한적漢籍에서 나는 냄새하고 섞여 할아버지만의 독특한 품격을 만들어내고 있었다. 엄마도 할아버지의 보약처방만은 무시하지 않았던 것 같다. 서울에 와서 세 식구가 같이 살게 되면서 알게 된 건데, 계절이 바뀔 때마다 할아버지는 우편으로 오빠를 위한 보약 처방을 부쳐왔다. 가미지황탕이라나, 지황탕 처방 원본에다가 오빠 체질을 감안한 약제를 가미한 것일 듯했다. 이 손녀를 위해 보약 처방을 내주신 일은 한 번도 없었다. 그게 내가 지금까지 기억하는 할아버지로부터 받은 유일한 남녀차별이다.

여덟 살 되던 해 엄마가 나를 데리러 왔다. 서울서 소학교에 보내겠다는 것이었다. 엄마하고 할아버지 사이에 약간의 다툼이 있었지만 계집애도 학교에 보내야 하는 시대의 변화를 할아버지도 인정하는 선으로 잘 마무리가 되었다. 할아버지가 격노한 건 엄마가 가위로 내 꽁지머리를 자르고 급조한 단발머리 때문이었다. 뒤통수가 허옇게 드러나도록 올려 깎고, 이발소에서라면 면도질로 마무리해야 할 그 자리를 가위로 싹뚝싹뚝 잘라놨으니 쥐 뜯어먹은 자리 같았을 것이다. 오죽했으면 인사하러 들어간 나에게 해괴한지고, 해괴한지고를 연발하며 고개를 돌리셨을까. 오십 전짜리 은전 한 닢도 다정하게 손에 쥐여주지 않고 던져주셨다. 할아버지의 이런 박대로 나는 가뜩이나 뒤통수가 서늘하고 허전한 단발머리에 자신을 잃고 잔뜩 위축된 채로 서울이라는 거대도시에 입성을 했다. 엄마도 내 머리 모양이 해괴한 것은 인정을 한듯 내 머리통을 옆구리에 끼고 당신 팔을 돌려 가려주면서 집까지 왔고, 다음날 당장 이발소에 가서 정리를 했다. 삐뚤삐뚤한 앞머리를 일자로 깎으니까 거울에 비친 내 모습이 한결 나아 보였다. 이발사가 머리는 금방 자란다고 나를 위로해주었다. 그러나 너무 높이 깎은 뒤통수는 면도질을 해봤댔자 더 허전하고 추워졌을 뿐이어서 보이지 않는 곳이 오래도록 신경이 쓰였다. 그건 단발이 아니라 폭력이었다. 딸에 대한 폭력이라기보다는 시아버지에 대한 폭력이 아니었을까. 무력해진 노인이 의지하고 끼고 도는 딸을 빼내기 위한 무자비한 폭력.

머리 모양 말고도 내가 적응해야 할 새로운 환경은 무궁무진했다. 엄마가 서울 사람 행세를 하며 그렇게 으스대던 서울이란 데가 고작 이거였나. 엄마는 인왕산 밑, 깎아지른 듯한 산동네에서도 눈에 띄게 허름한 초가집 문간방에 세를 들어 살고 있었다. 집들이 다닥다닥 붙어 있고 경사가 심한 좁은 골목들은 거미줄처럼 엉켜 있었다. 집에서 조금만 벗어나도 집을 찾아올 것 같지 않은 딸을 위해 엄마는 나에게 주소를 외우게 했다. 백 단위의 번지와 백 단위의 호수를 합하면 여섯 자리나 되는 무의미한 숫자를 어떻게 왼단 말인가. 물건을 세기 위해 하나, 둘, 셋, 넷은 백까지도 셀 수 있었지만 일, 이, 삼, 사는 미처 못 배웠다. 배웠다고 해도 집을 번지수가 있어야 찾을 수 있다는 걸 납득할 수 없었다. 시골 우리 마을의 집은 서로 멀찍멀찍 떨어져 있었고 한눈에 누구네 집이라는 걸 알아볼 수 있는 표정을 가지고 있었다. 영희네 집은 영희네 집같이 생겼고 수돌이네 집은 수돌이네 집같이 생겼다. 우리 집에 오는 편지는 할아버지의 성함만으로도 우리 집을 잘만 찾아왔다. 아무리 가르쳐도 주소를 제대로 못 외는 딸은 엄마를 실망시켰고 아둔하다는 탄식을 자아냈다. 소명하다는 칭찬을 듣던 아이가 환경이 바뀌자 하루아침에 아둔한 아이로 변했다.

엄마가 나를 부담스러워한다고 느낀 후의 모욕감, 엄마의 시선을 벗어날 길 없는 답답함, 그 집이 그 집 같은 집을 이어 붙인 사이로 꼬불꼬불한 골목길에서 길을 잃으면 영영 집으로 못 돌아올 것 같은 공포감은 도저히 외지지 않는 길고 긴 번지수와 함께 나에게 엄청난 스트레스가 되었다. 나는 꿈 없이 잘 자는 편이고 그래서 이 나이까지 건강을 유지하고 있다고 믿는데 간혹 너무 일찍 눈뜨면 일어나기 싫어 이불 속에서 뭉그적대다가 다시 잠이 들 적이 있다. 그럴 때마다 똑같은 꿈을 꾼다. 집을 못 찾는 꿈이다. 어릴 적의 그 궁핍한 산동네는 아니고 인가라고는 없는 경사진 산비탈 속에 난 꼬불꼬불한 길이 마치 이란 영화 〈내 친구의 집은 어디인가〉에 나오는 길 같다. 내가 꿈속에서 찾는 건 친구네 집도 아니고 우리 집도 아니고 다만 사람 사는 동네다. 저 등성이만 넘으면 동네가 보이겠지, 혹은 인가로 통하는 찻길이나 교통편이라도. 그러나 길은 점점 더 험해지고 뛰어넘을 수 있을 것 같지 않은 협곡이나 직각으로 선 단애를 만나게 된다. 차라리 단애에서 추락을 하자, 그래야 꿈을 깰 수 있다는 걸 알면서도 그 고비만 넘으면 사람 사는 세상으로 통하는 길을 만날 수 있을 것 같은 미련을 못 버리고 계속 허우적대다가 깬다.

꿈 아닌 생시에도 유사한 체험을 반복하는데, 호텔이나 큰 식당에서 식사를 하다가 화장실에 가고 싶을 때가 있다. 식당

안에 화장실이 있는 경우는 거의 없고 나가서 우측으로 쭉 가다가 좌측으로 돌아서 우측이라는 식으로 가르쳐준다. 물어볼 것도 없었다 싶게 화장실 표시는 곧 눈에 들어온다. 돌아올 때를 대비해 처음엔 우측 다음은 좌측을 속으로 복창을 하면서 간다. 그래도 돌아올 때는 헷갈리고 무사히 돌아와서도 내가 식사하던 자리나 방을 웨이터한테 다시 물어보고 안내를 받아야 한다. 이런 일도 있었다. 외국 여행중의 일이었다고 기억되는데, 혼자서 화장실을 갔다가 볼일 보고 나서 복도로 나가려고 눈앞에 보이는 문을 밀었다. 그러나 밖이 아니고 남자 화장실이었다. 질겁을 해서 다시 화장실로 돌아와 밖으로 나가는 문을 찾아 나간다는 게 또다시 남자 화장실 문을 열고 말았다. 보는 사람 없이도 자신이 너무 창피하고, 솔직히 이게 치매구나 겁도 났다. 정신을 가다듬고 딴 사람이 들어왔다 나가기를 기다렸다가 따라 나갔다. 여자 화장실로 들어오는 문은 처음부터 열린 채로 있어서 따로 열고 나갈 필요가 없었던 것이다.

집을 안 잃어버리려면 외야 하는 번지수나, 집 안 잃어버리기나 나에게는 막상막하로 어렵기만 했다. 그러나 집에서 뒷간에만 가려 해도 개울까지 건너야 하는 너른 터전에 살면서 동네방네와 넓은 들판을 천방지축 뛰어다니던 촌년을 어두침침한 문간방에 가둬 키울 수만은 없는 일이었다. 더군다나 엄마는 바느질품을 팔고 있었다. 주로 기생 바느질을 했는데, 기생들이 일거리를 가져오는 게 아니라 엄마가 갖다주고 새로운 일거리를 맡아오곤 했다. 대문 밖 골목길에서 엄마를 기다리며 석필로 땅바닥에 그림도 그리고 언문 글씨도 쓰면서 노는 사이에 자연히 동네 아이들을 사귀게 되고, 그 아이들이 잘 가는 재미있는 놀이터도 알게 되었다. 길을 잘 아는 동무들을 따라다니는 것에 일단 안심을 한 엄마도 내가 미끄럼 타고 논 데가 감옥소 앞이었다는 걸 알고는 망연자실했다. 우리가 처음 정착한 산동네에서 꼬불꼬불한 골목길을 지나 아찔한 층층다리를 내려가면 전찻길이 나오고 그 건너가 바로 서대문형무소였다. 거기서 놀다가 용수를 쓴 전중이가 차에 실려오는 걸 보고 놀란 나도 그 놀이터가 뜨악하던 차에 딴 동무가 인왕산 중툭에 있는 굿당에 놀러 가자고 꼬셨다. 인왕산엔 국사당이라는 큰 굿당이 있었다. 굿이 매일 드는 건 아니었다. 우리 집은 그 산동네에서도 제일 꼭대기라 덩덕궁 덩덕궁 굿하는 소리가 들렸다. 동무들과 덩달아 엉덩이를 흔들며 산으로 치달으면 굿 구경하고 나서 떡 같은 것을 얻어먹을 수 있었다. 길길이 뛰는 무당춤과 굿당 벽에 걸린 무서운 것도 같고 인자한 것도 같은 온갖 신령님들의 화상은 산동네에서의 나의 이중생활이었다. 우리 엄마 같은 사람이 딸의 이중생활을 묵인할 리 만무

했다. 굿당에서 전물 부스러기나 얻어먹고 다닌다는 걸 알게 된 엄마는 싹싹 빌어야 할 정도로 혹독하게 야단을 치면서 시골로 쫓아보내야겠다고 위협했다. 그때 나는 시골로 쫓아보내야겠다는 엄마의 공갈을 왜 그렇게 겁냈던가. 그때 이미 나의 어린 영혼은 도시의 활기와 썩은 냄새에 깊이 매료당한 뒤였던 것이다.

딸의 잘못을 전적으로 산동네의 열악한 환경 탓으로 돌린 엄마는 당연히 '맹모삼천지교'를 생각했을 법하다. 그래서 엄마가 궁리해낸 게 학교라도 학군이 다른 딴 동네 학교로 보내서 우리 동네 아이들과 떼어놓는 것이었다. 그 시절에도 학군이라는 말이 있었는지는 모르지만 소학교도 시험 치고 들어갈 때였다. 지금의 주민등록에 해당하는 기류계라는 게 있어서 공립학교마다 지원할 수 있는 해당지역이 정해져 있었다. 같은 인왕산 자락에 위치해 있으면서도 엄마가 동경해 마지않는 문안이고 점잖은 중산층 주택가가 학군인 매동학교가 내가 갈 학교로 정해졌다. 갈 수 있고 가야만 하는 학교였다. 그 학군 지역인 사직동에 가까운 친척집이 있었다. 즉각 그 집으로 기류계를 옮겼다. 통학거리도 그리 멀지 않았다. 도리어 우리 동네 학군의 학교로 가려면 거쳐야 하는 시궁창을 겸한 꼬불꼬불한 골목길과 곤두선 듯 경사가 급한 층층다리를 지나서 전

찻길을 건너야 하는 위험부담에다 대면 아무것도 아니었다. 인왕산 넘어 사직동으로 가는 길은 산길이지만 평탄한 외길이었다. 엄마도 나도 시골뜨기답게 산길을 혼자 넘어 통학한다는 걸 조금도 걱정하거나 두려워하지 않았다. 나에게 닥친 난관은 그것보다도 또다른 주소를 외야 하는 일이었다. 무조건 외야 하는 무의미한 숫자가 여섯 자리에서 열한 자리로 늘어났다. 엄마는 입시를 며칠 안 남겨놓고 집요하게 집 잃어버렸을 때 대야 하는 번지수와 입학시험 때 선생님한테 대야 하는 주소가 헷갈리지 않도록 반복연습을 시켰다. 입학시험 때 주소는 물어보지 않았다. 합격통지서가 오기로 예정된 날 엄마 손 잡고 사직동 친척집으로 갔다. 행랑어멈이 우리를 맞으면서 아가씨가 붙었다고 일러주었다. 안채에서는 친척어른들한테서도 축하인사를 받았다. 엄마는 신동 딸이라도 둔 것처럼 의기양양해했다. 그렇게 해서 엄마가 원하는 문안의 좋은 학교에 입학한 후에도 아무도 주소 같은 건 물어보지 않았다. 그럼에도 불구하고 엄마는 끝까지 엄마가 꾸민 거짓말에 철두철미하려고 했다.

일학년 처음 가정방문 날 엄마는 사직동 친척집 대청마루에서 안방마님 행세를 하면서 정중하게 선생님을 맞았다. 4월 입학이었으니 가정방문은 6월쯤이었던가, 행랑어멈이 미숫가루를 타서 선생님을 대접하던 생각이 난다. 딸을 위해 그런 정성을 다하면서 엄마는 딸이 공부를 잘하리라는 걸 조금도 의심하지 않았다. 언문을 저절로 깨친 아이, 천자문을 애아범 같은 사내녀석들보다도 빨리 뗀 아이라는 건 엄마도 알고 있었으니까. 그러나 나는 일학년을 마치고 이학년으로 진학할 때까지 공부를 지지리도 못하는 열등생이었다. 아마도 낙제제도가 없었기 때문에 진급을 시켜주었을 것이다. 걱정하던 산수는 도리어 쉬웠다. 무의미한 숫자를 외야 할 필요는 없었고 고작 10 미만의 더하기 빼기였다. 난관은 국어였다. 식민지하에서 우리는 일본어를 국어라고 했고 중점과목이었다. 상급학교 입시도 국어 산수 두 과목에 한정돼 있었다. 말하기는 곧 익혔지만 읽고 쓰기가 도무지 되질 않았다. 금방 반에서 지진아로 전락했다. 요새 애들이 웬만한 집에선 한글 정도는 익혀서 초등학교에 보내는 것처럼 그때도 중산층 이상의 가정에서는 취학 전에 일본어의 '가타카나' 정도는 익혀서 보냈다. 아무리 교육열이 유별한 엄마라지만 엄마 자신이 일본어에 까막눈인데 어쩔 것인가. 미리 언문을 외고 있었다는 게 오히려 장애가 되었다. 저절로 깨쳤다고 어른들이 믿는 것처럼 음과 기호가 동시에 입력이 돼 '가'자는 '가'라고 발음할 수밖에 없는 모양을 하고 있었다. '가'에다 'ㄱ'을 한 게 '각'이라면 '아'에다

'ㄱ'을 하면 당연히 '악'이라고 읽을 수밖에 없었다. 그러나 새로 배운 일본어의 '가타카나'는 왜 그 글씨를 '가'로 발음해야 하는지 '아'로 발음해야 하는지 도무지 납득할 수가 없었다. 식민지 백성에게 가장 중점을 두어 가르치는 국어가 제대로 안 되니 지진아로 뒤처질 수밖에 없었다.

공부도 못하는데다가 산동네 아이 티가 더덕더덕 나는 촌스러운 옷차림을 한 아이는 자연히 외톨이 신세였다. 그러나 그걸 그다지 고통스러워한 것 같지는 않다. 동네 아이들과 다른 학교를 다니니까 으슥한 인왕산길을 혼자서 등하교를 할 수밖에 없었다. 그러나 그걸 즐기면 즐겼지 무섬을 탄 것 같지도 않다. 아무에게도 방해받지 않고 마음껏 공상을 할 수 있었다. 그 길은 어린 날의 나의 꿈길이었다. 구질구질한 산동네와 나보다 잘난 아이만 있는 교실로부터의 해방구였다. 어려운 환경에서 나를 서울까지 데려다 공부시키면서 엄마가 나에게 건 꿈은 장차 선생님이 되는 거였다. 여자가 가질 수 있는 직업 중에서 엄마가 가장 우러러보는 직업이었다. 좋은 데로 시집가서 걱정 없이 살았으면 하는 것 이상의 기대를 딸한테는 안 하던 시대였다. 나만의 등굣길은 고독했지만 모범생 아니면 될 수 없는 기대를 걸머진 열등생이 일탈할 수 있는 유일한 샛길이었다.

그러나 뭐니 뭐니 해도 여름 겨울 두 차례의 긴 방학에 돌아갈 수 있는 고향집이 있다는 것처럼 도시와 학교에서의 소외감과 열등감을 위로받을 수 있는 큰 힘은 없었다. 방학을 앞두고 시작되는 더위 추위가 다 반가웠다. 시골집은 생각만 해도 가슴이 울렁거렸다. 그 가슴 울렁거림은 나만의 것이다. 아무도 이 기분을 모르리라는 건 촌뜨기의 유일한 자부심이기도 했다. 서울 아이들이 이 긴긴 여름과 겨울을 석탄가루 분분한 불모지에서 보낼 생각을 하면 안됐다는 생각이 들었다. 똘방똘방 잘난 서울 아이들을 불쌍하게 여길 수 있는 절호의 기회였다. 그때만 해도 보통으로 사는 일반 시민들에게 바캉스니 여름휴가니 하는 개념이 생겨나기 전이었다. 방학은 아이들에게 학교를 안 가는 날들일 뿐이고 부모에게는 아이들이 거치적대는 동안일 뿐이었다. 엄마는 귀향을 앞두고 내 새 옷을 장만했다. 서울서 딸이 시골뜨기 티 나는 옷을 입고 다니는 것엔 거의 신경을 안 쓰는 엄마가 시골 가서는 딸이 서울 사람처럼 보이길 바랐다. 엄마의 소박한 금의환향의 꿈이었다. 그리고 무엇보다도 시골집에는 할아버지가 계셨다. 사랑에서 나를 학수고대하는. 나는 할아버지 품에 왈칵 안기면서 내가 돌아올 고향이 있어서 서울생활을 견딜 수 있었던 것처럼 할아버지도 서울 손녀를 기다리는 낙으로 앉은뱅이의 나날을 견딜 수 있었다는 걸 느꼈다. 그리고 내가 할아버지 두루마기 자락에서 대처의 냄새를 맡은 것처럼 할아버지도 내 단발머리 정수리에 당신 코를 파묻고 도시의 냄새를 맡고 있다는 것도 알아차렸다. 고향집을 지키던 숙부네한테서도 아이가 생겨 내가 언니 노릇을 할 수 있게 된 것도 귀향해서 맛볼 수 있는 새로운 기쁨이었다.

바닥을 기던 성적이 사학년 때부터 오르기 시작해 육학년 때는 상위권에 들어 엄마가 원하는 상급학교에 진학할 수 있었다. 지진아를 면하게 된 것은 집안 형편이 나아진 것하고도 관계가 있을 것 같다. 공립의 상업학교를 졸업한 오빠는 졸업과 동시에 취직이 돼 월급쟁이가 됐고 서울서 장사에 손을 댄 막냇삼촌도 장사가 잘돼 삼촌과 오빠가 합쳐서 집을 장만할 수 있었다. 처음 집은 같은 산동네였지만 훨씬 입지 조건이 좋은, 방이 세 개나 있는 기와집이었다. 막냇삼촌은 그때까지도 자식을 두지 못해 우리 남매를 친자식처럼 애지중지했다.

따로 집들이 잔치 같은 건 없었지만 서울 사는 친척들이 우리가 새로 장만한 집에 성냥 한 갑씩을 사들고 찾아와서는 자식 끌고 서울 온 지 단시일 내에 성공했다고 치하의 말을 해주고 갔다. 엄마는 장롱 위에다 그 성냥으로 성을 쌓았고, 그 성냥을 다 쓰기도 전에 조금 더 집을 늘려 이사를 다녔다.

내 생애에 다시는 셋방살이는 없었다. 자수성가한 한 남자한테 시집가서 국민소득이 오르는 것만큼 살림을 향상시켜가며 풍파 없이 평균치의 삶을 유지해왔다. 아이를 다섯이나 낳았는데 내가 다산성 체질인 탓도 있지만 전쟁중에 결혼해서 전후에 첫애를 낳고 막내를 낳은 것이 1963년이었으니 정확하게 베이비붐 시기에 해당한다. 피임법도 모르고 중절도 안 하고 생기는 대로 낳은 결과였다. 그것까지도 자연의 섭리에 맡긴 평균치의 삶이었다. 남편은 가부장적인 책임감이 강한 남자였다. 작은 사업이었지만 집안 식구 먹여살리는 것과 아이들 교육비에 모자람이 없을 만큼의 돈을 벌어왔다. 나는 돈 계산도 잘 못하고 재테크라는 것에도 소질이 없어서 식구가 느는 것에 맞추어 집을 늘리는 것도 남편이 알아서 했다. 이만하면 족하다 싶게 널찍한 한옥에서 이십 년이나 넘어 살다가 연탄 때는 집이 불편해지자 아파트청약예금에 들고 당첨되기 위해 수시로 변하는 절차를 밟고 뭔가를 써내는 일도 그의 몫이지 내 일이 아니었다. 난 그런 일들을 남의 일 보듯 했다. 막내까지 초등학교에 들어가고 집에 잔손 갈 일이 없어지자 비로소 이제부터라도 엄두를 내야 할 것 같은 엄청난 욕구가 내 안에 있다는 걸 느꼈다. 그 걷잡을 수 없는 욕구는 증언의 욕구였다. 6·25 때 오빠하고, 끝내 자기 자식을 두지 못해 나에게는 아버지와 다름없었던 삼촌이 비참하게 죽었다. 남들이 다 남쪽으로 피난가 있는 동안 남아 있던 우리 식구들은 강제로 찢기고 일부는 북으로 끌려가야 하는 고난을 겪었다. 그러는 과정에서 살아남기 위해 무슨 일인들 안 당했겠는가. 인간 같지 않은 인간들로부터 온갖 수모를 겪을 때 그걸 견딜 수 있게 하는 힘은 언젠가는 저자들을 악인으로 등장시켜 마음껏 징벌하는 소설을 쓰리라는 복수심이었다. 왜 하필 소설이었을까. 소설로 어떻게 복수를 할 수 있단 말인가. 그래도 그렇게 생각하는 것만으로도 그 시기를 견딜 수 있게 하는 힘이 되었고, 위로가 되었다.

세상도 나도 그때로부터 너무 멀리 와 있었다. 전쟁이 할퀴고 간 상처를 다독이고 가난을 딛고 살림을 일으키기 위해 사람들은 과거를 잊고 현실에만 충실했다. 6·25 때 얘기만 나오면 아이들까지도 궁상떨지 말라고 핀잔을 줄 정도로 잊고 싶은 과거가 된 지 오래였다. 잘 살아보자는 구호가 동회 옥상에서 온 동네로 울려퍼지던 경제제일주의시대였다. 그런 시대의 흐름에 뒤처지지 않으려고 부지런히 중간쯤을 달려온 중산층적인 삶에 안주해 있던 나에게 느닷없이 엄습해온 그 엄청난 욕구는 신선한 충격이자 이물감이었다. 내가 누려온 안일이 한없이 누추하게 여겨졌다. 사람이란 고통받을 때만 의지할 힘이나 위안이 필요한 게 아니라 안일에도 위안이 필요했던 것이다. 증언의 욕구가 이십 년 동안이나 뜸을 들였다가 결실을 맺게 된 것은 아마도 최초의 욕구가 증오와 복수심에서 비롯되었기 때문일 것이다. 증오와 복수심만으로는 글이 써지지 않는다. 우리 가족만 당한 것 같은 인명피해, 나만 만난 것 같은 인간 같지 않은 인간, 나만 겪은 것 같은 극빈의 고통이 실은 동족상잔의 보편적인 현상이었던 것이다. 훗날 나타난 통계숫자만 봐도 그렇다. 우린 특별히 운이 나빴던 것도 좋았던 것도 아니다. 그 끔찍한 전쟁에서 평균치의 화를 입었을 뿐이다. 그런 생각이 복수나 고발을 위한 글쓰기의 욕망을 식혀주었다. 그러나 세월이 지나도 식지 않고 날로 깊어지는 건 사랑이었다. 내 붙이의 죽음을 몇백만 명의 희생자 중의 하나, 곧 몇백만 분의 일로 만들어버리고 싶지 않았다. 그의 생명은 아무하고도 바꿔치기할 수 없는 그만의 고유한 우주였다는 게 보이고, 하나의 우주의 무의미한 소멸이 억울하고 통절했다. 그게 보인 게 사랑이 아니었을까. 내 집 창밖을 지나는 무수한 발소리 중에서도 내 식구가 귀가하는 발소리는 알아들을 수 있는 것처럼. 몇백, 몇천 명이 똑같은 제복을 입고 운동장에 모여 있어도 그 안에서 내 자식을 가려낼 수 있는 것처럼. 내 자식이 딴 애들보다 덜 똘방똘방하고 어리숙해 보일수록 사무치게 사랑스러운 것처럼.

마흔 살이란 늦은 나이답게 수줍게 문단을 두드린 게 처녀작 『나목』이었다. 사적인 경험을 우려낸 작품이니 유니크하지만 등단작으로 끝나는 일회적인 작가가 될지도 모른다는 한 심사위원의 조심스러운 전망이 기억에 남는다. 그분의 우려가 격려가 되어 그후 나는 열심히 글을 썼고 문단과 독자들의 반응도 나쁘지 않아 종종 인기작가 소리도 듣게 되었다. 초기에 쏟아낸 6·25를 소재로 한 작품들에 대해선 비극적인 가족사를 반복적으로 우려먹는다는 평도 들었지만 나는 반전소설로 읽히길 바라고 있다. 유연하게 성공적으로 가정주부에서 작가로 변신할 수 있었고, 그후의 작가생활도 결혼생활처럼 풍파 없이 순탄했다.

88서울올림픽으로 온 국민이 활기와 환희, 새로운 희망과 자신감으로 의기충천해 있을 때, 그 한 해 동안에 나는 남편과 아들을 석 달 간격으로 잃었다. 남편이 먼저였다. 우린 남들이 부러워한 금슬 좋은 부부였고, 특히 나는 생활인으로 결격사항이 많은 사람이라 전적으로 의존적이었다. 다행히 네 딸을 다 시집보낸 뒤였고, 막내로 아들 하나만 미혼이었지만 그 아들도 제 앞가림은 하고도 남을 만한 전문직으로 키워놨겠다, 내가 할 일은 아무것도 없었다. 혼자서 살 자신도 없었다. 극도의 무력감은 슬픔보다 더 나빴다. 아들이 들어오는지 나가는지 전혀 신경 안 쓰고 남편의 영정을 머리맡에 두고, 여보나 좀 데려가줘요, 하는 소리만 주문처럼 외고 살았다. 그런지 석 달 만에 남편이 데려간 건 내가 아니라 아들이었다. 나는 겁 없이 그런 주문을 왼 내 입술을 짓찧어도 시원치가 않았고 내 소원에 그런 어깃장으로 답한 남편이 꼴도 보기 싫어 당장 영정사진을 치워버렸다. 이럴 리가 없다. 제발 꿈이어라, 방을 헤매며 온몸을 벽에 부딪치는 난동도 부려보았지만 악몽은 깨어나지지 않았다. 슬픔보다 더 견딜 수 없는 건 수치심이었다. 내가 뭘 잘못했기에 이런 벌을 받습니까, 라는 신에 대한 원망은 곧 사람들이 저 여자는 뭘 잘못했기에 그 외아들 하나 지니지 못했나, 하는 수군거림이 되어 나에게로 되돌아왔다. 친지들의 정중한 조문의 말도 그런 비아냥거림을 포장한 말로 들렸다. 사람을 만나기 싫어 딸네 집에 방 한 칸을 차지하고 숨어 있어도 부끄러움을 면할 길이 없었다. 혼자 있으면 하늘이 부끄럽고 땅이 부끄러웠다. 차라리 하느님과 정면대결을 하려고 수녀원에 들어가 독방 차지를 하고 있어도 보았다. 도대체 나에게 왜 이런 벌을 주셨나 항의도 해보고, 나도 아들곁으로 데려다달라고 처절하게 기도도 해보았다. 그러나 내 절규는 하느님의 견고한 침묵의 변죽도 울리지 못했다. 그래도 그때 하느님과의 일 대 일 대결에서 깨달은 게 있다면 피조물은 길든 짧든 창조주가 정해준 수명에서 일 초도 더하거나 뺄 수 없다는 사실이었다. 그 깨달음은 질책보다 더 엄혹했다.

딸들의 도움으로 일상으로 복귀했다. 그애들을 위해서라도 늠름해져야 할 것 같았다. 그러나 아들이 부재하는 일상은 가시방석처럼 나를 안절부절못하게 했다. 나도 내 집의 일상과 의무와 책임으로부터 부재하고 싶었다. 집에 온 지 한 달도 안 돼 그때 마침 미국에 나가 있던 막내네로 여행을 떠났다. 부재를 위한 여행에는 설렘도 계획도 없었다. 내가 부재하는 집에서 헛되게 울릴 전화벨 소리, 쌓여 있는 우편물 생각을 하면 누구에게랄 것 없이 고소한 생각이 드는 것 정도가 여행의 즐거움이었다. 아무런 의미를 못 느끼고 빠져나온 관계망이라고 해도 그 관계망은 나를 유의미한 존재로 유지시켜주길 바랐던 것 같다. 결국은 관계망을 아주 끊어버릴 수 없다는 책임감 때문에 석 달 만에 돌아왔다. 그러나 일상의 편안함은 돌아오지 않아 아들이 부재하는 집은 곧 나를 다시 안절부절못하게 했다. 어디든 상관없었다. 어디로든 떠나 이 집의 일상으로부터 나를 부재하게 만들고 싶었다. 단지 부재를 위한 여행에는 꿈도 설렘도 없었다. 기회만 닿으면 따라나섰고 내 돈 들이는 여행, 내가 할 수 있는 일이 따르는 돈 안 드는 여행, 가리지 않았다. 일 년에 서너 번 정도는 해외여행을 하지 않았나 싶다. 유니세프 일로 재난에 시달리는 나라도 많이 봤고, 멋모르고 따라나서다보니 같은 나라를 여러 번 가기도 하고, 험한 곳에서 내 나이의 체력으로는 감당하기 어려운 모험과 고행을 감행한 적도 있다. 그런 경우라 해도 성취감 같은 것도 남지 않았다. 아무리 신기한 나라를 다녀와도 식구에게도 누구에게도 여행담을 늘어놓는 일이 거의 없는데, 사물을 건성으로 보는 무감각증 때문에 할 말도 생각나지 않았을 것이다.

재작년에 다녀온 이태리 여행도 그런 설렘도 목적도 없는 여행이었다. 여행의 기쁨에 대한 기대를 안 한 지 오래됐다고 해도 괴로운 것을 참을 각오까지 하긴 싫었으므로 동행이 누구누구라는 건 신경을 쓰는 편이었다. 평소 존경해온 신부님이 이끄는 문화탐방팀이어서 그 점은 걱정 안 해도 될 것 같았지만 강행군이 될 것 같은 예감이 들긴 했다. 마음 착하고 체력 든든한 룸메이트도 정해졌다. 떠날 때부터 몸상태가 어째 으스스했다. 몸살이 올 것 같은 예감이 들었다. 푹 쉬고 싶었지만 비행기에서 한잠도 못 자는 버릇은 여전해서 로마에 도착했을 때는 눕고 싶다는 생각밖에 안 들었다. 그것도 따끈한 온돌방에. 서울은 쾌적한 가을 날씨였는데 로마의 가을은 뜻밖에 음습했다. 간간이 비도 뿌렸다. 습기와 한기가 사정없이 몸으로 스몄다. 신열이 느껴지고 현지 음식에 구역질이 났다. 감긴 감긴데 내가 앓아본 어떤 감기하고도 달랐다. 불덩이 같은 신열과 아무리 껴입어도 덥혀지지 않는 한기의 이중성이 객지에서 죽을 것 같은 공포감을 불러일으켰다. 약 먹고 하루만 푹 쉬면 살 것 같은데 하루도 같은 호텔에 묵지 않고 옮겨 다니는 강행군이니 나만 처질 수는 없는 일이었다. 나만 떼어놓고 갈까봐 겁이 나서라도 아프다는 걸 감춰야 했다. 병보다 그게 더 힘들었다. 룸메이트에게까지는 감춰지지 않아서 그가 일행 중 의사선생님이 있다는 걸 알아내어 감기약을 얻어왔다. 나는 타이레놀이나 소화제 등 최소한의 상비약도 가지고 있지 않았다. 의사가 처방한 감기약을 먹고 숙면은 했지만 진흙탕 같은 잠이었다. 내복을 안 갖고 와서 입고 잔 패딩점퍼가 흠뻑 젖을 정도의 땀을 흘리고 탈진상태에 빠졌다. 룸메이트가 캐나다에서 온 또다른 여의사에게 청해서 당장 기운이 나는 주사라는 걸 배꼽 밑에 놔주었다. 나는 별안간 기운나는 주사 같은 건 믿지 않았지만 주사 기운이 들은 척이라도 할 수밖에 없었다. 나는 일행이 나를 떼어놓든지 병원에 가라고 할까봐 두려웠다. 이태리 의사에게 내 이 기분 나쁜 증상을 어떻게 표현한단 말인가. 설사 그가 영어를 안다고 해도 내가 영어로 지껄일 수 있는 병명이 고작 위통, 두통, 열이 있다 정도인데 무슨 소용인가. 나는 차가운 의료기기에 맡겨질 테고 의사는 그에 따라 처방을 할 것이다. 나는 오슬오슬 춥다가 오싹오싹 떨린다고 말하고 싶다. 내 몸은 지금 불화로를 얼음조각으로 포장해놓은 것 같다고 말하고 싶다. 삭신이 쑤신다고 말하고 싶다. 입맛이 소태 같다고 말하고 싶다. 죽어도 이 나라에선 죽고 싶지 않다고 말하고 싶다. 아무도 통역할 수 없을 것 같은 말만 생각났다. 그걸 참고 따라다니자니 하루가 여삼추였다.

일정의 반을 소화하고 카프리 섬으로 가기 위해 나폴리를 떠나 해안도로를 따라 소렌토로 가는 길이었다. 일행에게 폐 안 끼치고 일정의 반을 소화했다는 게 힘겹게 정상에 올라 내리막길을 굽어보는 것 같은 안도감을 주었다. 유난히 아름다운 해안도로였다. 고고학이나 미술을 전공했는지 잠시도 쉬지 않고 뭔가를 설명하고 싶어하던 가이드도 그때만은 조용히 입 다물고 파바로티의 노래를 틀어주는 것이었다. 그 버스의 음향기기 성능이 그렇게 좋을 줄은 몰랐다. 그걸 뭐라고 해야 할까. 행복감이라고 해야 할까, 슬픔이라고 해야 할까. 일종의 황홀경이었다. 파바로티의 기름진 고음이 절정에 달했을 때 목놓아 울고 싶은 격정에 사로잡혔다. 내 무감각을 울린 건 그러나 파바로티가 아니라 아들이었다.

아들이 인턴 때던가, 전공의 시절이던가. 출장갔다 온 날 밤

축 처진 쓸쓸한 모습으로 내 방에 들어와 말했다. 무슨 일이 있었는지 언짢은 표정이었다. 가망 없는 환자를 제주도 그의 집까지 데려다주고 병원에 들렀다 오는 길이라고 했다. 호흡기만 떼면 숨이 멎을, 이미 죽은 거나 다름없는 환자였지만 가족들은 집에서 임종과 장례를 치르기를 바랐다. 제주도까지 가는 동안 환자의 숨이 끊어지지 않도록 생명연장장치를 붙들고 갔다가 집에 도착하자마자 떼어주고 온 것이었다. 말단 의사에게 시킬 법한 일이었다. 그러나 목숨을 살리기를 꿈꾸고 들어선 의학도의 길에서 처음으로 맡겨진 일이 임종을 도와주는 일이었다는 게 아들을 우울하게 한 것 같았다. 아들은 아쉬운 듯이 한마디 더 했다. "엄마, 내가 처음 타본 비행기였는데……" 그때는 그냥 웃어넘기고 만 일이 이제 와서 이 아름다운 아말피 해안도로상에서 오열을 참을 수 없게 하는 것이었다. 스물여섯 살까지 비행기 한 번 못 타보다니. 못살지도 잘살지도 않는 보통 집이었고, 자식을 특별히 검약하게 기르고자 하는 교육방침을 가진 집이었던 것도 아니다. 시대가 그랬던 것이다. 조기유학 붐도 없었고 어학연수 같은 풍조도 생겨나기 전이었다. 공부 잘하는 아이를 들쑤성거려 해외여행 같은 걸 시킬 생각을 뭣하러 하겠는가. 그게 그리 먼 옛날도 아닌데 그동안 먼 나라 이웃나라 가리지 않고 주책없이 싸돌아다닌 어미는 어찌 그런 세상이 다 있었을까, 원시시대의 일처럼 믿어지지 않다가, 그때가 현실이고 낯선 곳에서의 이 시간이 비현실 같은 착란이 왔다.

뱃길로 바람 찬 카프리 섬 관광을 마치고 다시 나폴리로 돌아와 시칠리 섬의 시라쿠사로 가기 위해 로마 중앙역에서 밤기차를 기다리는 동안 몸을 가누지 못할 정도로 상태가 나빠졌다. 가장 빡빡하고 고된 하루를 보내고 호텔에도 들지 못하고 밤기차를 타야 하다니, 죽을 것 같았다. 몸이 와들와들 떨리고 손발은 얼음장 같은데 눈동자만 뜨거웠다. 안에 있는 고열이 곧 얼음조각을 뚫고 폭발할 것 같은 위기의식을 느꼈다. 일행 중 나이 많은 쪽 의사선생님한테 내가 암만해도 폐렴이 될 것 같으니 항생제를 처방해줄 것을 부탁했다. 자정 가까운 중앙역의 찬바람 속에서 찬물로 여러 알의 알약을 삼켰다. 시칠리 섬은 기차에서 내리지 않고 갈 수 있다고 했다. 큰 배가 기차를 통째로 싣고 밤새도록 바다를 건넌다는 것이었다. 승용차나 트럭을 태우고 해협을 건너는 배는 더러 봐왔지만 기차를 태우는 배는 어떻게 생겼을까. 상상이 안 됐다. 그러나 가이드가 일러주지 않았으면 배 안이라는 것도 모를 정도로 기차는 요동 없이 고요하게 플랫폼에 서 있는 것처럼 보였다. 만약 지금 기차가 배 안에 있는 거라면 배를 볼 수 없는 건 당연했다. 나는 구약성경에 나오는 요나를 삼킨 큰 물고기를 상상했다. 사람을 삼킨 게 큰 물고기였다면 기차를 삼킨 건 고래 뱃속일 것이다. 고래 뱃속의 환상은 기차가 다음날 아침 시칠리 섬 시라쿠사에 도착할 때까지도 지워지지 않고 계속됐다. 그 모든 새로운 풍경이 고래 뱃속의 일로만 여겨졌다. 시칠리 섬에서 삼 박이나 하는 동안도 열은 내리지 않아 혼미한 상태에서 환상도 계속됐다. 어떤 항구에선지는 거대한 배에서 내린 많은 관광객들과도 마주쳤고 그 안에는 우리나라 사람들도 여럿 있어서 우리 일행과 만나 반가워서 어쩔 줄을 모르면서 같이 사진을 찍는 사람들도 있었다. 다행히 나를 아는 사람은 없었다. 말로만 듣던 크루즈 여행을 온 사람들이었다. 항구에 정박해 있는 빌딩만한 배를 보고도 내 혼미한 의식은 여전히 그 모든 것이 고래 뱃속의 일처럼 비현실적으로 여겨졌다.

인천행 아시아나 항공기는 다행히 빈자리가 많았다. 그동안 걱정 많이 한 내 룸메이트가 연달아 비어 있는 좌석을 잡아주어서 편안히 누워서 올 수 있었다. 기내식은 여전히 당기지 않았지만 심한 공복감을 느꼈다. 그 공복감이 그렇게 기분좋을 수가 없었다. 길게 누워 있다고 잠이 오는 건 아니었다. 집에 가서 이것저것 먹을 걸 상상하고, 식구들에게 투정부릴 궁리를 했다. 딸들이 만일 잣죽이나 전복죽을 쒀온다면 냄새만 맡고도, 꼬라지만 보고도, 죽집에서 사왔다는 걸 알아맞히고 호통을 치리라. 콩나물죽이 먹고 싶다고 할까, 호박죽이 먹고 싶다고 할까. 아니 흰죽이 먹고 싶다고 해야지. 장조림 간장은 싫고, 장산적, 아니지 강된장에 맵지 않은 풋고추를 꼭꼭 찍어 먹고 싶다고 해야지, 상상만으로도 입안에 군침이 돌고 살맛이 났다. 감기는 어지간히 물러간 것 같았다. 그래도 내가 그동안 얼마나 독한 감기를 앓았는지는 꼭 티를 내야지, 하고 별렀다.

드디어 인천공항에 내렸다. 입국수속을 마치고 짐 찾는 아래층에 안전하게 발을 디디자 비로소 고래 뱃속을 빠져나왔구나, 하는 현실감이 왔다. 이번 여행길을 통틀어 방금 내린 비행기까지가 다 고래 뱃속의 일로 여겨졌다. 어쩌면 지난 이십년 동안의 설렘도 목적도 없는 여행이 다 고래 뱃속 안에서의 헤맴이 아니었을까. 오랜만에 내 땅에 첫발을 디딘 착지감은 눈 감고도 느낄 수 있는 첫사랑과의 터치처럼 에로틱하기조차 했다. 죽어서도 당신에게 스미고 싶어. 그런 황홀경이었다.

재작년에 그러고 나서 지난 일 년 동안 한 번도 해외에 나가지 않았다. 그래도 궁금하거나 답답하지 않았다. 가장 평화로운 한 해였다. 신종플룬가 뭔가 하는 독감이 유행할 때도 하나도 겁나지 않았다. 해마다 맞던 독감 예방주사도 맞지 않았다.

유럽에서 그 정도로 독하게 감기를 앓았으니 적어도 몇 년은 갈 면역이 생겼으려니 믿고 있다. 남이야 믿거나 말거나. 설렘도 볼일도 없는 여행은 다신 안 할 것이다.

빨갱이 바이러스

문학동네, 2009년 가을

외딴 시골길은 앞뒤가 확 뚫려 있는데도 나는 갑자기 속도를 줄이고 멈칫대며 차를 몰았다. 저만치 시골 버스정류장 지붕 밑에 모여 있는 세 여자 때문이었다. 버스정류장은 차도로부터 안전한 길가에 위치해 있기 마련이고, 더군다나 내가 가고 있는 방향과는 반대편 차선의 정류장이었는데도 나는 편안한 산책길에서 뜻하지 않은 장애물을 만난 것처럼 당황하고 있었다. 고속버스 터미널이 있는 양양 시내로 가는 시외버스는 이미 끊긴 뒤였다. 평상시 같으면 아직 끊길 시간이 아니었다. 이 인근 주민들은 마을회관 스피커를 통해 이미 다 알고 있는 사실을 모르고 저러고 있는 걸 보면 이 고장 사람들은 아닐 것이다. 버스를 놓쳤다는 것 말고는 세 여자의 공통점은 아무것도 없었다. 세 사람이 각각 딴 데를 보며 우두망찰해 있는 폼이 처음부터 일행은 아닌 듯했다. 왜 그들에게 끌렸을까. 군중 속에서 얼굴을 잊은 지 오랜 고향 사람이나 초등학교 동창에게 끌려서 괜히 가까이 가보고 싶기도 하고, 모른 척 외면하고 싶기도 한, 신경쓰이는 동질감 같은 거였을까. 망설이느라 그들 앞을 조금 지나쳐서 차를 멈추고 유리까지 내렸는데도 그들이 목 빼고 기다리고 있는 방향과 반대로 가고 있는 내 차에 관심을 보이지 않았다.

내가 팔을 내밀고 큰 소리로 말을 걸자 일행 중 가장 젊어 보이는 여자가 뭐라고요? 하면서 길을 건너 나에게로 왔다. 그 여자를 멀리서도 젊게 봤던 것은 다른 두 여자의 펑퍼짐한 옷차림에 비해 아직도 몸매에 자신이 있다고 과시하고픈 듯 꼭 끼는 옷을 입고 있었기 때문이다. 가까이 온 여자는 젊지 않았고, 다리까지 절고 있었다. 그 여자는 마치 다리 저는 걸 즐기듯이 애교스럽게 걸어왔다. 십대들이나 걸칠 것 같은 짧은 재킷 밑에 받쳐입은 나시는 가슴을 반도 안 가려서 희고 풍만한 가슴이 내 눈앞에서 그 깊은 골짜기를 드러냈다. 어려서 소아마비를 앓았을 것이다. 육십년대 초 예방접종의 혜택도 골고루 돌아가지 않았을 때 소아마비가 크게 유행한 적이 있었다. 우리 마을에서도 미처 걸음마도 하기 전의 젖먹이가 둘이나 걸린 적이 있었다. 씨족마을이었으니까 친척뻘 되는 아이였을 것이다. 공포분위기 끝에 두 아이 다 살아나긴 했지만 후유증은 하나는 가볍고 하나는 심했다. 가벼운 아이가 힘없는 한쪽 다리를 애처롭게 끌며 걸음마를 배울 때, 두 발이 다 낙지처럼 흐느적대는 딴 아이 생각은 안 하고 큰 소리로 박수치며 격려하던 생각이 났다. 지금은 어디서 어떻게 사는지 소식을 모르는 먼 친척들 얘기다. 새삼스럽게 먼 친척들이 그립거나 궁금해진 건 아니고 그때 소아마비를 앓았다면 이 여자가 아무리 젊은 척해도 쉰은 넘었으려니, 나이를 탐색하는 마음 때문이었다. 어머머, 할머니가 운전을 다 하시네, '소아마비' 도 내가 왜 차를 세웠나보다는 내 나이에 관심이 더 많았다. 저 나이라면 나에게 아줌마라고 해도 좋으련만 똑 떨어지게 할머니라니, 그 싹수머리 없는 말본새로 봐서는 쉰은 아직 멀었는지도 모르겠다.

"버스 기다리는 것 같은데, 끊겼는데."

나는 어정쩡하게 존댓말을 생략했다. 이유 없이 깔보고 싶은 여자였다.

"그럴 리가요. 나 여기 처음 아니거든요."

"여기 사람 아닌 건 알겠는데, 설마 엊그저께 여기 쏟아진 엄청난 폭우에 대해 모르고 온 건 아니겠지."

"그걸 어떻게 몰라요. 양동이로 쏟아붓는 것처럼 몇 시간을 내리퍼붓는 거 TV로 다 봤어요. 사람도 많이 떠내려가고, 그렇지만 그게 언젯적인데……"

저 화상은 설마 여기까지 공중으로 날아왔을 리는 없고, 이쪽으로 올 때까지 조약돌처럼 흘러내린 엄청난 바윗덩이와 뿌리 뽑혀 거꾸로 선 거목 들로 미증유의 폭우가 지나간 자리를 생생하게 드러내고 있는 골짜기골짜기를 눈깔은 어따 두고 못 본 것처럼 말할 수 있을까. 나는 그 무서운 일을 잊어버려도 좋을 만큼 오래전 일처럼 말하는 '소아마비'에게 말도 섞고 싶지 않은 혐오감을 느꼈다. 어느 틈에 나머지 두 여자도 길을 건너와 '소아마비' 뒤에서 근심스러운 얼굴로 우리가 하는 소리를 듣고 있었다. 그들이 찻길 한가운데 서 있는데도 오는 차도 가는 차도 없어서 신경쓰이지 않았다.

"시외버스 노선이 몇 군데 유실됐다는군요. 외진 데 있는 종점 근처가 더 엉망이래요. 그래서 매시간 한 번씩 운행하던 버스를 당분간 하루 세 번씩만 운행하기로 했다나봐요. 승객도 별로 없고요."

"올 때는 승용차로 와서 잘 몰랐어요."

스님들과 흡사한 회색 두루마기를 입은 여자가 말하자 다들 나도요, 나도요, 하고 승용차로 왔다는 것을 강조했다.

"바위나 토사는 중장비차로 치우면 차가 다니는 데 불편이 없지만 유실된 도로는 지리를 잘 아는 기사가 요령껏 우회할 수밖에 없어요. 위험하고 시간도 많이 걸린답니다."

저 보살님은 아마 고개 너머 회심암庵 신도일 것이다. 그렇게 넘겨짚는 건 별로 어렵지 않았다. 큰 절에 있던 비구니 한 분이 비어 있던 헌 집을 개수해서 작은 암자를 만든 지 몇 년 된다. 내가 시골집에 자주 오는 것도 아니고 올 때마다 가본 것도 아니지만, 어쩌다 산책 삼아 가봤기 때문에 그 암자의 변화랄까 발전이 더 잘 눈에 들어왔다. 처음엔 비구니 한 분의 힘으로 곧 쓰러질 듯이 퇴락한 헌 집이 날로 튼실해지고, 고풍스러워지고, 둘레의 땅들이 아기자기한 꽃밭도 되고 온갖 채소가 고루 자라는 채마밭도 되는 것만 신기하더니 불탄일 등 무슨 날만 되면 연등 달러 오는 신도, 치성 들이러 오는 신도들이 제법 쏠쏠했고, 위패를 모셔놓고 제를 지내러 오는 신도들도 적지 않은 것 같았다. 기웃대다가 절밥을 얻어먹은 적도 있었다. 나이든 신도들 중에는 불심이 돈독하다는 표시인지 이 절의 단골 신도라는 걸 나타내려고 그러는지 스님들의 가사를 닮은 회색 두루마기를 입는 신도들이 많았다. 그들은 천주교도들이 서로 자매님이라 부르듯이 보살님이라고 불렀다. 나도 회색 두루마기를 속으로 '보살님'이라고 명명했다. 여름의 끝자락에 불어온 태풍의 영향으로 엄청난 비 피해를 당한 끝이라 초가을답지 않게 날씨가 을씨년스러웠다. '보살님'의 회색 두루마기는 바바리처럼 맞춤해 보였다. 그러나 그 밑으로 드러난 쫄바지와 산길에 어울리지 않는 뾰족하고 반짝이는 남색 구두와의 언밸런스 때문에 보살님의 나이는 가늠하기 어려웠다.

"이러고 있을 게 아니라 어디 잠잘 곳을 정해야 하지 않을까요. 어차피 오늘 해 안에 서울 가긴 틀린 것 같은데."

여태까지 암말 안 하고 있던 여자가 처음으로 말했다. 세 사람 중 제일 젊은 것 같은데 얼굴에 근심이 가득해 보였다. 아마 신병 때문일 것이다. 나는 아까부터 그 여자의 손등과 팔목에 난 뜸자국을 눈여겨보고 있었다. 칠부 소매 윗도리를 입고 있는 그 여자의 드러난 뜸자국은 불규칙하고도 생생했다. 안 보이는 속살에는 더 많은 뜸자국이 있을 것 같은 생각이 들었다. 아직 젊은 여자가 무슨 몹쓸 병이 들었기에. 나는 얼마 전 TV로 본, 유명한 뜸선생 집 앞에 줄을 선 병자들을 떠올리며 생각했다.

"저요…… 이 근처에 어디 민박할 집 없을까요. 펜션도 괜찮고요."

'소아마비'가 말했다. 다른 두 사람은 그냥 난감한 얼굴을 서로 바라보기만 했다.

"민박집은 잘 모르겠고, 바로 요 너머 최근에 들어선 펜션이 있긴 있는데. 여기 촌사람들은 펜션이라고 안 그러고 러브호텔이라고들 하는 데긴 하지만."

"거긴 안 돼요. 나 거기서 나오는 길인걸요. 낮잠 자다가요."

"난 암자로 도루 가서 하룻밤 드새죠, 뭐."

누가 러브호텔로 끌기라도 한 것처럼 '보살님'이 질색을 하며 말했다.

"회심암이죠? 여기서 한 시간도 더 걸릴 텐데. 오르막하고 내리막은 또 달라요. 날도 벌써 어둑어둑해지구."

나는 그 소리를 '보살님'이 아니라 '뜸' 쪽을 보면서 말했다. '뜸'은 잘 데가 있나 해서였다.

"전 아무래도 괜찮아요. 이분들 중 아무나 따라가서 하룻밤 드새도 되고 재활원으로 되돌아가도 되고요."

"재활원이라면 저 솔뫼골에 있는 '천사들의 집' 말인가요?"

"네, 제가 거기 봉사 다녀요."

"좋은 일 하시네. 서울서 이 먼 데까지 보통 정성이 아니네요. 자주 오세요?"

"아뇨. 심심할 때만요."

'뜸'이 필요 이상 강하게 부인했다. 나는 '뜸'이 전혀 심심하지 않은 얼굴로 이까지 악무는 걸 보고 말았다. 그리고 문득 내 안의 상처가 남의 상처와 만나 하나가 되려고 몸부림치는 걸 느꼈다. 고약한 느낌이었다. 이들에게 끌리지 말았어야 하는 건데.

"괜찮으시다면 세 분 다 우리 집에 가서 묵으실래요? 아침에 터미널까지 모셔다드릴 수도 있구요."

"거저요?"

'소아마비'가 촉새처럼 나섰다. 다른 두 여자가 아이고 무슨 실례야, 저분이 어디가 장사할 사람으로 보여, 하면서 '소아마비'의 옆구리를 찌르는 게 보였다. '소아마비'가 운전석 옆에 앉고 '보살님'과 '뜸'이 뒤에 앉았다.

집에 가는 동안 나도 내일 서울 가니까 그들을 다 서울까지 데려다줄 수도 있지만 나는 내일 일찍 떠날 수가 없다고, 어쩌면 모레까지도 여기 있어야 될지도 모르는 사정을 설명했다.

나는 어제 왔다. 여기서 태어나서 중학교 마칠 때까지 태어난 집을 떠나보지 못하다가 고등학교 들어갈 때 비로소 강릉까지 진출할 수 있었다. 대관령을 넘어본 건 대학교 때문이었다. 집안 형편 생각하지 않은 채 기를 쓰고 대학에 간 건 공부가 하고 싶어서가 아니라 대관령을 넘고 싶어서였다. 대관령만 넘으면 안전해질 것 같은 느낌을 어떻게 설명할 수 있을까.

설명이 안 되면 생략하고…… 그때 대관령을 같이 넘은 친구가 있었다. 여기서 같은 중학교를 다니고 강릉 진출도 같이 한 친구였다. 그 친구가 아니었으면 이 보수적인 마을에서 아들도 아닌 딸이 언감생심 대관령을 넘을 생각은 못 했을 것이다. 그 친구네는 우리 동네하고 사돈을 맺은 집이 많은 이웃동네였다. 사정이 빤했다. 그 친구 아니었으면 내가 감히 대관령을 넘을 엄두를 못 냈을 테고 그 친구도 마찬가지였을 것이다. 그 후 오랜 세월이 흘렀다. 둘 다 대학도 마치고 서울 남자 만나 서울 사람이 됐다. 그러나 고향땅엔 친구의 친정집도 나의 친정집도 아직 남아 있다. 친구의 남편은 어떤지 모르지만 내 남편은 아내의 시골집을 좋아해 해마다 보수도 해서 옛날의 골격은 그대로 지닌 채 정정하게 늙어가고 있다. 우리 마을에 그렇게 오래된 집은 우리 집밖에 없다. 몇 집 안 남은 농가는 날림 티 나는 조립식 주택으로 바뀌었고 근사하게 보이는 통나무집도 한 채 있는데 그건 강릉 사는 지방대학 교수의 별장이다. 우리 집도 마을 사람들은 별장집이라 부른다. 마을 사람이라야 상주인구는 대여섯 명밖에 안 된다. 옛날엔 씨족마을이었는데 지금은 다들 성이 다르다. 그러니까 정체 모를 떠돌이들 차지가 된 것이다. 사실은 그래 싸다.

그래 싼 까닭도 생략하고…… 친구네는 집만 남아 있는 게 아니라 아흔 가까운 노모가 그 집을 지키고 있었다. 하나밖에 없는 오라비가 제 식솔만 데리고 미국으로 이민을 가버렸기 때문이다. 어머니를 안 모셔가려서가 아니라 노인이 막무가내 안 가려고 해서이다. 서울 딸네 집에 와서도 사흘을 못 견디는 노인이니 미국이 아랑곳인가. 당신 고집 때문에 혼자 사는 거라고 해도 딸에게는 모시는 것보다 더 큰 부담이었다. 그 아흔 노모가 이번 폭우에 행방불명이 된 것이다. 산사태로 마을이 통째로 파묻혀버렸다. 우리 마을보다 훨씬 작은 마을이었다. 그래도 이번 수해 중 최대의 비극이었다. TV에도 나왔다. 그 마을에 사람 사는 집이 몇 집 더 있긴 해도 상주인구가 아니어서 다들 부재중이었다. 더 기막힌 일은 집을 덮친 토사 밑에서 집의 잔해를 샅샅이 뒤져도 노인의 시신을 못 찾은 거였다. 현재는 발굴작업을 일단락짓고 주변 하천을 수색중이었다. 곳곳에 범람한 하천이 지금 겨우 제 본류를 찾았다고는 하나 아직도 상상할 수도 없이 빠른 유속은 마치 토악질하듯이 뿌리 뽑힌 나무와 농기구와 가재도구의 파편을 실어나르고 있다. 집이 통째로 떠내려오는가 하면 가짜 기와지붕이다. 어디 먼바다로 가서 용궁의 지붕을 이어도 될 만큼 플라스틱의 힘은 막강하다. 친구의 남편은 외국 출장중이고 혼자서 유해 수색작업을 지켜보고 있을 친구가 안돼 달려오긴 했어도 나도 도움이 되는 건 아니다. 다만 못 떠나고 있을 뿐이다. 친구는 밤에도 현장에 있어야 한다며 우리 집에 안 오고, 수재를 면해 성하게 남아 있는 그 마을의 빈집에 머물고 있다. 낮에 그 친구 곁에 머물다가 집에 오는 길이었다.

세 여자를 만나 나의 시골집까지 오는 동안은 간략하게 내 이야기를 들려주기에 알맞은 거리이다. 멀리 울산바위가 보이는 우리 마을은 앞벌만 빼고는 삼면이 짙은 숲에 둘러싸여 있다. 녹색도 극에 달하니까 지쳐 보인다. 힘겹게 저장하고 있는 과중한 수분을 언제 토해낼지 모르게 둔중한 빛을 하고 있다. 친구의 어머니 유해야 찾건 말건 내일은 나도 떠나리라, 망설이던 마음을 별안간 굳힌다.

앞벌 논배미 사이를 흐르는 도랑들도 격류로 변해 물소리가 요란한데도 이 옴팍한 마을에 고인 적막은 어쩌지 못한다. 적막이라기보다는 온 세상의 침묵이 다 모여서 짜고 짠 것 같은 견고한 침묵이다. 세 여자들이 툇마루에 걸터앉아 아늑한 동네와 나의 시골집을 찬양하고 선망하느라 떠들썩하지만, 철통 같은 침묵의 겉껍질을 흐르는 물방울에 지나지 않는다.

시골집은 마을로 들어오는 길에서 슬쩍 비켜나 대문도 사립문도 없는 넓은 흙바닥의 앞마당에서 사람 키 높이로 축대를 쌓고 지은 집이라 규모에 비해 덩그렇게 보인다. 기역자집이지만 나무광을 겸해 필요 이상으로 넓은 부엌이 안방 머리에서 남향으로 삐져나와서 그렇게 보일 뿐 내용적으로는 일자집이다. 두 개의 널찍한 온돌방과 그 사이에 낀 마루가 다 같이 남향으로 나란히 배치돼 있고, 서까래와 기둥목이 아직 든든한 툇마루가 길게 처마 밑으로 노출돼 있다. 단순하지만 옹색한 집은 아니다. 여자들은 댓돌을 올라 툇마루에 걸터앉아 나의 시골집을 칭찬도 하고 부러워하기도 한다. 댓돌을 오르기 전에 쳐다본 기와지붕이 특히 인상적이었던 모양이다. 요즘 보기 드문 조선기와 지붕이라느니 아니 양기와일 거라느니 의견이 분분하지만 품위 있어 보이는 데 비해 유지하기가 힘들 거라는 데 의견이 일치한다. 다 틀린 말이다. 원래 있던 초가지붕을 걷어내고 올린 지붕은 조선기와도 양기와도 아닌 합성수지로 만든 가짜 기와이다. 공장에서 지붕 형태로 통째로 찍어나온다. 합성수지는 가볍고 힘이 세다. 이번 수해에 집이 형체도 없이 유실됐다 해도 지붕만은 끄떡없이 먼바다까지 떠내려갔을 것이다. 나는 마모도 소멸도 안 되는 것에 대한 병적이고도 비밀스러운 혐오감을 갖고 있었지만 관리하기에 편하고 저렴한 것을 선호하는 남편을 말리지 못했다.

나는 툇마루의 손님들에게 주스를 병째로 종이컵과 함께 내

주고 냉장고를 점검한다. 먹다 남은 밑반찬이 넉넉하다. 다음에 언제 올지 모르지만 다시 올 때는 십중팔구 내다버리지 싶은 탐탁잖은 반찬들이다. 저 세 사람과 함께라면 개운하게 냉장고 청소가 될 것 같다. 내가 쌀을 씻는 기척에 '소아마비'가 부엌문을 기웃대더니 어머머, 어머머 재워주시는 것만도 고마운데 저녁까지 주시려나봐, 호들갑을 떠니까 다들 소매를 걷어붙이고 거들 채비를 한다. 나는 요새 그까짓 밥하기가 뭐 어려우냐고, 냉장고 청소를 겸해 저녁 먹이려는 거니 고마워할 거 없다고 솔직한 속내를 말하고 부엌에 얼씬거리지 못하게 한다. 부엌은 마당처럼 흙바닥이어서 혼자나 둘이서 먹을 수 있는 작은 식탁과 의자는 놓여 있지만, 시집 식구들이나 남편의 친구들이 놀러 왔을 때 쓰는 큰 식탁은 마루방에 있다. 이왕 부러움을 산 끝이니 그들도 버젓한 식탁도 있고 그림까지 걸려 있는 마루방에서 대접해야 할 것 같다.

밥통은 플러그를 빼고 김치와 몇 가지 반찬은 밀폐용기째로 주섬주섬 쟁반에 받쳐놓고 가장 어린 사람을 부른다는 게, 어이 '소아마비' 나 좀 도와줘, 라고 말했다. '소아마비'가 방긋 웃으면서 얼른 와서 쟁반을 받아가지고 내가 일러주는 마루방으로 갔다. 나는 밥공기와 수저통, 물주전자 등 그밖의 것을 챙겨가지고 뒤따랐다. 마루방에도 작은 냉장고가 있고 음료수와 남편이 먹다 만 와인병 등이 들어 있었다. 와인 하실래요? 나는 술을 잘 못하지만 한번 딴 와인을 오래 두면 안 좋다는 남편 말이 생각나서 해본 소리였다. 어머머 와인씩이나, 부티 난다, 나는 부티 나는 건 뭐든지 좋아하는데, 제일 먼저 '소아마비'가 반색을 했다. 몇 개 안 되는 와인잔도 마루방 수납장에 있어서 모두에게 권하고 나니 병이 비었다. 못 마신다고 사양하는 사람들 것까지 홀짝홀짝 비워주고 난 '소아마비'가 밥을 몇 숟갈 뜨다 말고 뜬금없이 저 소아마비 아닌데요, 하는 것이었다. 당신들 놀랐지롱 하는 것처럼 장난기 어린 표정이었다. 시종 우울해 보이던 '뜸'이 숟가락을 소리나게 내려놓으면서, 그럼 배냇병신이었단 말야? 하고 듣기 거북한 과민반응을 보였다. 아뇨, 아파트 삼층에서 뛰어내려서 엉치뼈가 왕창 나갔거들랑요. '소아마비'가 비음을 내며 몸까지 비틀었다. 내 눈엔 우선 그게 이상하게 비치는데 보살님은 곧이곧대로 받아들인 것 같았다.

"쯧쯧, 무슨 일로 그런 독한 마음을 먹었는지 모르지만 삼층 정도에서 뛰어내려봤댔자 안 죽을걸. 적어도 육층 이상은 돼야 완전하게 목숨 끊을 수 있을 거야. 그래도 그만하기 다행이지 뭐야, 머리나 척추를 다쳤으면 어쩔 뻔했어. 지난 일은 지난 일이고 앞으로라도 딴마음 먹지 말고 악착같이 살아야 돼. 업보란 죽는다고 피해지는 게 아니야. 또다른 악업을 지을 뿐이지. 나무관세음, 나무관세음…… 알아들었수? 내 말 허투루 듣지 말구."

'보살님'의 설교가 길어지려고 하자 '소아마비'가 저 그런 사람 아니걸랑요, 하면서 아무도 못 끼어들게 빠른 소리로 자초지종을 이야기했다.

'소아마비'의 고백

남편이 의처증이 심했어요. 때리거나 그러지는 않았지만. 안 한 게 아니라 못 한 거죠. 저를 어떻게 때려요. 저를 얼마나 사랑하는데. 결혼도 그 사람이 하도 따라다녀서 동네 창피하기도 하고, 딴 데로 시집가도 편히 살게 놔줄 것 같지 않다고 부모님이 먼저 손을 들고 허락하셔서 하게 된 거였죠. 저도 싫지는 않았어요. 다니는 회사도 튼튼하고 그 사람도 키만 좀 작다 뿐이지 얼굴 번듯하고 건강하고. 결혼할 때도 우리 부모님은 한 푼도 못 쓰게 하고 싸데려가다시피 했으니까요. 우리 집도 부자는 아니지만 딸자식 맨몸으로 내줄 정도로 형편없는 집도 아닌데 일전도 못 쓰게 하는 거예요. 그렇게 저를 데려가는 것만 감지덕지하니까 저도 제가 특별한 매력이 있는 게 아닐까, 우쭐하게 되더라구요. 신혼여행 갔다 와서 출근할 때는 회사 가기 싫다고 몇 번 떼를 쓰다 나가고, 회사 가서는 하루 몇 번씩 아무 일 없냐고 전화를 해쌓고, 신혼 시절만 해도 그러려니 했는데 권태기가 와도 좋을 만큼 살았는데도 똑같이 그러니까 점점 짜증이 나다가, 아, 이 사람이 정상이 아니다 싶어서 친정엄마한테 하소연하면 야, 넌 엄마 아빠가 서로 소 닭 보듯이 사는 것만 봐서 뭘 몰라, 연속극도 못 봤냐, 다들 그렇게 깨가 쏟아지게 사는걸, 난 세상 헛살았다 싶더라, 이런 식이에요. 이게 깨가 쏟아지는 거라면 그렇게 알고 참자, 참자, 하면서도 내가 온종일 뭐하고 살았나 시간별로 알고 싶어 하고, 자기가 칼같이 퇴근해서 들어오는 시간 맞춰 나는 오뚝이처럼 꼼짝 않고 기다리고 있어야 하고, 무엇보다 제가 힘든 건 그 사람이 전화걸 때 없었다면 그동안 어디 가서 뭐했고, 누굴 만났고 몇시에 돌아왔고, 그 정도의 외출에 그렇게 시간이 많이 걸렸을 리 없다고 추궁을 당하면 아 참, 오다가 동창 누굴 만나서 차를 한잔 마셨다고, 마치 초등학생이 방학만 되면 실행도 못 할 일정표 짜듯이 저하고 같이 있지 않은 시간을 시간별로, 분별로 아귀를 맞춰서 제출해야 직성이 풀리는 거예요. 점점 미칠 것 같아지더라구요. 하루에도 몇 번씩 내가 결혼 잘못했구나, 이게 감옥이지 감옥이 따로 있나, 혼자서 가슴을 쳤죠. 처갓집에도 여전히 잘하니까 엄마한테는 하소연해

봐야 통하지 않고, 친구에게도 내가 이러고 산다는 걸 털어놓는 건 자존심 상하는 일이고, 혼자서 시들시들 마르고 그러는 사이에 덜커덕 애가 생기고 만 거예요. 그후 한 해 걸러로 애가 둘이나 더 생기는 사이에 내 새끼를 같이 예뻐하고 같이 걱정하고 책임져줄 가장인데 그 정도의 횡포는 참아줘야 하지 않을까, 하는 체념이 스스로 생기더라구요. 엄마는 이제야 철들었다고 안심하고. 사실 저는 살림 알뜰하게 하고 내 몸치장하는 데는 도가 텄지만 어디 가서 돈 한 푼 벌 자신은 없거든요. 뭐니 뭐니 해도 여자 기죽이는 데는 경제력이 제일이잖아요. 그 사람도 그걸 느꼈나봐요. 여자를 제 손아귀에 꽉 쥐고 싶은 사람이 왜 그걸 모르겠어요. 월급쟁이 해서는 애들 잘 기를 자신 없다고 다니던 회사 제품 대리점을 하나 따가지고 회사를 그만둔 거예요. 훨씬 더 바빠진 것까지는 좋았는데 대리점을 바로 우리 아파트 상가에 얻은 거 있죠. 점심은 거의 집에 와서 먹고, 그이가 가게를 비울 수 없을 때는 가게까지 한 상 차려서, 마치 음식점 종업원처럼 이고 나가야 하고. 날마다 일정한 시간에 장보러 그이 가게 앞을 지나가야 하고. 우리 집에서 지하 슈퍼까지 가려면 꼭 그이 가게 앞을 통과해야 하거든요. 한번은 그이 가게에서 보이는 길가에서 지나가던 어떤 남자하고 같이 하늘을 쳐다본 일이 있었어요. 그럼요, 전혀 모르는 남자다마다요. 길 가던 웬 남자가 하늘을 쳐다보고 빙긋빙긋 웃기에 무심히 나도 쳐다봤죠. 꼬리 달린 연 두 개가 하늘에서 엉켜서 싸우고 있는 거예요. 나도 그 남자처럼 빙긋빙긋 웃으면서 쳐다봤죠. 우리 아파트에서 가까운 고수부지에 연날리기장이 있거든요. 단지 외간남자하고 같이 하늘을 쳐다봤다는 이유 하나만으로 그 자리에서 머리채를 잡혀가지고 집으로 끌려왔다니까요. 맞아요. 의처증도 이쯤 되면 중증이죠. 저도 그날만은 순순히 당하기만 하지 않고 죽기 살기로 대들고 보따리까지 쌌더랬죠. 하도 세게 나오니까 실토를 하는데 자기도 어쩔 수가 없대요. 제 계집이 남자만 보면 꼬리를 치는 걸 어떻게 보고만 있냐는 거예요. 제발 꼬리만 치지 않으면 자기 병은 저절로 나을 테니 이번 일은 용서해달라고 비니 어쩌겠어요. 내 꽁무니에 정말 꼬리가 달린 걸까. 내가 너무 엉덩이를 흔들면서 걷는 걸까. 항상 뒷모습에 신경이 쓰이더라구요. 어떤 때는 에라 모르겠다, 될 대로 되라고 평상시처럼 내 멋대로 걷다가 혹시 누가 뒤에서 따라오나 돌아봐도 섭섭하게 아무도 안 따라오는 거 있죠. 그이도 참고 나도 참으면서 겨우겨우 소강상태를 유지하고 있을 때 그 일이 난 거예요. 무슨 일이냐고요? 내가 이렇게 될 수밖에 없는 일 말예요. 아파트 현관문을 안 잠그고 있었나봐요. 우리 아파트는 옛날에 지은 거라 저절로 잠기지 않아요. 안에서 열어주지 않으면 열쇠가 있어야 되니까 수시로 들락거리는 아이들 때문에 안 잠겨 있을 때가 많아요. 내가 워낙 문단속 같은 데는 신경 안 쓰는 편이거든요. 남편도 마누라 단속에 비해 문단속엔 허술한 편이에요. 밤에도 안 잠그고 잘 적이 많은걸요. 막 슈퍼에 가려고, 그날따라 살 게 많아서 식탁에서 메모를 하고 있는데 문소리만 나고 인기척이 없는 거예요. 고개를 들었더니 웬 남자가 징그럽게 웃으며 날 내려다보고 있지 뭐예요. 소름이 쫙 끼쳤어요. 얼굴만 보고도 알겠더라구요. 그 남자가 원하는 게 뭔지. 내가 도망치려고 일어서자 내 팔목을 꽉 잡더군요. 나는 우선 남자의 팔목을 사정없이 물어뜯고 나서 사람 살리라고 목청껏 악을 쓰면서 뒷베란다로 달려가서 뛰어내렸어요. 완전 제정신이 아니었고 그후엔 당연히 정신을 잃었죠. 엉덩이만 나간 게 아니라 뇌진탕 증세도 있어서 며칠 만에 깨어났어요. 남편이 울면서 기도하고 있더군요. 종교는 무슨 종교요. 하느님 부처님 다 불렀겠죠. 그후 전 열녀가 된 거예요. 아무한테나 열녀 났다고 풍기고 자랑했으니까요. 하마터면 아파트 진입로에 열녀문 설 뻔했다니까요. 그후 제 신상이 이렇게 편해진 거죠. 마음대로 놀러 다니래요. 묻지마관광도 두말 않고 보내준다니까요. 근데 참 이상한 거 있죠. 남편 입에서 꼬리친다는 말버

룻이 쑥 들어가고 나서 비로소 그게 무슨 뜻인지 알게 됐어요. 그게 무슨 뜻이냐 하면요, 내가 유혹하고 싶은 남자는 얼마든지 유혹할 수 있는 타고난 능력과 소질이 나에게 있다는 뜻이었어요. 정말 그래요. 내가 꼬시고 싶은 남자 못 꼬신 적 없어요. 불쌍한 우리 남편은 마누라 열녀 만들고 나서 여자 보는 눈이 완전히 멀어버린 거구요. 어제도 외간남자하고 놀러 와서 펜션에 묵었어요. 벼룩이도 낯짝이 있으니까 그 남잔 아침나절 먼저 가고 난 실컷 낮잠 잔 다음에 저녁때 가려고 했는데 이렇게 되고 말았네요. 그런 눈으로들 보지 마세요. 가끔 이렇게 스트레스 해소하는 것 말고는 저 살림 잘해요. 제 돈 절대 외간남자한테 쓰지도 않고요. 남자도 바람둥이가 아내한테 더 잘한단 말 있잖아요. 여자도 마찬가지예요. 홈 스위트 홈, 콧노래가 나올 만큼 즐거운 우리 집이라니까요.

소아마비가 말을 마치자 '보살님'은 나무관세음, 나무관세음 중얼거렸고 '뜸'은 겁먹은 얼굴로 먼저 들어가 쉬겠다고 했다. 밥이 어디로 들어갔는지 모르게 우리의 숟갈질은 끝난 지 한참 된 것 같았다. '뜸'은 표정만이 아니라 몸까지 떨고 있다는 게 느껴졌다. 불쾌한 걸로 치면 내가 더할 것이다. 남편은 나에게 결벽증을 넘어 도덕적인 강박관념이 있다고 할 정도로 요즈음 흔해빠진 혼외정사 따위 도덕적 문란에 대해 듣는 것도 즐기지 않았고 입에 담는 것은 더더욱 싫어하는 성미였다. 어떻게 저런 망측한 소리를 점잖은 어른들 앞에서 얼굴 하나 안 붉히고 나불대는 걸까. 속으로 ×만도 못한 년, 하는 쌍욕이 저절로 나왔다. 우린 다들 '소아마비' 쪽으로 시선과 몸을 집중하고 너무 붙어앉아 있었다. 그의 고백을 솔깃하게 즐긴 게 아니었을까. 이 탁한 공기를 바꾸고 싶었다. 다들 피곤할 것이다. 들어가 자야 할 시간이라 해도 뭐라지 않을 것이다. 여자끼리였다. 넷이 묵기엔 방도 넉넉하고 이부자리도 충분했다. 둘씩 둘씩 방을 써도 되는데 나는 '뜸'이 건강한 몸이 아니라는 걸 감안해서 마치 여관집 주인처럼 독방을 드릴까요, 하고 물었다. 왜요? 하고 '뜸'이 되물었다.

"많이 피곤해 보여서요. 뜸 뜨는 데도 체력 소모가 많다면서요. 어디가 안 좋으신지는 모르지만 효험은 좀 보셨나요?"

처음 볼 때보다 병색이 더 완연해지는 '뜸'에게 동정심과 부담감 같은 걸 느끼고 있었다. '소아마비'보다 더 나이들어 보이는 것도 아닌데 꼬박꼬박 존댓말을 쓰고 있었다.

"내가 아까부터 가르쳐드리고 싶었어요. 용한 침쟁이를 알고 있거든요. 뜸으로 고칠 수 있는 병은 침으로도 고칠 수 있다고 해요. 뜸 뜬 데를 보아하니 생판 돌팔이지, 그렇게 용한 뜸쟁이도 아니구먼 뭐. 그냥 놔두면 사람 잡을 것 같아서 내하는 얘긴데……"

바야흐로 '보살님'이 용한 침쟁이를 소개해주려는 순간 '뜸'의 표정이 결연해지면서 말했다. 입술이 애처롭게 씰룩댔다.

'뜸'의 고백

이건 뜸 뜬 자국 아니라 남편이 담뱃불로 지진 자국이에요. 그인 툭하면 나를 이렇게 담뱃불로 고문한답니다. 저 같은 년은 고문당해 싸구요. 나도 바람을 피웠냐고요? 바람은 아무나 피우나요. 내 주제에 무슨 바람이에요. 난 서른 넘어 선봐서 결혼했어요. 수수하지만 착한 남자하고요. 이 세상에 흔한 보통 부부였어요. 아이가 안 생겨 걱정하고 기다리다가 삼 년 만에 임신이 되고 첫아이를 낳았는데 아이가 보통 아이하고 달랐어요. 뇌성마비라나, 머리통도 보통 신생아답지 않게 작고 눈동자도 두 눈이 각각 딴 데를 보고 손발이 뒤틀리고, 우리 눈에도 사람 되긴 틀렸더라구요. 그래도 사람 만들어보려고 애쓸 만큼은 써보았어요. 의사라도 희망적인 얘기를 해주든지 최선의 방법을 일러줬더라면 그대로 했을 텐데 무작정 있는 그대로의 그애를 인정하는 도리밖에 없다는 거예요. 고칠 수 없다는 걸 알고 나서 남편은 제발 그애를 어디 고아원 앞에 내다버리라는 거예요. 외국 사람들은 불구도 잘만 입양해간다더라 하면서요. 술 먹고 들어오면 오늘도 안 내다버렸냐고 생지랄을 하고. 사는 게 사는 게 아니었어요. 견디다 못해 어느 날 정말 내다버렸어요. 전부터 점찍어두었던 입양기관 앞에다요. 남편은 아이 어디 갔냐고 묻지도 않고 마치 우리에게 그 아이가 없던 때로 돌아간 것처럼 굴더군요. 그래도 불안해서 그 사실을 감쪽같이 숨기려고 이사까지 갔죠. 사람이 짐승만도 못하다는 걸 그때 알았어요. 그 와중에도 또 아이를 만들었으니까요. 제발 이번만은 건강한 아이를 낳게 해달라고 기도하는 마음은 그이도 마찬가지였겠죠. 기도가 헛되지 않아 둘째는 정말이지 예쁜 천사 같은 딸이었어요. 그이도 그때부터 마음을 잡고, 툭하면 그만두던 직장을 착실하게 다니게 됐죠. 사람 사는 행복이 이런 거로구나 싶게 오랜만에 찾아온 평화가 고맙고 달기만 하더라구요. 또 아이가 생겼어요. 이번엔 아들이었고 그애 또한 무럭무럭 건강하게 자라면서 집 안에 웃음꽃이 피자 우리 같은 죄인이 이렇게 행복해도 되는 걸까 자다가도 소스라쳐 깨어나질 않나, 낮에도 문득 남편이 교통사고를 당하지나 않을까, 해고를 당하지나 않을까, 방정맞은 생각이 들기 시작하면 안절부절 아무것도 못 하고 재롱 피우는 새끼들도 다 귀찮고, 이런 증세를 견디다견디다 못해 순전히 나 살

자고 내가 버린 아이를 찾아나선 거예요. 찾는 데 좀 시간은 걸렸어도 그리 오래 걸리진 않았어요. 그애는 주로 중증 장애인만 돌보는 데로 보내졌더군요. 그게 바로 요 너머에 있는 '천사들의 집'이에요. 나만 아는 그애의 신체적 특징도 있고 해서 난 어렵지 않게 그애를 알아볼 수 있었죠. 그 기관이 가톨릭 계통에서 운영하는 데라 나는 가톨릭 영세까지 받고 봉사자가 돼서 그 집을 수시로 드나들게 됐죠. 부부는 일심동체라더니, 내가 안정을 찾자 무슨 눈치를 챘는지 남편의 생지랄이 도진 거 있죠. 내 자식 어따 갖다버렸나 대라고, 술만 먹고 들어오면 이렇게 내 살을 지진답니다. 술 안 먹을 때는 멀쩡해요. 아이들하고 놀아주기도 잘하고, 언제 그랬더냐 싶게 저를 위해주고 지진 자국이 덧나지 않게 연고도 사다가 정성스레 발라주고. 그럴 때 보면 눈물까지 글썽해요. 내 상처는 몸 밖에 있지만 그의 상처는 몸속에 있다는 걸 느끼죠. 우리 둘 다 견디기 위해선 상처가 필요한 사람들이에요. 그까짓 거 말하지 그러냐고요? 못 해요. 아니, 절대로 말 안 할 거예요. 나한테는 그애를 버리고 얻은 두 아이가 그애 못지않게 중요하거든요. 두 아이는 상처 없이 키우고 싶어요. 내가 버린 아이는 잘 지내요. 똥오줌도 제대로 못 가리지만 천사 대접 받으면서 살고 있죠. 나는 그애를 편애하지만, 순전히 편애하는 재미로

살지만 그애는 어떤 봉사자에게나 공평하게 천사의 웃음을 웃죠. 그래서 그애하고 같이 있는 동안은 나도 천사가 돼요. 나에게는 그런 효자가 없답니다. 만약 그애가 어디 있다는 걸 남편이 알아보세요. 모든 것이 엉망진창이 돼버릴걸요. 그인 나처럼 강하지 못해요. 나는 우리 네 식구의 가정도 지켜내야 하고 내가 버린 아이의 행복도 지켜야 해요.

우린 아무 말도 할 수가 없었다. 침묵이 버거울 때를 맞추어 보살님이 나무관세음, 나무관세음…… 하면서 자리를 뜨려고 했다. 그때 '소아마비'가 그냥 가시면 어떡해요? 하고 보살님의 회색 옷자락을 장난스럽게 붙잡고 늘어졌다.

"졸려서 그러는데 그냥 가잖으면?"

"듣기만 하셨잖아요. 보살님도 한마디 하셔야죠. 전 아까부터 보살님이 할 말이 제일 많은 분이라고 여겼는데…… 해보세요. 듣고 싶어요. 사람들 마음속엔 참 겹이 많거든요. 나도 진짜 내가 누군지 모르겠더라. 보살님도 한 겹쯤 벗어봐요. 어서요. 그래도 나체裸體 안 나올 테니, 안심하고."

"무슨 실례야. 점잖은 분한테."

내가 나무라자 뜻밖에도 보살님이 나도 점잖은 사람 아닙니다, 하면서 말문을 열었다.

그래요. 사람은 참 겹이 많지요. 맨몸뚱이가 나올 때까지 벗으려면 이 밤이 모자랄 테니 이 승복 한 겹만 벗어볼게요. 저 수리산 골짜기에 있는 암자는 죽은 영감님이 퇴직금으로 사놓은 집이었어요. 딸린 텃밭과 임야도 좀 되고요. 그때 남편하고 친분이 있는 이 고장 군수가 그 근처에 뭐가 들어선다는 정보를 주어서 산 것 같은데 우리 영감은 그 땅이 마음에 들어서 산 거지 뭐가 들어서서 땅값이 오르지 않아도 타격받지 않을 만큼 노후 준비가 돼 있는 양반이었어요. 여름에는 거기 와서 농사 흉내도 내면서 우리도 이만하면 잘 늙었다고 만족해하는 재미만 해도 들인 돈이 안 아까웠죠. 성수기엔 우리 식구 말고도 와서 놀다 가겠다는 친구들이 줄을 서서 비어 있을 틈이 거의 없었죠. 영감님 친구나 내 친구들이나 그까짓 별장은 있어 무엇하나, 이렇게 별장 가진 친구가 있는데, 하면서 만족해하는 선량하고 욕심 없는 친구가 대부분이었어요. 우린 별장이라고 부르는 것보다는 산장이라고 불러주길 바랐죠. 그게 그거지만 각자 취향이라는 것이 있으니까요. 그 집에 딸린 산에서 송이도 좀 났기 때문에 재주껏 송이를 채취해서 생으로도 먹고, 재래식 부엌 아궁이에 장작을 때다가 사윈 불에 얹어 구워서 왕소금에 찍어 먹는 맛에 재미를 붙이면 다들 좋아 죽고 못 살더라구요. 겨우내 때고도 남을 장작을 들여놔주는 친구도 있고, 내가 신경쓸 새 없이 어느 틈에 대형 냉장고에 고기랑 과일을 채워주는 친구도 있고, 우리 아는 사람들은 죄다 큰 부자는 없어도 남에게 신세지는 건 극도로 싫어하는 사람들이었으니까요. 다 영감님 인복이었죠. 그 집을 좋아하는 모임까지 만들어가지고 영감님 칠순도 거기서 할 거라고 벼르더니 칠순을 못 넘기고 영감님이 먼저 가셨어요. 그분과 함께 그 집의 전성기도 가버렸죠. 아들네도 딸네도 일 년에 한두 번은 그 집에 제 식구들을 데리고 왔지만 어딘지 의무적이었어요. 손자들은 산보다 바다를 더 좋아한다나봐요. 큰아들이 인도네시아 지사로 발령이 나서 제 식구 데리고 삼 년 예정으로 그쪽에 나가 살게 되었어요. 내가 봐줘도 되는데 그 더운 나라에 어린 것들을 다 데리고 가는 게 좀 그렇더라구요. 몸이 약한 큰손자는 내가 데리고 있고 싶었어요. 우리 같은 구닥다리 세대에겐 맏손자의 의미가 각별하잖아요. 그 녀석도 저를 유난히 따랐구요. 반년 만에 그애만 즈이 애비가 도루 데리고 왔더라구요. 그애 밑의 두 애는—그애들은 쌍둥이였어요—현지 학교에 잘 적응을 하는데 그애는 학교 가기 싫어하고 할머니만 찾는다고. 나한테 맡기면서도 제발 오냐오냐 끼고돌지 말고 엄하게 키우라고 설교까지 하더라구요. 나도 오기가 있는지라 삼

년 후에 가족이 합쳤을 때, 제 동생들은 영어를 자유로 나불대는데 걔만 못하면 기죽을 것 같아서 딴 과목은 학원만 보내고 영어는 입주하는 독선생을 붙였답니다. 선생은 어려서 이민가서 영어는 원어민 수준인데 한국에서 취업하고 싶어 돌아오긴 했지만 아직은 여기저기 학원강사로 돌 뿐 제대로 된 직장을 못 잡았으니 숙식을 제공하고 용돈 수준의 사례만 하면 될 거라는 게 소개한 사람한테서 들은 조건이었어요. 제 새끼가 늙은이하고만 있게 된 걸 걱정하던 자카르타의 아들 내외도 대찬성이었죠. 졸지에 세 식구가 됐죠. 젊은 남자가 집에 있으니까 좋더라구요. 집에선 한 끼만 먹겠다고 해서 저녁 반찬에 신경쓰는 것도 처음엔 부담스럽더니, 저 사람 덕에 우리 식구가 반찬 없는 밥 안 먹고 챙겨먹는다고 돌려 생각하니 그 또한 좋더라구요. 여름에 우리 산장으로 피서만 안 왔어도 좋았을 것을. 명색만 방학이지 손자도 선생도 쉴 틈이 너무 없어서 뭔 놈의 세상이 이런가, 안 되겠다 싶어 내가 어렵게 아이하고 선생하고 같이 쉴 수 있는 날을 뽑아내어 겨우 마련한 여름휴가였죠. 여긴 그때부터도 서울보다 비가 많은 고장이었나봐요. 오던 날 밤부터 쏟아지던 폭우가 그 다음날까지 계속돼서 계곡에 나가 놀 수도 없고 등산도 할 수 없고 집에 틀어박혀 TV나 볼밖에 할 일이 없더군요. 손자는 제 방에서 혼자 컴퓨터 게임을 하고 있고, 난 선생하고 나란히 앉아서 TV를 보고 있는데 밖에서는 천둥번개가 무섭게 치더군요. 천둥번개 때문인지 선생하고 나하고의 거리는 차츰 좁혀져 거의 붙어 앉다시피 했어요. 처음엔 홈드라만 줄 알았어요. 미국의 한적한 교외의 중산층 동네가 나오고 황금색으로 물든 가로수 길을 매끈한 차가 미끄러지듯이 지나가고 그림 같은 집 앞에 파티에서 돌아오는 다정한 중년 부부가 내려서 명랑하고 들뜬 목소리로 집에 남아 있는 딸의 이름을 부르면서 현관문을 열자마자 무참하게 살해된 딸의 시신이 천장에 거꾸로 매달려 있는 거예요. 나는 그들의 비명소리보다 더 큰 비명을 지르며 선생의 품속으로 파고들었죠. 선생의 상체가 나를 감싸고 부드럽게 다둑거리는 게 느껴져 눈을 뜨니 화면은 경찰이 도착한 장면으로 바뀌었더군요. 나는 내 경솔이 민망스러워서 변명처럼 한다는 소리가, 아이고 놀라라, 이것 좀 봐요, 하고 선생의 손을 끌어다가 나의 가슴에다 대고 내 심장이 얼마나 벌렁거리는지 느끼게 했죠. 선생이 먼저 손을 빼더군요. 내 얼굴이 불같이 화끈댔는데 그건 아쉬움이었어요. 그때 내 나이 이미 육십대 중반이었는데 어쩌자고 남자와 여자의 육체적 접촉에 그런 황홀한 기쁨이 숨겨져 있다는 걸 그때 처음 안 것처럼 느꼈을까요. 죽은 영감하고 연애결혼은 아니었어도 의좋은 부부였고 부부

생활에도 아무 문제 없이 아들딸 잘 생산했는데 그게 다 헛산 것처럼 무의미해지더라니까요. 미쳤지요. 그 나이에 내 인생의 전부를 부인해도 그만인 사건을 만들었으니까요. 그후엔 세상이 다 달라졌죠. 양양까지 장도 같이 보러 가고 반찬도 같이 만들고 설거지도 하고, 그전에도 선생은 미국서 자란 티 나게 그런 일들을 자연스럽게 도와줬었는데 그 일이 있은 후부터는 일을 핑계로 그의 몸과 닿을 때마다 떨리는 쾌감 때문에 그 모든 일들이 오락처럼 즐겁기만 했죠. 같이 자보고 싶다는 생각은 안 했냐고요? 아뇨, 전혀 안 했어요. 남편과 살을 섞었던 일까지 불결하게 느껴진걸요. 그때 나는 완전히 어른의 세계가 열리기 전의 이팔二八로 돌아갔으니까요. 꿀 같은 여름휴가가 끝나고 내일이면 서울로 돌아가야 하는 그 전날 밤, 양양으로 장을 보러 가자고 선생을 꼬셨죠. 건어물이 서울보다 싸다는 이유였지만 내 속셈은 따로 있었던 것 같아요. 아마 한번 더 안겨보고 싶었을 거예요. 번쩍번쩍 야한 조명이 빙글빙글 도는 나이트클럽 앞에서 구경 삼아 한번 들어가보자고 했죠. 좁은 공간에서 비비적대며 광란하는 젊은이들 사이로 용감하게 섞여보았지만 리듬감이 부족한 나는 어색하게 겉돌다가 그를 잃어버렸죠. 그는 젊은이답게 능숙했죠. 블루스를 출 때는 젊은이들이 많이 줄어서 홀이 한결 헐렁해졌어요. 선생이 나

더러 같이 추자고 하데요. 블루스는 더군다나 못 춘다고 했더니 신발 벗고 자기 발등에 올라타라는 거였어요. 하라는 대로 했죠. 선생도 나도 몸무게에 신경 안 썼어요. 마치 내 몸이 그네를 굴려 허공으로 치솟은 이팔의 춘향이가 된 것처럼 치마폭에 바람이 잔뜩 들어서 붕붕 떠다녔으니까요. 너무 즐거워 이렇게 즐거워도 되는 걸까 더럭 겁이 나더군요. 낮에 한바탕 폭우가 지나간 날이었어요. 건어물은 샀는지 말았는지 생각도 안 나네요. 무도회에서 돌아오는 젊은 한 쌍처럼 상기된 뺨을 밤바람에 식히며 산장에 돌아왔을 때 집이 비어 있는 거예요. 손자의 이름을 소리소리 부르며 찾아 헤매다가 불길한 생각에 경찰에 신고해 도움을 청했지만 다음날 찾은 건 개울 하류 바위틈에 걸려 있는 그 아이의 시체였죠. 우리가 밤늦게까지 안 오니까 아마 마중을 나갔겠죠. 그 기막힌 소식을 듣고 인도네시아에서 아들만 오고 며느리는 안 왔더라구요. 누가 보기에도 내가 그닥 큰 잘못을 한 걸로 보이진 않았나봐요. 아들이 오히려 미친 듯이 울부짖는 저를 위로하더군요. 그 지경까지 가서도 난 선생이 나를 옆에서 지켜주고 다독거려주는 게 기분이 좋았어요. 그 맛에 더 난동을 부렸는지도 모르지요. 선생도 아마 그걸 눈치챘을 거예요. 손자 장례 치르고 나서도 한동안 우리 집에 더 머물렀으니까요. 언제 어떻게 그 꿈에서 깬

줄 알아요? 어느 날 선생이 정색하고 나에게 돈을 꿔달라는 거예요. 아이가 죽고 나서도 그애 선생이었을 때 주던 만큼의 사례를 했는데도 그러지 뭐예요. 취직이 뜻대로 안 되니 사업을 해보고 싶다나, 하면서요. 적지 않은 거액이었어요. 비로소 정신이 퍼뜩 들면서 발바닥이 땅에 닿더군요. 순식간에 내 안에서 정욕과 물욕이 비기고 텅 비는 걸 느꼈죠. 거절하고 적당한 퇴직금을 줘서 그를 내보냈죠. 도대체 사람이라는 건 뭘까. 정욕과 물욕을 현세에서 벗어나는 게 가능한가. 그런 오죽잖은 고뇌 끝에 산장을 큰 절에 기증해서 암자를 이룩한 후에는 거기다 손자의 위패를 모셔놓고 수시로 드나들며 명복을 빌죠. 이러다 머리 깎고 중이 된다고 해도 내 젯값이야 어디 가겠어요. 사실은 그러지도 못해요. 아직도 가진 게 꽤 되니까요.

'보살님'의 고백이 끝나자 다들 나를 쳐다봤다. 이번엔 네 차례라는 채근 같기도 하고, 저 여자도 설마 입을 열겠지, 지켜보려는 짓궂은 호기심 같기도 했다. 인간이기에 인간이 아니었던 시간에 대해 말하고 싶은 욕망은 정욕보다도 물욕보다도 강하다는 걸 나는 안다. 그러나 나는 그 욕망에 굴하지 않을 것이다. 여태까지도 잘 방어해왔다. 이러한 나를 야유하듯이 '소아마비'가 말했다.

"내가 아까 말한 거 여태까지 아무한테 말하지 않던 거예요. 눈치채고 있는 사람도 없어요. 완전범죄였는데 말해버리니까 되게 개운하네요. 살 것 같아요."

다들 아무한테도 말하지 않았고, 죽을 때까지 말하지 않을 줄 안 걸 말해버리고 나니까 이렇게도 살 것 같다는 데 동의했다. 아무리 그래도 나는 말하지 않을 것이다. 남편 말대로 나는 도덕적인 강박증이 있는 사람인지도 모른다. 그들이 한 고백은 차마 입에 담을 수 없는 망측한 스캔들인 건 분명하다. 내 보기에 그들은 그런 망측한 이야기를 부끄러워하기는커녕 과장까지 해가며 털어놓았다. 필시 소문날 걸 두려워하는 마음이 없기 때문일 터. 어디 사는 누구인지 주소도 이름도 성도 모르는데 누가 어떻게 소문을 내겠는가. 그들의 보안은 이렇듯 완벽하지만 나는 다르다. 나는 천년 묵은 고목처럼 한자리에 뿌리박고 누대를 살아온 이 고가의 주인이다. 상속녀다. 그것만으로도 나의 존재증명은 충분할 것이다.

"난 보시다시피 세상물정 모르는 꽉 막힌 여자랍니다. 살림밖에 몰라요. 여러분처럼 화려한—아니지 참, '뜸'씨에겐 미안—과거가 없어서 미안해요."

그렇게 양해를 구하고 나서 하품을 하고, 부엌하고 붙은 안방에다 그들 세 사람의 자리를 나란히 깔았다. 이부자리를 따로따로 깔고도 여유가 충분히 남아 있었지만 나는 혼자 자고 싶었다. 마루를 사이에 둔 건넌방은 안방보다 훨씬 좁다. 그러나 침대가 있어서 남편하고 함께가 아닐 때는 거기서 혼자 자 버릇한 방이다. 금방 잠이 올 것 같지가 않아서 툇마루 밑에서 고무신을 찾아 신고 마당으로 내려선다. 이지러지기 시작한 달이 휘영청하다. 준수한 산봉우리들에 안긴 동네이다. 안방에서 자는 세 여자의 편안한 숨소리가 들릴 듯이 고요한 밤이다. 당신들은 왜 나에게 그런 무섭고 천박한 비밀을 털어놓은 거죠? 날 언제 봤다고, 날더러 어쩌라고? 마치 유도심문을 무사히 빠져나온 것처럼 아찔하다.

그날 밤도 저 산봉우리들은 저러했을까. 그날 밤의 산봉우리는 저렇게 무심하지 않았다. 암벽은 곤두서 있었고 숲은 선혈이 낭자해서 몸을 뒤틀었다. 단풍철이었다고 해도 밤중에 붉은빛이 그렇게 드러나 보였을 리 없건만 내 심상엔 그렇게 남아 있다. 그날 밤 내 마음에 인화된 산이 진짜고, 여기 올 때마다 대하는 현실의 산이 가짜 같다. 마치 화집이나 미술관에서 세잔이나 고흐가 그린 풍경화를 보고 깊이 감동받은 일이 있다면 그후 그 그림에 영감을 준 현실의 경치 앞에 설 기회가 생겼을 때, 현실이 가짜고 그림이 진짜인 것 같은 착란이었다.

나는 이 집에서 태어났다. 내가 태어날 때의 이 집은 사랑채와 부속건물을 합해 남아 있는 안채의 세 곱은 되는 규모였다고 한다. 소유하고 있는 땅도 많아 식량난이 극심했던 일제 말기에도 굶주림은 몰랐다고 한다. 해방이 되자 남들이 배고플 때 우리만 배를 채운 벌을 톡톡히 받았다. 그때 이 고장은 삼팔선 이북의 땅이어서 김일성이 통치했다. 토지는 소작인들 차지가 되었고 집은 머슴들이 차지했다. 그때만 해도 삼팔선이 허술해서 산을 타고 남으로 야반도주하는 집이 몇 집 걸러로 생겨나곤 했다. 지주 아니라도 일제 때 면 서기만 했어도 반동으로 모는 세상이었다. 옹색하고 남루한 집에서 겨우 비바람이나 피하게 된 신세는 집안의 최고 어른인 할아버지도 마찬가지여서 '멸문지화滅門之禍로다, 멸문지화로다'라는 중얼거림을 줄곧 입에 달고 살았다. 그나마 누가 들으면 어쩌려고 그러시냐는 구박이나 받기 십상이었다. 역사의 소용돌이도, 위대한 혁명도 우리 할아버지에겐 한낱 가문에 미치는 재앙으로밖에 안 보였던 것이다. 그나마 우리 식구가 굶지 않고 목숨을 부지할 수 있었던 것은 일제 때 서울 가서 전문학교까지 나온 삼촌이 고향에 와서 야학을 하면서 가르친 청년 중에 그 체제에 잘 적응하고 득세까지 한 이가 생겨난 때문도 있었을 것이다. 식구들이 다 죽상이 되어 전전긍긍할 때 그 삼촌 홀로

희망을 잃지 않고 씩씩했으니까. 그 와중에 삼촌은 결혼까지 했다. 솔가해 남쪽으로 내려갈 기회만 엿보던 소심한 아버지는 그 꿈을 단념했다. 식구가 다 없어진다면 모를까, 남아 있는 식구가 있다면 고초를 각오해야 했다. 가까운 친척이나 친하게 지내던 이웃이 가족보다 더 모진 닦달질을 당해야 하는 경우도 있었다. 번성하던 마을이 인구로나 인심으로나 삭막해지기 시작한 게 그 무렵부터였을 것이다. 그러나 어찌 그후에 닥친 6·25 전쟁 때만이야 했겠는가.

우리 식구는 인민공화국에서 6·25를 맞았다. 인민군이 승승장구한다고 했다. 신혼의 삼촌도 인민군으로 나갔다. 대구, 부산 함락은 시간문제고 남한 전 국토를 해방시킬 날도 머지않았다고 했다. 남쪽으로 내려가지 않길 참 잘했다고 아버지는 가슴을 쓸어내렸다. 그 기세대로라면 제주도까지 해방시켰을 무렵에, 패잔한 인민군이 야밤을 틈타 북으로 향해 마을을 통과하고 나서 며칠 동안 마을이 텅 비었다. 우리 식구 말고도 사람 사는 집은 여럿 됐지만 누가 통치하는지 모르는 세상은 빈 거나 마찬가지였다. 빈 세상이 학정虐政보다 더 두려워 사람들은 집 안에 꼭꼭 숨어살았다. 국군은 외국 군대의 지원을 받고 그렇게 승승장구한다고 했지만 소문이었을 뿐 이 마을에서 외국 군인이 어떻게 생겼는지 본 사람은 없었다. 압록강가까지 몰린 인민군은 중공군의 도움을 받게 되었다고 했다. 산골이지만 농지도 넉넉해 살기 좋은 마을이었지만 대처로 통하는 교통이 불편해선지 중공군 또한 소문이었을 뿐 볼 기회는 없었다. 내 평생 이렇게 추운 겨울은 처음 봤다고 어른들이 말하는 소리를 자주 들었다. 외부와의 소통 부재 때문에도 그해 겨울이 유난히 춥게 느껴졌을 것이다. 예년보다 봄도 늦게 왔다. 내일 지구가 망해도 땅을 놀릴 수는 없는 농사꾼들이 기지개를 펴며 밭 갈고 씨 뿌릴 엄두를 낼 무렵, 이 마을은 인민군 세상이 됐다가 국군 세상이 됐다가를 반복하는 격전지가 됐다. 양민의 희생을 원치 않기는 국군 쪽이나 인민군 쪽이나 마찬가지여서 주민들이 남이나 북으로 피난가주기를 바랐지만 할아버지 통솔하에 있던 우리 집은 그동안도 집을 떠나지 않고 똘똘 뭉쳐 굳건히 버티었다. 그 덕에 우리 집은 휴전 후엔 저절로 남한 사람이 됐고 집과 땅도 찾았다. 우리를 내쫓고 인민위원회로 쓰던 사랑채는 불을 지르고 떠나서 없어졌지만 덩그렇게 높이 지은 안채는 성하게 남아 있었다. 요즘 설악산 쪽으로 놀러 가는 사람들은 무심히 지나치는 삼팔선이었다는 표지판 이북, 휴전선 이남의 남한 땅은, 오십여 년 전 그런 자반뒤집기 전란을 견뎌낸 국토인 것이다.

인민군에 나가 싸운 삼촌은 북으로 돌아갔을 것이다. 미리 약속이 돼 있었는지 삼촌댁도 시집 식구와 행동을 같이하지 않고 원산의 친정으로 돌아가 있었다. 나는 삼촌을 좋아했는데 삼촌은 돌아오지 않았다. 아무도 삼촌에 대해 입에 담지 않았고 기다리는 것 같지도 않았다. 내가 삼촌을 좋아했다는 게 생각만 해도 쓸쓸해지는 상처가 되었다. 삼촌에게선 우리 식구들에게는 없는 분위기가 있었다. 옷자락에서 풍기는 냄새까지 향긋했고 무뚝뚝한 식구들에게는 없는, 연민을 숨기지 못하는 우울한 표정을 하고 있었다. 삼촌을 통해 막연히 동경하게 된 교양인의 냄새가 사라진 우리 집은 어린 나에게 무지렁이들만 남은 것처럼 보였다. 왕년에 한학 좀 했다고 문자 쓰기 좋아하는 할아버지도 무지렁이의 우두머리 정도로밖에 안 보였다. 언제부터인가 할아버지가 또 그 어려운 문자를 쓰기 시작했다. 우리 집을 찾았다고는 하나 사랑채를 복원한 것은 아니어서 안방에서 우리 사남매 중 셋이 할아버지하고 같이 자고, 건넌방은 아버지하고 엄마가 막내를 데리고 잘 때였다. 한밤중에 밖의 어둠이 술렁거리고, 자는 막내를 엄마가 안방에 데려다 뉘고 나면 할아버지는 일어나 앉아 또 그 소리 '쇠문지화로다, 쇠문지화로다'를 주문처럼 떨리는 소리로 외곤 했다. 나는 그 소리가 무슨 소리인지 모르면서도 싫고 무서워서 가슴이 떨리곤 했다.

그날도 또 그 소리에 잠이 깬 것도 같고, 오줌이 마려워서 잠이 깬 것도 같았다. 벌떡 일어나보니 할아버지는 평상시처럼 주무시는 것 같은데 할아버지와 나 사이에 막냇동생이 누워 있었다. 쇠문지화 소리 없이도 바깥의 공기가 심상찮게 술렁이고 있는 게 느껴졌다. 뒷간에 가기 무서웠지만 오줌을 참을 수 없었다. 내가 일어나 나가는 걸 보고 할아버지가 요강에 누거라, 맹숭한 소리로 명령했다. 엄마 방 요강에 누고 올게요. 건넌방으로 건너가려고 툇마루로 나갔다가 나는 아버지와 엄마와 삼촌이 마당에 있는 걸 보았다. 내가 보는 앞에서 아름다운 달밤에 그 일이 일어났다. 아버지하고 엄마와 삼촌이 서로 다투고 있었다. 실은 다투고 있는 건 삼촌과 아버지고 엄마는 두 사람 주위에서 고사 지낼 때처럼 두 손을 싹싹 비비며 제발제발 그만하라고 말리다가 돌변해서 죽여버려, 저런 동기간은 없는 게 나아, 차라리 죽여버려, 내가 아는 엄마는 그런 모진 저주의 말을 할 사람이 아니었다. 그다음에 일어난 일 때문에 그들이 그런 말을 한 것으로 기억하고 있는지도 몰랐다. 그때 나는 겨우 열 살이었다. 아버지가 삽을 높이 쳐들었다. 계획적이었는지 위협용이었는지 그때까지 아버지는 삽을 땅에 꽂고 거기 의지해 서 있었다. 죽여버리라는 모진 말을 하던 엄마가 기겁을 하고 아버지의 허리에 매달렸다. 거구인 아버지의 힘찬 뿌리침에 엄마가 땅으로 나자빠진 것과 삽이 삼촌의 어깨를 후려친 것은 거의 동시였다. 그 순간 나는 두 손으로 얼굴을 가리고 비명을 삼켰다. 그러나 삼촌의 몸이 사선으로 번갯불 같은 균열을 일으키며 두 동강으로 갈라지는 걸 여실히 본 것처럼 느꼈다. 안방으로 돌아온 나는 밤새도록 이불을 뒤집어쓰고 귀를 막고도 아버지가 동생을 쳐 죽인 그 삽으로 땅을 파는 소리를 들었다. 새벽에 잠깐 눈을 붙인 악몽 속에서도 그 광경은 여실하게 재현돼 먼 훗날까지도 어디까지가 꿈이고 어디까지가 현실인지 구별이 잘 안 됐다. 다음날 아침에도 늦도록 이불 속에서 남몰래 떨고 있다가 밖에서 들리는 시골의 바람 소리, 부엌에서 그릇 부딪치는 소리, 마당에서 동생들이 장난치다 아버지에게 야단맞는 소리가 평상시와 다름이 없어서 살금살금 일어나 밖을 내다보았다. 어디쯤에 삼촌을 파묻었는지 흔적도 없이 우리 마당은 고루 평평하고 단단했다. 아버지는 동생을 쳐 죽인 삽 등으로 밤새도록 지경 다지기까지 해놓은 모양이다.

그후부터 우리 집엔 기이한 평화가 찾아왔다. 우리 집만의 평화여서 그렇게 기이하게 느껴졌을 것이다. 오랜 세월에 걸쳐 상부상조의 공동체를 유지해온 마을 사람들 사이엔 거의 숨기는 게 없었다. 숨기려도 숨겨지지 않게 사는 내막이 단순

했다. 복잡해지기 시작한 건 해방이 되고 이 땅이 이북에 속하고부터였을 것이다. 그래도 그때는 있는 사람과 없는 사람 사이의 대결구도여서 단순한 사람들도 이해하기 복잡한 건 아니었다. 그러나 이북 땅이었다가 이남 땅이 되고부터는 사정이 복잡해지기 시작했다. 한 집도 온전한 식구들이 없었다. 인민군에 나갔거나 혹은 그쪽 체제에 적극적으로 협력한 경력 때문에 겁을 먹고 제 집 제 땅뙈기보다는 체제를 택해 이북에 남은 식구나 친척이 없는 집이 없었다. 그런 식구들이 우리 삼촌처럼 야밤을 틈타 다녀가는 건 남한 당국에선 간첩으로 간주돼 반드시 신고를 하기로 돼 있었다. 도무지 간첩질 같은 걸 할 것 같지 않은 자식이나 동기간이 돈이나 식량 등 물질을 요구하는 걸 거절하거나 신고할 수 있는 사람은 거의 없었다. 분명히 아무 눈에도 안 띄게 감쪽같이 다녀갔건만 다음날 경찰에 잡혀가 죽지 않을 만큼 얻어맞고 오는 일도 심심찮게 생겼다. 너무 얻어맞아서 병신이 되고 만 사람도 있었다. 도대체 누가 일러바쳤을까 서로 의심하고 넘겨짚어 다투기도 하면서 마을의 인심은 점차 예전 같지 않아졌다. 패가망신한 집도 생겨나고 가산을 정리해 가까운 도시로 나가 장사꾼으로 변신하기도 했다. 간첩을 신고하면 돈을 받을 수 있다고 했지만 그런 일로 돈을 버는 사람이 있을 것 같지 않게 마을은 피폐해지고 인심만 흉흉해졌다.

아버지가 삼촌을 삽으로 쳐 죽였다고 믿을 수밖에 없는 까닭은 그후엔 한 번도 삼촌이 찾아온 일이 없었기 때문이다. 삼촌이 찾아올까봐 늘 마음 졸이고 살던 불안한 분위기는 기이한 평화로 변했다. 그후에는 한 번도 할아버지 입에서 멸문지화 소리를 들을 수 없었다. 기이한 평화 속에서 할아버지도 돌아가시고 우리 사남매도 차례로 마을을 등지고 인근의 소도시로, 맨 나중엔 서울에 정착했다. 그동안에 대대로 내려오던 전답과 산은 선산만 남기고 우리들의 학비로 변했다. 남동생이 서울서 직장을 갖게 된 뒤에도 아버지와 엄마는 그 집을 떠나려 하지 않았다. 텃밭과 송이가 나는 선산을 어떻게 버리고 떠나냐는 부모님의 말씀을 나는 시신을 숨긴 마당을 떠날 수 없다는 말로 알아들었다.

아무에게도 발설하지 못한 골육상잔의 기억은 돌파구를 찾지 못해 나하고 한 몸이 되었다. 내 몸은 툭하면 떨리고 아팠다. 떨고 있는 내 몸을 보호하고 힘이 되어줄 보호막이 필요했다. 그건 권력이었다. 출세의 야망에 불타는 고시생을 애인으로 만들고 그의 뒷바라지를 하기 시작했다. 그건 나 같은 시골뜨기가 생각해낼 수 있는, 권력의 산하로 들어갈 수 있는 최선의 지름길이었다. 지금의 남편이 몇 번씩이나 낙방을 하는 바람에 그 길도 지름길은 아니었다. 그러나 오랫동안을 견디게 한 나의 지구력은 그의 신뢰감을 돈독히 해서 그가 고시에 붙은 후에 무난히 결혼에 골인할 수 있었다.

직장생활을 곧잘 하던 내 바로 밑의 남동생한테 미국바람이 들기 시작했다. 아마도 동기간이 그쪽에 많이 가서 자리잡은 처가의 영향일 것이다. 마침내 이민에 성공한 남동생이 그쪽에서 자리잡으면서 차례차례 동생들을 불러들였고 부모님까지 모셔갔다. 그 시골집은 내 차지가 되었다. 팔면 얼마간의 목돈을 쥐고 아들한테로 갈 수도 있을 텐데 그러지 않고 딸한테 넘겨주고 떠났다. 말씀인즉슨 시집갈 때 아무것도 못 해준 게 걸려서 마지막 남은 재산을 주고 싶다는 거였다. 그 듣기 좋은 말이 나에겐 마치 시한폭탄을 넘겨주면서 하는 감언이설로밖에 들리지 않았다. 하필 내가 그 최종적인 소유자가 되다니. 그러나 장인 장모가 차지하고 있을 때부터 그 집을 좋아해서 자주 찾아뵙던 남편이 좋아하는 걸 보면서 나도 그 선물을 고맙게 받을 수밖에 없었다. 우리의 소유가 되자마자 남편은 낡고 불편한 집을 헐고 별장풍의 멋진 집을 짓고 싶어했지만 내가 한사코 말렸다. 보나 마나 새집을 지으려면 불도저가 마당 먼저 파헤치게 될 것이다. 삼촌의 몸은 썩었을지라도 유골에는 타살된 흔적이 명백히 남아 있을 것이다. 몇천 년 전의 유골에서도 별의별 것들을 다 발견해내는 발달한 현대의학은 DNA인가 뭔가 하는 검사를 통해 그가 나의 삼촌이라는 것쯤 문제없이 밝혀낼 것이다.

만일 땅속에서 아무것도 나오지 않는다면? 실은 내가 더 무서워하는 건 삼촌이 그날 살해되지 않고 북쪽 어딘가에 살아 있을지도 모른다는 가능성이었다. 삼촌의 성품이나 행적으로 봐서 그럴 개연성은 충분했다. 남편이 법조계에 몸담고 승진도 순조로울 때는 세상이 요새보다 훨씬 경직돼 있을 때여서, 처가라도 이북과 연관이 있는 가족이 있으면 승진이나 출세는 물론 해외여행에도 지장을 받을 때였다. 남편은 나에게 그런 삼촌이 있는 것도 몰랐다. 나는 그 살해 현장을 단지 목격만 한 게 아니라 공범자였던 것이다. 나의 시골집 마당은 아직도 흙바닥이지만 양회 바닥처럼 단단하다. 내 친구의 어머니 시신까지 하룻밤 사이에 동해바다로 토해낸 폭우도 우리 마당의 견고함을 범하진 못했다. 나의 입과 우리 마당은 동일하다. 둘 다 폭력을 삼켰다. 폭력을 삼킨 몸은 목석같이 단단한 것 같지만 자주 아프다.

아침상에 앉은 세 사람은 모처럼 잘 잤다며 집터가 좋은가 보다고 덕담까지 해주었다. 내 보기에도 그들은 어제보다 훨씬 맑고 개운해 보인다. 어디로 보나 망측하고 지저분한 비밀을 간직하고 사는 사람 같지가 않다. 나는 슬그머니 부아가 나고 샘도 났다. 그래서 전혀 생각지도 않은 말을 툭 한마디 내뱉었다.

“내가 풍기면 어쩌려고 생전 처음 보는 사람한테 그런 말들을 했죠?”

“어떻게 풍겨요. 우리가 어디 사는 누구인지 아무것도 모르면서. 우리끼리도 어제 같이 잤지만 서로 그런 거 안 물어봤거들랑요.”

용용 죽겠지 하는 투의 ‘소아마비’의 대답은 옳았다. 나도 그렇게 알고 있었는데 바보처럼 왜 물어봤을까. 어떤 상처하고 만나도 하나가 될 수 없는 상처를 가진 내 몸이 나는 대책없이 불쌍하다.

갱년기의 기나긴 하루

문학의문학, 2008년 가을

찬바람 난 지 언젠데 자꾸 속에서 열불이 나려고 해서 손사래로 부채질을 하다 말고 내가 미쳤지, 나는 세면대로 가서 찬물로 북북 세수를 하고 외출 준비를 했다. 뭐가 미쳤다는 건지는 분명하지 않았다. 이 판국에 손사래로 바람을 내려는 건 확실히 미친 짓이지만 더 미친 짓은 남편에게 뭔가 하소연을 할 수 있다고 생각한 거였다. 오늘 온종일 내가 무슨 일에 붙잡혀 있어야 하는지 최소한 남편은 알고 있어야 한다고 생각했다. 그래서 출근하려는 남편에게 슬쩍 운을 뗀다는 게, 여보 나 왜 이렇게 울화가 치밀고 얼굴이 화끈거리지, 했더니 그가 한다는 소리가 갱년긴가보군, 했다. 그래 갱년기일 수도 있었다. 그러나 그 화상이 그렇게 말하면 안 되지. 지가 여자에 대해 뭘 안다고. 의학적인 답변으로는, 나 지금 갱년기가 맞는 말일 것이다. 그러나 팔십 노인들이 모여 앉아 갱년기 타령을 하는 것을 참아내야 할 걱정으로 아침부터 울증에 빠져 있는 아내에게 그건 할 소리가 아니지.

실은 그다음에 한 짓이 더 한심했다. 시누이한테 전화를 건 것이다. 시누이하고 시어머니는 다 같이 '시'자 돌림이지만 두 사람이 앙숙이기 때문에 시누이한테서는 벌써부터 '시'자를 떼어놓고 생각하고 있었다. 여고 동창이기도 해서 시어머니가 뭐라든 결혼하고도 서로 이름을 부르며 지내왔다. 전화를 받자마자 시누이가 먼저 선수를 쳤다.

너 오늘 또 우리 엄마네 파출부 나가는 날이로구나. 네 목소리 듣고 그것도 모를까. 내가 누군데. 그 노인네 독립심 하나는 끝내주더니 요새 왜 자꾸 며느리한테 엉키려들지? 너 힘든 거 나 다 알아. 나한테도 좀 엉켰냐. 이혼하기 전까지는. 너 그때 속 편하게 지낼 수 있었던 건 내가 대신 받아줬기 때문이란 거 이제라도 좀 알아먹어라. 그렇다고 너까지도 이혼하란 소리는 아니고. 노인네 그래봤댔자 사라져가는 세대 아니냐. 너무 신경쓰지 말고 대충대충 넘겨. 까짓 거 쿨하게 굴어. 쿨하게. 아니면 너도 나처럼 이혼을 하든지.

또 그놈의 쿨. 남은 더워 죽겠는데. 시누이는 저 하고 싶은 말만 하고 나서 일방적으로 전화를 끊었다. 진지하게 의논하고 싶은 일이 있어서 걸었는데 이쪽에다는 한마디도 말할 틈을 주지 않았다.

실은 이혼에 대해 물어보고 싶었다. 이혼에 따른 전반적인 문제, 심리적 후유증, 법적인 문제, 재산 분할, 가족의 역할 등등. 할 말을 못다 해서 잠시 멍하고 있다가 안 하길 잘했다고 생각을 고쳐먹었다. 복잡하고 구질구질한 건 질색인 시누이였다. 서두만 듣고도 머리를 흔들고 끝까지 들으려고도 안 할 것이다. 남들의 통속적인 속내에 전혀 호기심 없는 태도 자체가 도덕적인 해결책보다 훨씬 도움이 될 적이 있었다. 지금도 그런가. 파출부 다음으로 해야 할 오늘 일에 대한 부담이 한결 가벼워지는 것 같았다. 쿨하게, 쿨하게. 바로 그거야.

사실 시누이가 이혼하기 전까지 시어머니는 며느리 같은 거 거들떠도 안 봤다. 한 인물 하는 시누이는 대학 때 부잣집 아들에다 키도 크고 인물도 잘나서 킹카로 통하는 동기와 소문난 연애를 해서 한때 어머니로 하여금 딸 가진 근심을 흠뻑 맛보게 했다. 어머니의 성화에는 아랑곳없이 그야말로 서늘하게 견디던 시누이는 그 킹카가 가업을 이어받은 후에 결혼에 골인했고, 연이어서 아들딸을 차례로 낳았다. 딸의 지위가 반석

같이 굳어졌다고 판단한 시어머니는 기고만장해졌다. 나는 꿀릴 게 없이 살아왔다는 게 당신의 일생을 쇠꼬챙이처럼 관통하는 자부심인데, 아들에 관해서는 하등 내세울 게 없어서 적잖이 자존심 상했을 것이다. 집안에서나 대외적인 행사에서나 딸 사위를 내세우고 아들 내외는 치지도외했다. 그런 딸이 이혼을 한다고 했을 때 한바탕 난리를 예상했지만 아무 일도 일어나지 않았다. 아무 일도 일어날 수 없도록 모든 문제—자녀 양육 문제와 위자료 문제 등을 그녀가 원하는 대로 받아내고 서류 정리까지 깨끗이 마무리된 후에 친정에는 통고만 해왔다.

그렇게 일이 다 끝난 후에도 그 잘난 사위에 대한 미련을 못 버린 시어머니는 사위를 한번 찾아간 모양이었다. 재결합까지 바란 건 아니지만 딸이 뭘 그렇게 크게 잘못했는지는 한번 들어보고 싶었노라고 했다. 그년이 제 입으로 실토할 년이 아니니까, 시어머니의 말씀이었다. 이렇게 마음먹고 찾아간 전 사위의 대답은 자기도 자기가 왜 이혼을 당했는지 모르겠노라고, 지금도 그 충격에서 헤어나지 못해 헤매고 있는 중이라고 하더라는 것이었다. 딸이 이혼을 당한 게 아니라, 한 거라는 건 시어머니에게 다소나마 위안이 됐던 것 같다.

그러나 그 연세에도 신세대에 대해 모르는 게 없다고 믿고 있는 시어머니지만 여자 쪽에서 먼저 아무 하자 없는 남편에게 이혼을 요구할 수도 있다는 건 좀처럼 믿기 어려웠던 것 같다. 그 돌이킬 수 없는 아쉬움에 대한 분풀이를 너 같은 건 내 딸 아니다, 라는 식으로 매사에 따돌리는 것으로 풀었다.

시누이는 오히려 그걸 즐기는 것 같았다. 엄마에게 내놓은 자식 취급당하니 살 것 같다고 했다. 넉넉한 위자료와 아이들 양육권까지 챙긴 그녀는 자식 뒷바라지도 잘해 좋은 외고도 보내고 명문 대학도 보냈다. 곧 유학을 보내거나 결혼만 시키면 완전 프리라고 꿈에 부풀어 있었다. 지금도 자식이나 남의 이목에 신경쓰며 사는 건 아니었다. 동창들 사이에서는 직접적으로나 한두 다리 건너서 알 만한, 꽤 괜찮은 유부남들하고 염문도 잘 뿌리고 헤어지기도 잘했다. 아마 차버렸을 것이다. 찼든 차였든 임자 있는 남자와의 염문에 지저분한 뒷소문이 없다는 게 신기하기도 하고 부럽기도 해서 그 비결을 물어보면 '쿨하게'였다. 만병통치, 그놈의 쿨은 도대체 어떻게 하는 걸까. 아무튼 부러운 능력이었다.

5호선을 타려고 지하철 계단을 내려가는데 휴대폰이 울렸다. 시누이한테서였다.

서둘지 마. 이제부터는 집에서 차리지 말고 나가 잡수라고 했어. 그 근처에 늙은이들이 좋아할 만한 식당도 가르쳐드렸고. 맛도 괜찮고 가격도 적절해. 내가 아주 예약까지 해놓았으니까 틀림없을 거야. 말이야 바른대로 말이지, 네 잘못이야. 처음부터 울 엄마를 그렇게 길들이는 게 아니었어. 만만하게 보이면 기어오르는 건 늙은이나 아이들이나 마찬가지야. 너도 자식 길러봤잖아.

그녀답지 않게 가벼운 설교까지 하고 나서 전화를 끊었다. 안 하던 짓이었다. 그거 하나 혼자 힘으로 해결하지 못하느냐는 가벼운 질책은 시누이 노릇이라기보다는 우정에 가깝다.

시누이로서보다는 친구로서 그 여성이 고맙고 의지가 되는 건 사실이다. 그러나 나도 고분고분한 성미는 아닌데 처음부터도 아니고, 시집살이 무섭던 옛날에도 고방 열쇠 물려받을 이 나이에 새삼스럽게 시어머니한테 꼼짝 못하고 쥐여 살게 된 사정은 내가 생각해도 하도 치사스럽고 한심해서 설명이 불가능하다.

우리가 지금 살고 있는 아파트는 시어머니가 사준 집이었다. 시어머니는 죽는 날까지 돈은 움켜쥐고 있어야지 생전에 자식에게 물려줬다가는 땅을 치고 후회하게 된다는 믿음이 강한 분이었다. 정년까지 초등학교 교사생활을 했고 먼저 돌아가신 시아버지도 공무원이었다. 두 분이 다 돈을 벌고 자녀도 남매밖에 안 됐으니 가난하게 살았달 순 없지만, 동생들을 주줄이 거느린 맏아들 맏며느리답게 검약이 몸에 밴 분들이었다. 소풍 때 김밥 말고 통닭 한번 싸가지고 가서 여봐란듯이 펼쳐놓고 먹어보는 게 소원이었다는 소리를 남편한테 들은 적이 있다.

우리 친정집도 웬만하게 살았지만 김밥에 삶은 계란, 콜라면 족했지 감히 통닭은 꿈도 꾸지 못했다. 시대가 그랬다. 다들 그렇게 겨우겨우 살 때 남편이 통닭씩이나 꿈꾼 것은 그래도 들은풍월, 먹어본 깐이 있어서였을 것이다. 남편은 자기가 소풍가는 날보다 교사로 있는 어머니가 소풍가는 날이 더 기다려지고 즐거웠다고 했다. 학부형들이 싸온 것을 아이들 먹이려고 이것저것 집까지 챙겨가지고 왔는데, 그중에 통닭이 있으면 환호성을 질렀다고 했다. 그러나 어머니가 쉿, 아이들 입을 틀어막고 다른 식구들 몰래 먹으라고 하면 그 맛은 별로였노라고 회상했다. 부자들이 많이 사는 학군에 있을 때는 통닭을 다섯 마리까지도 집으로 가져온 일이 있어 삼촌 고모들까지 온 집안 식구가 둘러앉아 입가가 번드르르하도록 통닭을 뜯을 때가 제일 행복했고, 엄마가 오래오래 부자 동네에서 선생 할 수 있길 마음속으로 빌었다고도 했다.

남편의 그런 추억담이 아니더라도 부자 동네 학군에서도 잘 가르치기로 소문이 나 육학년 담임을 내리 삼 년씩이나 맡을 때가 교사로서의 시어머니의 전성기였을 것이다.

현직 교사의 과외는 금지돼 있었지만 학부모들의 간청을 못 이기는 척 자기 반 아이들 중 우수한 학생만을 골라 몰래 과외도 서슴지 않았다. 육학년 담임선생을 둘러싼 치맛바람과 성의표시의 도가 지나쳐 사회문제가 되고 마침내 중학교 입시가 없어질 그 무렵이었다. 시어머니는 그 시절을 마치 도깨비장난처럼 돈이 쏟아져들어오더라고 회상했다.

도깨비장난으로 생긴 돈을 도깨비한테 도로 빼앗기지 않으려면 땅을 사는 게 수라는 게 시어머니의 믿음이었다. 너희들도 어미 말 허투루 듣지 말고 잘 들어둬라. 도깨비는 변덕스러워서 재물을 주기도 잘하지만 뺏기도 잘한단다. 귀찮다고 아무 데나 부리고 간 재물을 돌려달라고 나타나면 저기 있다고 재물하고 바꾼 땅덩이를 가리키면, 그 땅 네 귀퉁이에다 말뚝을 박고 거기다가 줄을 매고 밤새도록 영치기 영차 땅덩이 떼가려고 용을 쓰다가 새벽에 지쳐서 가버리고 며칠 밤 그러다 만다더라.

땅에 대한 시어머니의 그런 철학과 당시 공무원이던 시아버지의 정보랄까, 선견지명이 맞아떨어져 여기저기 땅을 조금씩 사모은 건 사실인 모양이었다. 그것도 남편의 추측일 뿐 명색이 장남이 그 땅의 실체를 파악하고 있는 건 아니었다. 그의 대학 시절 어머니의 지나친 검약으로 메이커 있는 옷 한 벌 못

입어보고 친구들한테 밥이나 술 한번 호기롭게 쏘지 못해 투정을 부리거나 위축돼 있을 때마다 어머니로부터 들어야 했던 격려의 말을 그는 아직도 잊지 못하고 있었다. 기죽을 거 없다, 우린 땅부자야, 땅부자.

남편은 어머니의 위장 가난 때문이었는지 한때의 시대정신 때문이었는지 대학 시절 내내 운동권의 변두리를 돌다가 군대 갔다 와서 간신히 취직한 회사에도 오래 붙어 있지 못했다. 그래도 취직하길 참 잘했다 싶은 건 나에게 청혼할 수 있는 용기를 낼 수 있었기 때문이라고 아직까지도 가끔 말하는 걸 보면, 이 남자가 나하고 결혼한 건 잘한 일이라고 생각하며 사는 건 확실했다.

미안하지만 나는 아닌데. 남편의 월급쟁이 노릇은 오래가지 못했다. 제 돈 없이 동업으로 사업이랍시고 하면서 근근이 생활비는 벌어왔지만 여태까지 제 집 장만을 못 했으니 땅부자 어머니한테 손 벌리고 싶은 고비가 어찌 한두 번이었겠는가.

그럴 때마다 남편이 나 들으라는 소리인지 자기 위안인지 한다는 소리는, 땅이 정말 있는지 누가 문서를 봤나, 가보기를 했나, 어떻게 알겠어. 있어봤댔자일 거야. 그 시절의 촌지나 과외공부 값이 얼마나 된다고 그걸 모아 땅씩이나 샀겠어. 사봤댔자 생전 안 오르는 돌밭이거나 벽지의 임야겠지.

남편에게 어머니의 땅이 신 포도라면, 어머니에게 자식들은 땅 네 귀퉁이에 말뚝 박고 줄 매서 흔드는 도깨비가 아니었을까.

설마 돌아가신 후에는 그 땅이 있는 땅인지 없는 땅인지, 오랜 세월 자식들한테 세도 부릴 만한 경제적 가치가 있는지 없는지 그 정체를 드러내리라 체념하고 있었는데 다행히 그 시기가 어머니 생전에 왔다.

시누이의 이혼이 그 계기가 됐던 것 같다. 뽐내기 좋아하는 시어머니에게 만족감을 주던 딸이 이혼하자 그게 중대한 결격 사유라고 생각한 듯했다. 출세를 했나 돈을 많이 벌었나 하다못해 다니는 회사가 남들이 다 알아주는 버젓한 회사인가, 다 아닌 아들이 그 나이에 집까지 없다는 게 뻐기기 좋아하는 시어머니에게 얼마나 자존심 상하는 일이었겠는가.

못난 아들의 자존심을 은근히 긁은 적은 많았지만 그때처럼 대놓고 분풀이를 한 건 그때가 처음이었다. 정신을 못 차리게 한바탕 야단을 치고 나서 땅 판 돈이라며 우리에게는 과분한 중형 아파트를 사주었다. 남의 말에 속아서 생전 돈 안 되는 땅을 산 줄 알았는데, 너희들 복인지 지금 와서 그게 이렇게 큰돈이 됐구나. 나중엔 이렇게 우리 생색까지 내주었지만, 그 꾸중을 들을 때는 정말이지 끝까지 참아내기 힘들어 그 돈 도로 내놓고 싶었지만 못 그랬다. 남편이 나 대신 그래주길 바란 것도 같고, 남편이 그러면 어쩌나 조마조마했던 것도 같다. 아무튼 우리의 참을성이 아파트 한 채 값이라면 우린 대단한 사람들임에 틀림이 없다.

그게 그리 오래되지 않은 근래의 일인데도 그 일을 계기로 이 집에 시집오고 나서 이십여 년 동안 한결같이 고부 사이를 평화롭게 유지시켜주던 불간섭주의랄까, 쿨한 관계가 순식간에 무너졌다.

부모 자식 간에도 자유를 사고팔 수 있게 하는 게 돈의 힘이라는 걸 뒤늦게 깨달았지만 돌이킬 수 없는 일이었다. 팔순이 다 된 노인에게 그렇게 많은 사교모임이 있는 줄은 몰랐다. 정기적인 것만도 한 달에 서너 번은 되는 것 같았고, 친구네 혼사 생일 입학 학위취득 등 축하를 핑계로 모이기도 하지만 언짢은 일도 위로한답시고 꼬박꼬박 챙겼다.

시어머니가 혼자 사는 널찍한 아파트는 강북의 도심에 있었다. 전철로 강북 강남 어디서든지 삼십 분 안에 올 수 있을 만큼 교통이 좋았다. 주위에 먹을 집도 많았다. 그런 관계로 다는 아니지만 정기적인 모임의 대부분이 그쪽의 먹자골목에서 이루어지고, 밥만 먹고 헤어지기에는 시간이 남아도는 노인네들이 헤어지기 아쉬워서 차 마시고 수다 떨기에 적절한 장소로 시어머니 아파트가 선택받은 건 하나도 이상할 게 없었다. 이상한 건 어느 틈에 그 모임에 나까지 엮여들게 되었고 지금처럼 시어머니 일정을 시시콜콜 알게 된 것이다.

아파트를 사주시고 나서 시어머니가 나에게 말씀하시는 투가 강압적으로 변한 것도 사실이고 내가 그걸 꾹 참고 받아들인 것도 사실이지만 이렇게까지 될 줄은 몰랐다. 처음 시작이 얼마나 모욕적이었는지는 잊혀지지 않는다. 시어머니 희수喜壽 때였으니까 아파트 사주신 지 얼마 안 됐을 때였다. 아무리 자식 신세 안 지는 걸 코에 걸고 사시는 도도한 분이라지만 생신만은 우리가 꼬박꼬박 챙겨드렸다. 거의 밖에서 치렀지만 그건 당신이 원하셔서 그랬던 거고 집에서 차리기 싫어서 그랬던 건 아니다. 그러나 이번만은 이름 붙은 생신이고 버젓한 아파트도 장만했겠다 집에서 차리겠다고 했더니 당신도 좋아하셨다. 집들이 겸해서 가족은 물론 가까운 친척까지 청해서 풍성하고 화기애애한 잔치를 벌여 시어머니를 흐뭇하게 해드렸다. 그후에도 내 음식 솜씨를 두고두고 칭찬해주신 것도 애써 차린 보람이었다.

문제는 그다음이었다. 꼭 대접해야 할 친구분들이 몇 분 기다리고 있다고 했다. 집에서 차려드려야 하나 했더니 그게 아니라 먹긴 밖에서 먹지만 딸이나 며느리가 참석해서 살갑게 대접도 하고 나중에 음식값도 내는 게 당신네들 생신모임의 관례라고 했다. 자식 신세 안 지고 산다는 걸 코에 걸고 사는 잘난 노인네들인 줄만 알았더니 자식 효도 받는다는 걸 자랑하고 싶어하는 귀여운 데도 있구나 싶어 기분이 좋았다. 그럼 지금까지 그 역할은 누가 했을까, 보나마나 시누이였겠지. 시누이 이혼 후에도 남들이 행여 수군거릴까 신경쓰면서도 맡길 데가 거기밖에 없었을 시어머니를 생각하니 불쌍한 마음까지 들었다.

그 잘난 시어머니를 불쌍해할 수 있는 행복을 누릴 수 있는 건 거기까지였다. 그날 시어머니한테 당한 모욕은 며느리로 하여금 다시는 그분과 화해할 수 없도록 만들었다. 4·4회 모임이니까 L호텔 뷔페로 할 거라고 했다.

4·4회라는 모임 이름은 경성사범 입학년도인 1944년에서 따온 거라고 했다. 시어머니는 당신이 경성사범 출신이라는 걸 자랑스러워할 뿐만 아니라 일제시대에 들어갔다는 걸 반드시 밝히고 싶어했다.

일제시대에 경성사범 들어가는 건 하늘의 별 따기, 전교 일등이나 가능한데 그 전교도 시시한 학교는 안 되고 명문 국민학교라야 된다는 거였다. 그런 식민지적 사고방식은 내 알 바 아니지만 4·4란 이름은 그다지 좋은 이름 같지 않다고 했더니 또 한바탕 강의를 들었다. 우리나라나 죽을 사死자라고 4자를 싫어하지 일본말로는 4가 '요시', 좋은 거, 착한 거하고 통하는 길한 숫자라는 거였다.

4·4회 멤버는 다행히 많지는 않았다. 연세들이 높으니까 돌아가신 분도 있고 그분들의 특별한 우월감에 동조할 만큼 현재의 삶도 유복한 분들만이 동참하는 모임 같았다. L호텔이라면 점심 값이 꽤 나갈 텐데, 내심 쫄지 않은 건 아니지만 그래도 처음 해보는 대외적인 효돈데 그 정도는 해야지, 집에서 요리 솜씨 부릴 때보다 훨씬 더 신이 났다.

노인네들이 식탐도 많고 예상했던 것보다 양도 큰 것에 놀랐다. 헌 부대에 곡식이 더 많이 들어간다는 옛말을 실감케 했다. 눈치 봐서 잘 잡숫는 것을 접시가 넘치게 덜어다드려도 순식간에 없어졌다. 갈비는 물론 노인네들이 잡숫기 어려운 대게나 가재도 미처 채워드리기 전에 어찌나 잘 잡숫는지 아무리 뷔페라지만 너무 자주 드나들며 맛있는 것만 담아오는 게 눈치가 보일 지경이었다. 당신들도 좀 움직였으면 좋으련만 처음 한 접시만 손수 덜어오고 앉은 채 꼼짝 않고 맛있는 걸 마음껏 즐기시는 걸 보니 아무리 비싸도 돈이 안 아까울 것 같았다.

나름대로 보람 있는 효도를 한 것 같아 꽤 나가는 음식값도 아까운 줄 몰랐다. 카드로 긋고 영수증을 받는데 손님들을 저만치 앞세우고 뒤처졌던 시어머니가 종종걸음으로 돌아오더니 영수증을 날렵하게 낚아채서 당신 핸드백에 찔러넣으면서 날카롭게 속삭였다. 네 구좌로 부쳐주마. 더도 말고 덜도 말고 꼭 그만한 액수가 다음날 내 통장으로 입금돼 있었다. 그 순간 모욕당한 듯한 기분은 아파트를 당장 토해내도 시원치 않을 것 같았다.

희수 해에는 그 비슷한 모임이 몇 번 더 있었다. 희수니까. 나도 될 수 있는 대로 기쁜 마음으로 허울뿐인 맏며느리 노릇에 충실하려고 했다. 4·4모임 외에는 다들 L호텔보다는 싼 데서 했지만 여러 번 치르는 걸 보니 그게 다 내 주머니에서 나간다면 수월치 않은 액수일 테니 마냥 좋은 얼굴만 할 수는 없을 것 같았다.

역시 그분은 나보다 한 수 위였다는 걸 인정 안 할 수가 없었다. 평생 교직에 종사한 분이 그렇게 사교 범위가 광범위한 것은 공립학교의 성격상 옮겨다닌 학교가 그만큼 여러 군데였기 때문일 것이다.

희수 해가 지나자 한숨 돌리는가 했더니 올해부터는 4·4회가 발목을 잡았다. 시어머니가 오라는 데도 많고 나갈 데도 많아 집에서 식사할 일이 거의 없다는 건, 친정 쪽으로 동기간도 많고 교직사회에서 맺은 관계망이 광범위하고 하다못해 해외여행 갔다 올 때마다 새로운 친구를 만드는 그분만의 특별한 리더십 같은 것 때문일 터이나 결코 따뜻한 분은 아니었다.

내가 느끼기엔 그랬다. L호텔에서 영수증을 날렵하게 낚아챌 때 찬바람이 도는 것 같은 쌀쌀한 기운을 늘 몸 어딘가에 붙이고 살았다. 맺고 끊는 듯 분명한 성격을 당신도 느끼고 있는 듯 당신은 워낙 성질이 고약해서 어려운 세월 보내면서 빠듯하게 살 때도 계라는 걸 못 해봤노라고 했다. 나 보기에 영락없이 계 오야감인데, 그 옛날에도 땅을 사려면 그 첫걸음이 계가 아니었을까 싶었는데 그게 아닌 모양이었다.

4·4회가 정기적으로 모일 구실로 계를 만든 건 최근의 일이라고 했다. 그것도 누가 목돈을 타가기 위한 계가 아니라 돈만 다달이 갹출할 뿐 타가는 사람은 따로 정해져 있었다. 같은 경성사범 동기인데 교직을 중간에 그만두고 살림만 하다가 늘그막에 과부 되고 자식들도 병들거나 돈을 못 벌어 단칸방에서 비참한 노후를 보내고 있다는 걸 알아낸 것도 시어머니였고, 복 좋은 우리들이 보고만 있을 게 아니라 도움에 나서자는 제안을 한 것도 시어머니였다.

돕는 방법도 매우 합리적이었다. 매달 십만원씩 들고 나와 점심 먹고 나머지는 그 친구에게 보내기로 했기 때문에 먹는 것은 최소한으로 줄여서 싸구려로만 먹는다고 했다. 그 정도만 해도 감동 스토리인데 시어머니는 거기 만족하지 못하고 점심은 자기 집에서 낼 테니 모인 돈 전액을 보내자는 안을 냈고, 전서부터 시어머니 아파트를 가장 편하게 여겼던 멤버들로부터는 물론 대환영을 받았다. 그 멤버들을 더욱 편하게 해주려면 도우미가 필요했다. 늙은이가 부엌에서 움직이는 건 같은 늙은이끼리도 편하게 바라볼 수는 없는 일이니까.

내가 다달이 시어머니 아파트로 시누이 말 짝으로 파출부 나가게 된 경위가 대강 이러했다. 절대로 자식 신세 안 지고 사는 잘난 노인들의 잘난 노인다운 이 착한 일을 내가 미력이나마—한 달에 한 번이니까—거드는 일을 영광스러워는 못할망정 파출부라니, 그렇게 말하면 안 되는 줄 안다. 그러나 그날이면 아침부터 심사가 꼬이는 걸 어쩔 수가 없다. 신역이 고돼서는 절대 아니다.

오늘도 시어머니는 나 할 일은 수저만 놓으면 될 정도로 다 해놓고 기다리고 있었다. 그러나 심사는 나 못지않게 불편해 보인다. 아니나 다를까 시누이 때문이었다. 시누이 전화가 당장 효험을 보리라고는 생각하지 않았지만 차차 마음을 바꾸는 데는 도움이 되려니 했는데, 그게 아니었다. 흥, 제깟 년이 누굴 가르치려 들어. 어림없지. 혼잣말처럼 그러나 나 들으라는 소리가 분명한 말씀을 하며 흘끗 내 표정을 살피는 노안의 총기가 무서워서 생각지도 않은 자기변명을 했다. 실은 제가 그런 게 아니라요, 덕희 혼자서 제가 안됐다고 생각한 것 같아요. 아닌데. 아니면 됐다. 어서 상 보자. 시간 없다.

잘생긴 백자 볼에 풍성하게 담아놓은 잡채는 황백 알지단에 석이버섯 채 친 것, 실백까지 웃고명이 알맞게 올라앉아 아무도 손을 대거나 맛을 볼 수 없도록 고상을 떨고 있다.

참기름이 자르르 흐르고 양념이 다닥다닥 붙었지만 고춧가루나 고추장 양념은 배제한, 순 서울식 북어구이는 오븐에서 십 분 안에 그 부드럽고 순한 맛이 절정에 이를 것이다. 닭가슴살이 들어간 야채샐러드에 곁들인 드레싱은 시어머니 비장의 솜씨일 터. 갈비찜이나 회 같은 비싼 음식은 돈이 없어서가 아니라 모임의 성격상 손님들이 미안해할까봐 안 차렸다는 걸 대번에 알 수 있다. 그 대신 손이 많이 가는 음식들이다. 가지나물도 그렇고 알찌개도, 온갖 야채가 고루 들어간 부침개도 그렇다.

하나같이 손이 많이 가는 음식들을 며느리 손 안 빌리고 당신 혼자서 완벽하게 차려놨다는 자부심으로 쌩쌩 찬바람을 일으키고 있는 시어머니 주변을 나는 헛되게 맴돈다. 내가 할 일을 찾아낼 수가 없어서 어쩔 줄을 모를수록 얼굴만 달아오른다. 그런 나를 가만 놔둘 시어머니가 아니다.

얘야, 손님 초대한 줄 뻔히 알고 오면서 꽃이라도 한 다발 사오면 내가 얼마나 낯이 나겠니? 너는 다 좋은데 센스가 모자라.

남친이 자기를 좋아하는 여친에게 너는 다 좋은데, 성격도 좋고, 능력도 있고, 직장도 좋고, 생긴 것만 빼면 말이야. 이렇게 말했을 때 그 여자친구가 받은 모멸감이 바로 이런 거 아닐까. 당장 뛰쳐나가고 싶은 걸 참고 호흡을 조정하는 동안 친정엄마 생각을 했다.

남편의 청혼을 받아들이고 양가가 상견례를 치르고 나서 엄마는 별로 탐탁하지 않은 듯 말했었다. 자고로 시어머니 자리는 좀 무식한 듯해야 며느리 신상이 편하다 했는데…… 엄마도 여고 졸업생이니 학벌로 따져서 사돈한테 뒤질 게 없었다. 엄마는 그때 그 자리에서 벌써 경성사범 출신의 비범함을 알아보고 질렸을 것이다. 한 번도 다시 떠올려본 일이 없는 오래전 일이 어제 일처럼 분명하게 생각났다.

4·4회 멤버들은 열 명 남짓했다. 똑똑한 사람들은 정확하기도 해서 앞서거니 뒤서거니 거의 한꺼번에 시간을 지켜 나타났다. 빈손은 없었다. 케이크나 쿠키, 과일 등이 들려 있었고, 부엌에서 요긴한 행주나 세제를 들고 오는 이도 있었다.

다행히 장미 꽃다발도 있었다.

나는 그 장미 꽃다발을 여왕처럼 우아하게 부풀리고 있는 망사 치마를 벗겨내고 나서 독한 가시에 찔려가며 불필요한 잎을 따냈다. 그동안에 시어머니는 투명한 크리스털 꽃병과 전지가위를 가지고 와서 지켜보면서 어느 정도 잘라내야 꽃병에 맞는 길이가 되는지를 지시했다. 시키는 대로 해서 꽃병에 꽂아 이미 차려진 식탁 한가운데 장식하니 비로소 상차림이 완성되었다.

그들은 집에 들어올 때부터 떠들던 수다를 식탁에서 먹고 마시면서도 멈추지 않았다. 주로 같이 늙어가는 동창들 얘기였다. 누구는 암, 누구는 치매, 누구는 뇌졸중에 걸리고, 누구는 과부가 됐다는 우울한 소식에도 그분들의 식욕은 주춤도 안 하고, 심란해지는 것 같지도 않았다.

정년까지 교직사회에서 버티면서 여러 학교를 거친 분들이니까 이름만 대면 모르는 사람이 없어서 화제도 무궁무진했다. 이름이 잘 안 통할 때는 창씨개명한 이름을 생각해내기도 했다. 걔 있잖아, 준교사 자격증으로 선생 된 애. 또는 지방 사범학교 출신 누구누구라고 출신 학교로 편을 갈라 말하기도 했다. 그때 그 노인네들 표정에 스치는 공통의 우월감을 바라보면 딱하기도 하고 느글거리기도 했다. 실은 나도 명문고 출신이지만 티 안 내고 살았다고 자부하는데 그럴 기회가 없어서 못 낸 거지, 동네 아줌마나 문화센터 같은 데서 같은 학교 출신이라는 걸 내세우는 여성을 보면 저이가 시험 보고 들어갔을까 뽑기로 들어갔을까, 그거 먼저 궁금해하는 주제에 말이다.

배불리 잡숫고 나서 남은 음식은 싸달라고 했다. 어떤 분은 잡채를, 어떤 분은 야채전을, 혹은 북어구이를 싸달라고 하면서 손님 치르고 나면 남은 음식이 제일 곤란하잖아, 이렇게 생색을 냈지만 집에 기다리고 있는 영감님이 있는 사람이 주로 싸달라는 것 같았다. 영감님이 계신데도 남은 음식 차례가 안 간 이에게는 넌 가다가 김밥이나 족발이라도 사가지고 가렴, 일러주기도 했다.

식사가 끝나고 자리가 거실 소파로 이동하자 나는 재빠르게 남긴 음식들을 락앤락에 옮겨담아 냉장고에 넣고 빈 접시들을 식기세척기 속에 요령 좋게 쟁여넣었다. 아직 빈자리가 많았다. 빈자리가 남았는데 돌리는 건 금지돼 있었다. 잘된 일이다. 나는 마음이 급했다. 원두로 할 것인가 인스턴트로 할 것인가, 커피 주문도 받고 과일도 깎아 후식 자리를 마련했다. 커피든 녹차든, 시어머니 의중의 가장 아름다운 잔을 대령해야만 뒷말이 없다는 것도 스트레스였다. 시어머니 생각으로는 그거야말로 센스의 문제일 터. 그러나 센스야말로 간섭을 가장 싫어하는 원초적인 감수성이라는 걸 그는 알까.

후식 자리의 화제는 단연 아픈 얘기였다. 고혈압, 당뇨, 불면증, 건망증, 난청, 퇴행성관절염, 심지어는 요실금까지, 병 자랑을 하기 시작하면 한도 끝도 없고, 거기 맞는 의사나 병원, 민간요법, 약초, 사기꾼 등 화제는 꼬리에 꼬리를 물었다. 병 자랑은 우리의 전통문화인 듯했다. 우리 친구들끼리도 모이면 병 자랑처럼 지칠 줄 모르는 화제는 없었다. 그래서 내가 참아줄 수 없는 건 병 자랑이 아니라 그 모든 증세를 갱년기 현상으로 돌리는 거였다. 갱년기엔 누구나 다 그래. 갱년기 현상은 조만간 지나가게 돼 있어. 갱년기를 잘 넘겨야 되는데, 정작 갱년기는 여기 이 부엌 구석에서 거봉포도를 송이째 내놓을 것인가 알알이 떼어서 내놓을 것인가를 못 정해서 속에서 열불이 나고 있는 난데. 나는 손사래로 부채질을 대신하면서 조용히 음습한 죽음이나 직시해야 할 노인들의 즐거운 착각도 이쯤 되면 초기 치매현상이 아닐까 걱정이 되는 한편 재미있기도 했다.

제동을 걸 사람이 없어선지 착각이 착각을 불러오기 시작하면서 화제에도 기름이 오르기 시작했다.

병 자랑이 서로의 용모에 대한 탐색으로 변했다. 그래 갱년기니까, 병 자랑보다도 미용에 대한 관심이 더 어울릴 거야. 너 그동안 보톡스 맞은 거 아냐? 벼르더니. 재 저번에 땡긴 거 이제 자리잡을 때가 됐는데 아직도 어색한 것 같지 않니. 재가 몇 년이나 젊어지나 봐가며 나도 해볼까 하는데. 난 지방에서 성형외과 해서 돈 엄청 번 우리 아들 친구가 지 병원에 내려와 입원해서 일주일만 있으래. 그동안에 감쪽같이 삼십 년은 젊어지게 해주겠다는데 엄두가 안 나. 영감이 자리보전하고 있는데 내가 그러고 나타나봐, 두번째 심장 발작 일으킬걸.

한 사람의 삼십 년 젊어지는 꿈은 갱년기 연령까지 삼십 년 전으로 끌어내려 처녀 때 자기가 한 인물 한 얘기, 자기를 따르던 숱한 남자들 얘기, 자기 때문에 약 먹은 남자 얘기, 아냐, 나도 그 남자 아는데 너 때문이 아니라 나 때문이었어. 어머머, 그 남자 약 때문이 아니라 늙어 죽은 지 언젠데 싸움 나겠네. 이런 식이었다.

연애는 영원한 회춘재인가. 노인들은 자기가 지금 몇살인지 헷갈리고 왔다갔다하면서 보기 민망할 정도로 생기가 나 보였다. 그런 행복한 헷갈림은 여행가 남편을 따라 이 지구상에 안 가본 데가 없다는 비교적 점잖아 보이는 분에게 이르러 허망한 절정에 달했다. 그가 말했다. 느이들은 내가 별의별 나라 다 여행해본 줄 알지만 아직 못 해본 여행도 있단다. 뭔데? 어딘데? 젊은 꽃미남하고 눈이 맞아 무작정 도망치는 해외여행.

세상에 꿈도 크지. 미쳤어. 누가 그런 것 같은데 분위기가 곧 가라앉고 조용해졌다. 그의 말투에는 농담 따먹기와는 다른 아이러니가 있었다. 저들의 퇴영退嬰의 끝은 어디일까, 조마조마하던 차였다. 누군가 노래를 부르자고 했다.

어느 자리에도 꼭 노래 부르고 싶은 사람이 있다는 건 분위기 쇄신을 위해서나 전환을 위해 좋은 일이었다. 시어머니가 선창을 하고 다들 따라 불렀다. 그윽한 애조는 어디선가 들은 듯했지만 가사는 일본말이어서 알아듣지 못했다. 여러 절로 된 노래 가사를 다 아는 사람이 없는지 절이 바뀔 때마다 시어머니가 선창을 했다. 노래가 길어지면서 따라 부를 수 있는 사람도 점점 줄었는데 후렴만은 다 같이 목청을 높이고 표정까지 심각하게 가다듬어가면서 따라 부르는 것이었다. 노래가 끝났는데도 누가 먼저랄 것도 없이 후렴만을 반복해 부르기 시작했다.

내가 무슨 뜻인지 모를 후렴은 이러했다. '무까시노 히까리 이마 이즈꼬.' 나는 일본말을 하나도 못 알아듣지만 뒤에 꼬자 붙는 건 여자 이름이라는 것 정도는 알고 있었다. 시어머니도 친정엄마도 어릴 적 친구를 하나꼬, 아끼꼬 하는 식으로 부르는 걸 들은 일이 있고 일본 영화도 더러 봤으니까. 아마 죽었

거나 헤어진 여자를 애타게 그리워하는 노래 가사임이 분명했다. '이마'는 성, '이즈꼬'는 이름일 테지. 그래도 확실히 해두려고 '이마 이즈꼬'가 여자 이름인가봐요? 하고 좌중에 대고 물었다. 아니라고 하면서 '무까시노 히까리 이마 이즈꼬'라는 후렴 문장 한 소절을 통째로 해석해주었다. '그 옛날의 광영은 지금 어디에' 라고 했다.

그렇다면 그 소절을 왜 그렇게 애타게 반복해 불렀을까. 저 분들이 하자 없이 모범적으로 살아온 건 알겠는데 그래도 그렇지, 평생 초등학교 선생 노릇하면서 언제 한번 광내고 살아본 적이 있다고. 그러면서도 인생 전반에 대한 측은지심 같은 걸로 마음이 울적하게 가라앉았다.

시어머니가 나에게 이제 가도 좋다는 눈짓을 했다. 그런다고 당장 나오긴 좀 뭣해서 잠시 머뭇거리고 있을 때, 그제야 겟돈들을 모으다 말고 누가 느닷없이 말했다.

야, 그 배고프던 그 시절은 지금 다 어디로 갔을까.

시선이 아득해지는 그들을 뒤로하고 시어머니 아파트를 나오면서 생각했다. 그 노인들이 애타게 찾은 그 옛날의 광영이 그럼 배고픈 시절이었단 말인가. 말도 안 돼. 그러면서도 나는 쫓기는 기분이 들었다. 말도 안 되는 것한테 쫓기는 기분에서 벗어나려고 나는 조금 서둘렀다.

세미가 지적해준 데는 그녀가 근무하는 회사가 있는 빌딩 일층에 있는 커피빈이었다. 밖에도 앉을 수 있는 자리가 마련돼 있었지만 어두운 안으로 깊숙이 들어갔다. 세미는 아직 나와 있지 않았다. 시계를 보니 내가 너무 일찍 온 거였다. 내 쪽에서 부탁해서 어렵게 잡은 약속이니 설사 늦는다고 해도 탓할 수도 없다.

세미는 한 달 전까지 내 며느리였던 아이다. 아들 혼자서 집에 다니러 왔을 때, 세미는? 하고 물었더니 헤어졌다고 지나가는 말처럼 말했다. 제일 먼저 떠오른 생각이, 겨우 한 달에 한두 번 시부모 보러 오는 문제로 티격태격했구나 싶어 언짢은 걸 참고 세미가 싫다면 오지 말지 뭣하러 왔냐고 우선 내 아들 마음부터 눙쳐주려고 했다. 그렇다고 부모 된 도리로 그렇게 어영부영 넘어갈 건 아니다 싶어, 세미, 걔 오냐오냐 물렁하게 굴면 네 머리 꼭대기에 올라앉을 아이다 너, 바야흐로 일장연설을 하려는데 아들이 세미 지금 제 와이프 아니라니까요. 전처가 된 지 한참 되니까 함부로 말하지 마세요. 뭐야, 이 놈아. 결혼이 무슨 장난이야. 남편이 옆에서 거들고 나섰다. 흥분하지 마세요. 이미 끝난 일이에요. 그러고는 벌써 전에 살던 오피스텔로 짐 옮기고 따로 나와 있다고 했다.

그렇다면 물어볼 것도 없이 세미도 똑같이 했을 것이다. 하

도 기가 막히니까 말도 잘 안 나와 속으로 침착하게, 서둘지 말고, 심호흡을 한 번 하고 나서,

감히 이혼이란 말을 누가 먼저 꺼냈냐? 겁도 없이, 그 말 먼저 꺼낸 사람이 누구냐고?

엄마, 그게 뭐가 그렇게 중요해요.

왜 안 중요해. 그릇이 깨져도 누가 깨뜨렸냐고 묻는 게 순서야. 책임의 소재는 분명히 해야 하니까.

엄마, 엄마가 무슨 재판관이에요. 따질 걸 따지세요. 우린 서로 같이 사는 데 멀미가 났을 뿐이에요. 우린 둘 다 어엿한 성인이구요.

글쎄, 누가 먼저 멀미를 냈냐니까.

어느 날 내가 멀미를 내고 있다보니 그 친구도 멀미를 내고 있더라고요. 멀미나는 차는 빨리 내리는 게 수지 누가 먼저 멀미가 났냐는 따져서 뭐하게요.

걔 참 앙큼하구나, 세미 말이다.

남의 자식 그렇게 말씀하지 마세요. 우린 지금 남남이라니까요, 완전.

그애들은 부모 속도 안 썩히고 부담도 안 주고 너무도 쉽게 결혼했다. 요즘 혼기보다는 좀 이른 나이긴 했지만 혼기를 놓치는 것보다는 낫다고 생각했다. 아들은 좋은 대학 경영학과

나와 재벌 기업에 취직했으니 월급도 많이 받을 것이다. 즈이 아버지와는 달리 재벌에 대한 적대감도 없고 경제관념도 야무져서 오피스텔도 세든 게 아니라 샀다고 했다.

며늘애도 제힘으로 장만했는지 부모가 사줬는지는 모르지만 자기 명의의 오피스텔에 살다가 둘이 결혼하게 되니까 두 오피스텔을 전세 줘서 합한 돈으로 살 만한 아파트를 전세 내서 신혼살림을 꾸리다가 파경을 맞은 것이다. 이런 사정이니 아들은 결혼 때도 부모에게 신세를 지거나 걱정을 끼칠 일이 하나도 없었다. 그런데도 그때 난 왜 그렇게 심란했을까. 이러려고 그랬나. 부모한테 손 안 벌리고 인륜대사를 치르려는 아들이 대견한 것만은 아니었다. 남 다 하는 걱정을 나만 안 하는 게 왠지 불안했다. 이유를 알 수 없는 고약한 소외감이었다. 뭐가 잘못됐을까 곰곰이 생각해본다.

예단을 생략하자는 건 아들 가진 쪽에서 예의상 한번 해본 소린데 그쪽에서 백 퍼센트 수용했다. 기분이 나빠지려고 했지만 경험자들로부터 얻어들은 가장 천격스럽고도 복잡 미묘한 저울질에서는 일단 비켜난 것 같아 한숨 놓았었다. 그 대신 패물은 좀 해주려고 했는데 커플반지가 있으니까 됐다고 하는 걸 살살 달래서 귀금속상에서 만나기로 힘들게 날짜를 잡았다. 세미는 그 으리으리한 보석상을 한번 쭉 휘둘러만 보고는 됐어요, 됐어요, 뭐가 됐다는 건지 내 소매를 끌고 가까운 백화점으로 갔다. 그러고는 액세서리 파는 데서 장난감 같은 팔찌와 귀고리 목걸이 들을 성의 없이, 마치 쓸어담듯이 골라잡았다. 그래봤댔자 귀금속에다 대면 몇 푼 안 되지만 쓰잘 데 없는 것들을 하도 여러 개 사는지라, 애야, 하나를 가져도 값나가는 걸 가져야지 그따위 것들 아무리 많아봐야 아쉬울 때 하나도 도움 안 된단다, 했더니, 세미가 그 동그랗고 맑은 눈으로 나를 빤히 쳐다보면서, 그럼 궁할 때 팔아먹으라고 저한테 패물 해주려고 하셨어요? 이러는 거였다. 참 맹랑한 아이구나 싶기는 했지만 욕심스러운 아이는 아닌 것 같은 게 마음에 들었었다.

이런 며늘아기니 설사 아들이 이혼을 당했다고 한들 거덜날 것은 없으리라. 거덜도 뭐가 있어야 날 게 아닌가. 아들딸 결혼할 때마다 한 재산 기울여서, 기울일 재산이 없으면 빚을 내서라도 떡 벌어지게 해주고, 예단입네 살 집입네 과분하게 장만하는 사이에 사돈집과 갈등을 빚기도 하고 자식들한테 정떨어지기도 하는 과정이 왜 있어야 하는지 알 것 같았다. 부모는 투자를 안 했으니 부모의 발언권이 약하고, 저희들끼리는 구속력이 없었던 게 아닐까. 결혼이 무슨 장난이냐고 일단 호통을 치긴 했지만 돈 문제가 얽히지 않은 결혼은 장난에 불과할 수도 있는 게 아닐까.

드나드는 젊은 여자들은 하나같이 팬티가 보일락 말락 하게 짧고 나풀나풀한 치마를 입고 있다. 커피빈 안쪽 벽은 완만한 둥근 곡선인데 선을 따라 턱을 만들어놓아 걸터앉을 수도 있게 꾸며놓았다. 동성끼리나 사무적인 관계로 보이는 남녀만 테이블에 마주 앉고 사귀는 사이로 보이는 커플은 나란히 앉을 수 있게 해놓은 그쪽에 가 앉아 있다. 남자 무릎 위에 올라앉은 계집애도 있고, 남자 목에다 제 팔을 감고 있는 아이도 있다. 그 자리는 남녀의 친밀한 신체 접촉을 위해 꾸민 자리인 듯했다. 근데 가만히 보니 상대를 주무르고 있는 건 주로 여자고 남자는 수동적이다.

아들이 처음으로 세미를 집에 데리고 와서 소개시키던 날 생각이 났다. 세미도 우리 아들의 단단한 가슴팍이나 울퉁불퉁한 팔뚝을 괜히 탁탁 치곤 했다. 부드럽게 어루만질 때도 있었다. 무슨 애가 한시도 가만히 있지 못하고 산만하게 굴면서 내 아들을 함부로 대하는 것이 눈에 거슬렸지만 내 아들이 좋아하는 아이니까, 철부지의 천진난만한 버릇쯤으로 봐주려고 애썼다. 남들은 아들이 좋아하는 여자는 단점만 보인다는데 우리 부부는 눈에 콩 꺼풀이 씐 것처럼 아무것도 제대로 보려고 하지 않았다. 그것도 우리 식의 책임 회피가 아니었을까.

그때가 여름이었을 것이다. 그닥 더운 날은 아니어서 에어컨을 트는 대신 창문을 있는 대로 열어놓았었다. 저녁 먹고 난 후의 선들바람은 쾌적했다. 별안간 세미가 비명을 질렀다. 모기에 물렸다는 것이다. 어떡해, 어떡해, 난 몰라, 어떻게 집 안에 모기가 다 있어, 방방 뛰면서 난리를 치기에 나는 우선 곤충에게 물렸을 때 바르는 약을 물린 자리에 발라주려고 했다. 물것에 예민한 체질인 것 같았다. 희고 길고 매끈한 팔뚝에 두 군데나 방금 물린 자국이 콩알처럼 부풀어올라 있었다. 약을 발라주었는데도 팔짝팔짝 뛰면서 천금 같은 우리 아들에게 당장 그 모기를 잡아 죽이라는 것이었다. 그래 그래, 오빠가 당장 잡아올게, 아들은 식당과 거실의 의자들을 넘어뜨리기도 하고 건너뛰기도 하면서 온 집 안을 난장판을 만들고 나서 기어코 모기 한 마리를 손으로 때려잡아 개선장군처럼 자랑스럽게 세미에게 갖다바쳤다. 바쳤다기보다는 손바닥에 묻은 모기 자국을 보여준 거였다. 그걸 본 세미가 다시 한번 어머머, 피, 내 피, 하면서 비명을 질렀다. 무슨 소리인가 했더니 그 모기는 세미를 문 모기라는 분명한 증거를 남기고 죽었다. 아들 손바닥에는 모기 자국보다 더 많은 붉은 피 자국이 선명하게 남아 있었다. 아들을 보니 세미보다 더 모기에게 빨린 피를 아까워하는 표정이 역력해서 혹시 아들이 그 피를 핥아먹는 게 아닐까 조마조마한 마음으로 지켜보았더랬다.

그때부터 난 그 아이가 마음에 안 들었다. 모기보다 더 앵앵거리던 혀 짧은 어리광하며, 남의 아들을 그 부모 앞에서 머슴 대하듯 하는 버르장머리하며, 공주병도 중증이었다. 그러나 남편은 귀여운 듯이 바라만 봤고 그애를 보내고 나서 우리 아들이 어쩌다 그런 아이를 좋아하게 됐는지 모르겠다고 마음에 안 차했더니 그가 한다는 소리가,

내버려둬. 곰하곤 못 살아도 여우하곤 살 수 있다지 않남. 엄마가 하도 무뚝뚝하고 둔하니까 제짝은 정반대로 골라잡은 거야.

그때 남편하고 한바탕 싸워서라도 그 혼사를 막아야 했거늘.

세미가 들어오고 있었다. 딴 계집애들처럼 나풀대는 초미니 스커트를 입고 굽이 십 센티나 될 것 같은 구두를 신고 모델처럼 또박또박 우아하게 걸어들어왔다. 한때 며느리였던 여자와 마주 앉는다는 건 모르는 사람끼리 합석하는 것보다 더 어색했다.

세미는 머리만 한 번 까딱하고 나서 만나자고 한 것은 네가 먼저니 말도 네가 먼저 하라는 투로 나를 빤히 바라보기만 했

다. 면구스러워서 나는 시켜만 놓고 안 마시고 있던 카푸치노를 한 모금 홀짝 넘기면서 말문을 열었다.

어떤 커피로 할래? 여긴 커피 종류가 많구나.

요샌 다 그래요. 커피는 온종일 여러 잔 마셨으니까 녹차로 할게요.

이런 데서 녹차도 파니. 얼굴이 좀 수척한 것 같구나. 살도 좀 빠지고.

그래요? 잘됐네요. 마음 고생해서 그런 줄 아시나본데 아니걸랑요. 요새 다이어트중이에요. 결혼생활 하는 동안 스트레스 받아서 살만 쪘거들랑요. 아유, 끔찍해, 글쎄 이 몸매에 삼 킬로그램이나 불었었으니까.

직장 일은 잘되니?

그럼요, 요새 오직 일에만 매달려 있으니까 행복해요. 오빠한테 얘기 들으셨을 텐데 왜 만나자고 하셨어요?

왜, 만나잔 게 잘못됐냐. 아무리 너희끼리 좋아서 한 결혼이라지만 정식으로 양가 어른 일가친척 모시고 한 결혼인데 우리에게 한마디 상의도 없었으니 부모 된 도리로 자초지종을 알기나 하려고 불러냈다. 뭐가 잘못됐냐.

뭐 잘못하셨다는 게 아니라요, 오빠가 그 정도는 얘기하지 않던가요.

듣긴 잠깐 들었지만 하도 말 같지가 않아서……

그럼 저라도 말 같은 얘기를 해달라는 말씀인 것 같은데.

왜 안 되겠니? 도대체 왜 이혼까지 하게 된 거니.

성격차예요. 순전히.

여긴 파경난 배우들의 기자회견 자리가 아니다. 그 성격차이라는 것, 내가 좀 알아들을 수 있게끔 구체적으로 말해줄 순 없겠니? 그렇게 눈만 깜빡거리지 말고. 어지럽다.

이를테면요…… 이를테면 제가 오랜만에 오빠하고 같이 집에서 저녁 먹으려고 장보고 온갖 솜씨 부려서 근사하게 저녁상을 봐놓으면 오빠는 먹고 들어오고, 내가 꼼짝도 할 수 없을 만큼 피곤해서 대충 먹고 들어가서 침대에 널브러져 있으면 자기는 쫄쫄 굶고 들어와서 집 밥이 먹고 싶어 죽을 뻔했는데 아무것도 안 해놨다고 화내고 문 박차고 나가버리고, 내가 외식하고 싶을 때 오빠는 집 밥, 내가 집 밥 먹고 싶을 때 오빠는 외식. 지가 집 밥 당번일 땐 땡땡이쳐도 되고, 난 안 되고, 매사가 이런 식이었다니까요.

고작 그게 성격차란 말이니?

고작 그거라니요. 그런 일이 누적돼보세요. 얼마나 힘든데요. 얼마나 힘들었으면 제 몸이 삼 킬로그램이나 불었겠어요.

그 정도는 성격차이가 아니라 소통의 문제 아니냐? 아침에 나갈 때나 중간에 서로의 일정이나 컨디션을 미리 알아볼 수도 있는 거 아니야. 그런 노력도 안 하고 어떻게 결혼생활을 유지시킬 수 있겠니.

연애할 때나 신혼 때는 서로 약속 안 하고도 그런 게 척척 맞았다니까요. 보고 싶은 영화, 먹고 싶은 음식, 걷고 싶은 거리, 그런 것들을 말 안 하고도 서로 척척 알아맞혔다니까요. 사랑하는 사람끼리는 서로 그렇게 텔레파시가 통하게 돼 있는 거 아닌가요. 연애도 아마 그 재미에 했을걸요. 그게 안 통하고부터 우린 서로의 사랑을 의심했고 같이 살 까닭도 못 느끼게 된 거죠.

더이상 대화를 계속할 수가 없었다. 벽창호끼리 마주 앉은 느낌이었다.

그날 밤 남편한테 세미한테 듣고 온 그 말도 안 되는 이혼 사유를 말해줬더니 그가 말했다. 남자들의 뇌는 결국은 엄마 닮은 여자가 마음 편하게 돼 있다더니 맞는 말이구만. 곰처럼 무뚝뚝하고 둔한 어미에게 질려서 아들이 여우 같은 여자에게 끌렸을 거라고 말할 때는 언제구. 이 집에서 못된 바람은 다 나에게로 불어온다. 대답 대신 큰 소리로 하품을 했다. 걷잡을 수 없이 잠이 밀려왔다. 자야겠다. 누가 업어가도 모르게, 입을 벌리고, 코 골며, 아 아, 간간이 신음하며, 남편이 관찰한 나의 자는 모습이다. 그러나 그도 나의 꿈속은 들여다보지 못한다.

김윤식 추천작

카메라와 워커

박완서와 관악산 _ 김윤식

한국문학, 1975년 2월

나에게는 조카가 하나 있다. 가끔 나는 내가 내 아이들보다 조카를 더 사랑하고 있는 게 아닌가 하고 생각할 때마다 조카가 생후 사 개월, 내가 스무 살 때 겪은 6·25 사변을 생각 안 할 수 없다. 그때 며칠 건너로 오빠와 올케가 차례로 참혹한 죽음을 당하자 어머니와 나는 어린 조카를 키울 일이 도무지 막막하기만 했다. 우유는 고사하고 밥물이라도 끓일 몇 줌의 흰쌀을 구할 주변머리도 경황도 없었다. 어머니는 푸성귀하고 보리하고 끓인 멀건 국물을 아기 입에 퍼넣었다. 설탕도 못 넣은 이런 국물을 아기는 도리질하며 내뱉고 밤새도록 목이 쉬게 울었다. 어머니는 쯧쯧 불쌍한 거 할미 젖이라도 빨아보렴 하며 자기의 앞가슴을 헤쳤다. 담벼락 같은 가슴에 곧 떨어져

버릴 병든 조그만 열매처럼 매달린 젖꼭지를 아기는 역시 도리질로 거부했다. 아기는 젖꼭지를 물어도 보기 전에 조그만 손으로 가슴을 더듬어만 보고도 알았던 것이다. 결코 젖줄을 간직한 가슴이 아니란 것을.

"늙은이 젖도 자주 빨면 젖이 나온다던데."

어머니는 아기가 젖을 물기만 하면 자기 젖에서 당장 젖이 펑펑 쏟아질 텐데, 아기가 안 빨아서 아기 배가 곯는 양 안타까워하다가 드디어는 아기의 엉덩이를 두들기기 시작했다. 토실한 엉덩이에 어머니의 손가락 자국이 선명히 솟아오르고 아기는 목이 쉬어서 차마 들을 수 없는 이상한 소리를 내면서, 울음을 토했다 숨이 깔딱 막혔다 했다.

그때 나는 별안간 내 가슴에 퍼진 실핏줄들이 찌릿찌릿하면서 뿌듯해지는 걸 느꼈다. 아니, 실핏줄이 아니라 바로 젖줄이다. 나는 그렇게 확신했다.

나는 올케가 해산하고 나서 아기에게 젖을 주려고 처음으로 사람들 앞에서 헤친 가슴의 잔뜩 분 탐스럽고 단단한 젖보다 훨씬 더 아름답고도 풍만한 젖가슴을 갖고 있었다. 이 젖이 돌기 시작하고 있다고 나는 확신했다.

젖이 돌 때는 가슴이 찌릿찌릿하면서 뿌듯해진다는 건 올케한테 들은 소린데 그것까지 똑같지 않나.

나는 어머니로부터 아기를 거칠게 빼앗아 안았다. 그리고 서슴지 않고 앞가슴을 헤쳤다. 아기의 손이 내 살찐 젖무덤을 더듬더니 이내 울음을 뚝 그치고 다급하게 "흐응, 흐응" 하며 허겁지겁 온 얼굴로 내 가슴을 파고들었다.

그러나 내 젖꼭지가 채 아기의 마른 입술에 닿기도 전에 어머니의 거친 손에 나는 아기를 빼앗기고 말았다. 어머니의 얼굴은 딸의 간음 현장이라도 목격한 것처럼 분노와 수치로 핏기마저 가셔 있었다.

"세상에, 망측해라. 처녀애가, 없는 일이다. 암 없는 일이고 말고."

아기는 코언저리가 새파랗게 질려 사색이 돌 만큼 자지러지게 울기 시작했지만 목이 잠겨 늙은이 가래 끓는 소리같이 기분 나쁜 소리가 끊겼다 이어졌다 했다.

나는 아기의 이런 울음소리를 듣자 느닷없이 가슴에서 젖줄이 넘쳐, 정말로 펑펑 넘쳐 옷섶을 흥건히 적시고 있는 것처럼 느끼며 이런 풍요한 젖줄과 목마른 아기를 굳이 떼어놓는 어머니에게 격렬한 적의마저 품었다.

그런 일은 오빠와 올케의 죽음이 정리되기도 전, 그러니까 상중의 일이었으니 상중의 일치곤 그리 대단한 일은 아닐지도 모른다. 난리중에 벼락 맞듯 두 참사를 한꺼번에 당한 집안 사정이 오죽했으며, 그런 일을 당하기까지의 사연인들 오죽했을까만, 나는 유독 조카의 목마름, 배고픔의 광경만을 딴 일과 뚝 떼어서 밑도 끝도 없이 선명하게 기억한다.

설사 난리중이 아닌 평화시라도 졸지에 엄마를 잃은 아기는 당분간은 배고프고 내팽개쳐지는 게 스스로가 타고난 박복이 아니겠는가. 그런데도 그때의 그 일이 차마 못 할 짓의 기억으로 아직도 생생하니 아프다.

그것은 아마 젖줄이 솟은 것 같은 신기한 기억 때문일 것이다. 그때 내가 젖을 물릴 수 있었다손 치더라도 젖이 나왔을 리 없다는 걸 그후 나도 알긴 알게 되었다. 그렇지만 그때 가슴이 찌릿찌릿하니 뿌듯하게 옷섶을 적시며 넘치던 게 전연 아무것도 아니었다고는 도저히 생각할 수 없다. 조카에 대한 고모 이상의 것, 이를테면 모성이 아니었던가 싶다.

그후 아기는 푸성귀하고 보리하고 끓인 푸르죽죽한 국물도 잘 받아먹게 되었다. 때로는 그것보다는 좀 나은 아기의 먹을 것을 장만할 수 있을 때도 있었다. 그러나 나는 자주자주 어쩔 줄을 몰라했다. 딱딱한 놋숟갈을 착살맞도록 쪽쪽 핥는 아기의 부드러운 입술에 젖을 물리고 싶다는 생각과 처녀가 젖을 빨린다는 건 아주 망측한 일이란 생각 사이에 억눌려서 어쩔 줄을 몰랐던 것이다.

그후 수복이 되고, 나는 미군 부대 하우스걸 같은 걸 하면서 아기에게 우유를 먹일 수 있었고 놋숟갈 대신 고무 젖꼭지를 물릴 수 있었다. 피난을 다니면서도 아기에겐 미제 우유를 먹일 수 있었다. 나는 자유를 위해 피난을 가는 게 아니라 돈만 있으면 우유를 살 수 있는 세상을 따라 남으로 움직였다.

조카는 잔병치레 하나 안 하고 잘 컸다. 천덕꾸러기란 다 그렇게 크게 마련이라고 어머니는 말했지만 나는 그 말이 듣기 싫었다. 어머니라고 당신 앞에 남겨진 이 집 대를 이을 단 하나의 핏줄인 손자가 소중하지 않을 리야 없겠지만 난 지 백날 만에 애비 에미를 잡아먹은—어머니는 이런 끔찍스러운 말을 썼다—손자를 가끔가끔 불길스러운 듯 구박을 했다. 아아, 어머니는 왜 이 조그만 아기의 팔자 따위가 그 6·25 사변같이 엄청나게 큰 불길스러운 일을 일으킬 수 있다고 생각한 것일까.

조카는 말을 배우면서 아줌마 소리를 제일 먼저 했지만 아기들 말이 으레 그렇듯이 발음이 정확지 않아 "아윰마", 조금 응석을 부리면 "암마"로 들렸다. 어머니는 그걸 몹시 싫어해서 "아줌마" 대신 '고모'라는 말을 가르치기 시작했다. 잘못해서 아윰마 소리가 나오면 엉덩이를 맞아야 했다. 어머니는 "이 경을 칠 녀석, 또다시 그런 소릴 할련 안 할련" 하며 엉덩이를 모질게 찰싹찰싹 때렸다.

그리고 나한테는 조카를 너무 귀여워하는 게 아니라고 했다. 모르는 사람이 보면 꼭 모자지간같이 보인다는 거였다. 실제로 누구도 그러고 아무개도 그러는데, "따님하고 외손주하고 사시는구만, 사위는 군인 나갔수? 납치당했수?" 하더라는 거였다. 그만큼 그 시절엔 집에 장정 남자 식구가 없는 건 조금도 이상스럽지 않았다.

그러다가 혼인길 막히는 거 아닌지 모르겠다고 어머니는 근심했다. 조카는 최초의 말 "암마" 소리를 엉덩이를 맞아가며 부정당하고부터는 말 없는 아이로 자랐다. 그리고 나는 혼인길이 트이어 시집을 갔다. 마치 자식을 떼어놓고 개가해가는 과부처럼 청승맞은 기분으로 죄의식조차 느끼며 시집을 갔다. 부부만의 단출한 살림이고 보니 친정 출입이 잦았다.

방마다 세를 들인 커다란 낡은 집 안방의 옴두꺼비 같은 구식 세간들 사이에서 할머니하고 단둘이 살아야 하는 어린 조카가 문득 불쌍한 생각이 나면 곧장 달려가곤 했다. 새로 난 장난감도 사가고 주전부리할 것도 사가지고 가서 한바탕 유쾌하게 수선을 떨다 왔다. 이런 나를 어머니는 시집을 가도 하나도 철이 안 난 주책바가지라고 나무라며 못마땅해하고, 사위에겐 미안쩍어하기도 했지만, 나는 그게 아니었다. 나는 친정집의 곰팡내 나는 음습한 분위기로 해서 조카의 동심에까지 곰팡이가 슬까봐 내가 햇빛이고자 바람이고자 그렇게 하는 거였다. 실제로 나를 맞는 조카의 얼굴은 음지가 양지로 변하는 것처럼 환하게 변했다.

나도 첫아기를 낳게 되었다. 꼭 둘째아기를 낳은 기분이었다. 둘째아기를 낳는 엄마라면 누구나 하는 근심, 아우에게 사랑을 빼앗긴 맏이의 상처받은 동심을 어떻게 위무할 것인가 하는 근심과 똑같은 근심을 나는 내 조카 때문에 했으니 말이다.

내 첫애는 딸이었고, 나는 내 딸이 엄마 아빠 소리보다 오빠 소리를 먼저 할 만큼 따로 사는 친정조카를 우리 식구처럼, 식구라도 상식구처럼 키우는 데 지나칠 만큼 신경을 썼다. 남편이 딸애를 주려고 과자를 사와도 "이건 오빠 거" 하며 우선 몇 개 집어두었고, 신발을 한 켤레 사려도 "이건 오빠 거, 이건 혜란이 거" 매사를 이런 식으로 했다.

마침내 조카가 국민학교에 들어가게 됐다. 나는 꼭 첫애를 국민학교에 보내게 된 젊은 엄마처럼 흥분해서 어쩔 줄을 몰랐다. 매일 딸을 데리고 따라가서 "혜란아, 오빠 찾아내봐. 조오기, 조오기 있지. 우리 혜란이 오빠가 제일 잘하네. 노래도 제일 잘하고 유희도 제일 잘하고, 그치 혜란아" 하며 수선을 떨었다.

그러나 고모는 고모지 아무려면 엄마만 할 수야 있겠는가. 나는 지금도 조카의 첫 소풍날을 잊을 수 없다. 그때도 국민학교 일학년 첫 소풍은 창경원이었다.

어머니는 아침부터 줄창 조카를 따라다니기로 하고 나는 점심을 싸가지고 나중에 가서 창경원 속에서 만나기로 했다. 만나는 장소는 연못가로 하여 행여 어긋나는 일이 있을까봐 나는 용의주도하게 남편이 결혼 전에 차던 손목시계까지 어머니 손목에 채워드렸다. 그러고도 나는 어머니가 못 미더워 골백번도 더 "열한시 정각에, 연못가" 소리를 했더랬다. 그런 내가 한 시간이나 더 늦게 가고 말았다. 도시락도 요리책을 봐가며 좀 멋을 부려봤지만, 내 모양을 내는 데 분수없이 시간을 잡아먹었다. 미장원에 가서 머리도 새로 했고, 화장도 정성 들여 했고, 옷도 거울 앞에서 몇 번을 갈아입어봤는지 모른다. 그때만 해도 내 용모에 어느 만큼은 자신이 있을 때라 나는 군계일학처럼 딴 엄마들 사이에서 뛰어나길 바랐었다. 그래서 조카까지가 그런 우월감으로 엄마 대신 고모라는 서운함을 메울 수 있기를 바랐었다. 그러다가 그만 한 시간이나 지각을 하고 만 것이다.

어머니는 미련하게도 그 한 시간 동안을 줄창 연못가에서 나만 기다리느라 정작 아이들이 해산하는 것도 모르고 있었다. 부랴부랴 어머니를 몰아세워 아이들이 집합해서 단체놀이를 벌이던 곳으로 갔으나 아이들은 이미 뿔뿔이 헤어져 가족들과 점심을 먹고 있었다. 거의 한 시간이나 넘어 창경원 안을 미친 듯이 헤맨 끝에 조카를 만났다. 조카는 그때까지 국민학교 일학년생으로서의 체면상 가까스로 참았던 울음을 내 치마폭에 얼굴을 묻자마자 서럽게 터뜨렸다. 철들고 나서 그렇게 몹시 운 것은 처음이어서 나는 당황했다. "고모가 나쁘다, 나쁜 년이다." 나는 정말 내가 나를 때리는 시늉까지 해가며 달래다 못해 같이 울어버리고 말았다.

점심시간은 엉망일 수밖에 없었다. 워낙 몹시 운 끝이라 울음을 그치고 나서도 흑흑 느끼느라 김밥 하나를 제대로 못 넘겼다. 내 조그만 허영이 불쌍한 조카의 일학년 첫 소풍의 추억을 이렇게 슬프게 얼룩지워놓고 만 것이다.

내가 그애의 엄마라면 뭣하러 그런 허영을 부렸겠는가. 내가 내 아이들보다 조카를 더 사랑한다는 느낌에는 그런 허영과도 공통된 과장과 허위가 있음 직도 하다.

조카는 자랄수록 죽은 오빠를 닮아갔다. 아들이 애비 닮은 것은 당연한데도 어머니와 나는 그게 못마땅하고 꺼림칙했다. 외모가 닮은 건 어쩔 수 없다손 치더라도 말이 없는 것까지 닮은 걸 보면 속까지 닮았을까봐 그게 제일 걱정이었다.

오빠는 늘 침울한 편이었고 너무 말이 없었다. 그래도 가끔 친구들과 어울릴 때면 도맡아 떠들어댔던 것으로 미루어, 본래의 성품이 그랬던 게 아니라 집안 식구와 공통의 화제가 없었더랬는 게 아닌가 싶다. 집안 여자들이 흥미있어하는 살림 걱정, 살림 재미, 친척의 소문, 계절의 변화 등에 오빠는 도무지 무관했다. 오빠는 일제 말기에 전문학교까지 나온 주제에 해방되고도 직장이라곤 가져본 적이 없다. 나는 이런 오빠를 막연히 빨갱이라고 생각했었다. 오빠 방의 책이 맨 그런 책이었고, 친구들과 떠드는 소리를 엿들어봐도 누가 들으면 큰일 날 불온한 소리였기 때문이다.

나는 어머니에게 오빠가 빨갱이일 거라고 일러바쳐 어머니를 전전긍긍하게 했다. 어머니는 서둘러서 오빠를 장가들였다. 외아들이니 빨리 손을 봐야겠기도 했지만, 처자식이 생기면 자연히 책임이란 것을 의식하게 될 테고 그러면 위험한 짓도 삼가게 되려니와 직업도 갖게 될지도 모른다는 게 어머니의 속셈이었다.

오빠는 순순히 장가를 들어주었고, 이내 첫아기를 본 게 또 아들이어서 제법 푸짐하게 백날잔치까지 하고 나서 며칠 만에 6·25가 터졌다. 나는 속으로 이제야말로 오빠가 활개칠 세상이 왔나보다고 생각했다. 처음엔 내 추측이 들어맞는 것 같았다. 불안할 만큼 생기가 나서 뻔질나게 외출을 했다. 그러다가 다시 침울해지더니 바깥출입을 끊고 들어앉았다가 친한 친구한테 반강제로 끌려나간 후 죽어서 돌아왔다. 그후 올케까지 친정으로 쌀을 얻으러 가다 폭사를 해, 내 조카는 그만 고아가 되고 만 것이다.

그래서 우리 모녀는 지금까지도 오빠가 빨갱이였는지, 흰둥이였는지, 아예 그런 사상 문제엔 집안일에 관심이 없었던 것처럼 관심도 없었는지, 그것조차 분명히 알고 있지를 못하다. 다만 어머니는 아들 치다꺼리만 했지 한 번도 아들이 벌어오는 밥을 못 얻어잡숴본 게 가슴 깊이 맺힌 한이어서 아무쪼록 오래 사셔서 하루라도 손자가 벌어오는 밥을 얻어잡숴보는 게 소원이시다. 손자가 좋은 학교 나와서 착실한 직장을 가지고 결혼해서 일요일이면 처자식 데리고 카메라 메고 놀러 나가고 당신은 집을 봐주는 게 평생소원이시다.

카메라 메고 공일날 야외에 나갈 만큼의 출세랄까 안정이랄까 그게 어머니가 훈이(내 조카 이름)에게 바라는 전부였고, 나도 어머니가 노후에 카메라 메고 야외에 나간 손자 내외의 집을 봐주는 정도의 행복은 누리게 하고 싶었다.

훈이가 고등학교 이학년이 되자 반을 문과 이과로 나누게 되었고, 훈이가 나한테는 아무 상의도 안 하고 문과를 택한 걸 나는 나중에야 알았다. 나는 우선 그런 문제를 나한테는 상의 한마디 안 한 게 서운했고, 어머니는 어머니대로 오빠가 전문학교에서 문과였다는 것만으로 덮어놓고 문과를 싫어했다. 그래도 나는 훈이 편이 되어 고등학교 문과가 반드시 장래 문학 지망을 의미하지는 않는다고 어머니를 설득하려 했지만 어머니는 지레 겁을 먹고 있었다. 어머니는 오빠가 평생 사회에 참여해서 돈 한푼 벌어들인 일이 없는 주제에 까닭 없이 죽어야 하는 일엔 끼어들고 말았다는 사실이 문과 출신이라는 것과 반드시 무슨 상관이 있다고 믿고 있었기 때문이다.

나는 그럴 리가 없다고 어머니를 위로하면서도 속으론 어머니 생각에 동조하고 있었으므로 더 늦기 전에 일을 바로잡아 보리라 마음먹었다. 나는 학교에 쫓아가서 담임선생님에게 애걸하다시피 해서 훈이가 문과에서 이과로 전과를 할 수 있도록 했다. 그러고 나서 훈이를 설득하려 들었다. 나는 막연히 훈이를 두려워하면서 중언부언 내 말을 했고, 훈이는 언제나처럼 말없이 젊은이다운 대담한 시선으로 나를 쏘아보았다.

"훈아, 너희 담임선생님이 그러시는데 너는 인문계보다는 이공계가 더 적성에 맞는대. 좀 좋아. 공대 같은 데 가면 요새 공장이 많이 생겨서 공대 출신이 제일 잘 팔린다더라. 넌 큰 기업체에 취직해서 착실하게 일해서 돈도 모으고 연애도 하고 결혼도 해서 살림 재미도 보고 재산도 늘리고, 그러고 살아야 돼. 문과 가서 뭐하겠니? 그야 상대나 법대로도 풀릴 수 있지만 그게 그리 쉬우냐, 까딱하단 문학이나 철학이나 하기가 꼭 알맞지. 아서라 아서. 사람이 어떡허면 편하고 재미나게 사느냐를 생각하지 않고, 사람은 왜 사나, 뭐 이런 게지. 돈을 어떡허면 많이 벌 수 있나하는 생각보다 돈은 왜 버나, 뭐 이런 생각 말이야. 그리고 오늘 고깃국을 먹었으면 내일은 갈비찜을 먹을 궁리를 하는 게 순선데, 내 이웃은 우거짓국도 못 먹었는데 나만 고깃국을 먹은 게 아닌가 하고 이미 뱃속에 들은 고깃국조차 의심하는 바보짓 말이다. 이렇게 자꾸 생각이 빗나가기 시작하면 영 사람 버리고 마는 거야. 어떡허든 너는 이 사회에 순응해서 이득을 보는 사람이 돼야지 괜히 사회의 병폐란 병폐는 도맡아 허풍을 떨면서 앓는 소리를 내는 사람이 될 건 없잖아."

"고모, 아버지가 그런 사람이었나요?"

훈이가 내 말의 중툭을 자르며 푸듯이 말했다. 나는 당황했다. 훈이가 아버지에 대해 뭘 물어본 게 이번이 처음이라 그렇기도 했지만, 내가 오빠에 대해 오랫동안 몰래 추측하고 있던 걸 훈이한테 느닷없이 들키고 만 것 같아 더 그랬다.

나는 아니라고 강하게 부인하고 다시 아까 한 소리를 간곡하게 되풀이했다. 내 말에 감동했는지 귀찮아서 그랬는지 아무튼 훈이는 내가 옮겨준 대로 이과에 잘 다녔다. 그러나 형편없이 성적은 떨어졌다. 때마침 공대가 붐을 이룰 때라 우수한 지원자가 많이 몰려 훈이는 대학입시에 낙방했고, 재수는 막무가내 싫다고 해서 삼류 대학 공대 토목과에 들어갔다.

훈이가 대학에 다니는 사 년 동안 내내 대학가는 어수선해서 데모, 휴교, 조기방학의 악순환의 연속이었다. 데모가 있을 때마다 나는 훈이가 그런 데 휩쓸릴까봐 애를 태우고 미리미리 타이르고 했다.

"행여 그런 데 끼지 마라. 관심도 갖지 마라. 너는 기술자가 될 사람야. 세상이 어떻게 되든 밥벌이 걱정은 안 해도 될 기술자란 말야. 기술자는 명확한 해답을 얻어낼 수 있는 문제에만 관심을 가지면 되는 거야. 알았지?"

그러고는 혹시 꾐에 빠져서라도 그런 데 끼어들었다간 졸업 후 취직도 못 하고 일생 망치기 십상이라고 공갈을 쳤고, 너는 꼭 대기업에 취직해서 안정된 생활을 누리고 예쁜 색시 얻어 일요일이면 카메라 메고 동부인해서 야외로 놀러 나갈 만큼은 재미있게 살아야 한다고 설교를 했다. 훈이는 한 번도 말대꾸하는 법이 없었지만 거칠고 대담한, 그리고 경멸하는 듯한 시선으로 나를 쏘아봤다. 그러면 나는 괜히 부끄러워져서 딴전을 보며 지껄여댔다. 나는 부끄럼을 타면서도 꽤나 줄기차게 그런 말을 훈이에게 했었나보다. 대학교 졸업반 때 나는 돈의 여유가 좀 생긴 김에 훈이에게 카메라를 하나 사주고 싶어 의향을 물어봤더니 단호하게 거절하며 하는 말이,

"고모, 난 카메라라면 지긋지긋해. 이가 갈려. 생전 그런 거 안 가질 거야."

그럭저럭 무사히 졸업하고 입대했지만 곧 의가사제대를 할 수가 있었다. 이제 취직 문제만 남았는데 이것만은 그렇게 쉽지가 않았다. 대기업은커녕 착실한 중소기업의 문턱도 낮지는 않았다. 막상 취직 문제에 부딪히고 보니 남의 떡이 커 보이는 식으로 이공계보다는 인문계 출신의 문호가 훨씬 넓어 보이는 게 우선 나로서는 적잖이 속상하는 일이었다. 그래도 다행인 건 훈이가 그런 문제에 나를 원망하려는 기색이 조금도 안 보이는 거였다. 말없이 고분고분 취직시험을 수없이 보고, 보는 족족 떨어졌다. 어떤 곳에선 아예 서류심사부터 낙방을 시키는 걸 보면 대학교 성적이 시원치 않았던 것 같다.

어머니와 나는 한 번도 훈이가 대통령이나 장군이나 재벌이나 판검사나 그런 게 되기를 바란 적이 없다. 정직하게 벌어먹을 수 있는 기술 가르쳐 대기업에 붙여, 공일날 카메라 메고 야외에 나갈 만큼의 사람 사는 낙을 누릴 수 있기를 바랐을 뿐

이다. 그런데 그나마도 쉽게 되어주지를 않았다. 취직시험도 하도 여러 번 치르니, 보러 가기도 보러 가라기도 점점 서로 미안하게 되었다. 이 년 가까이를 이렇게 지겹게 보내던 훈이 어느 날 나에게 해외 취업의 길을 뚫을 수 있을 것 같으니 교제비로 돈을 좀 달라는 당돌한 요구를 해왔다.

"뭐라고, 해외 취업? 그럼 외국에 나가 살겠단 말이지? 그건 안 된다."

"왜요 고모, 쩨쩨하게 돈이 아까워서? 아니면 고모가 영영 할머니를 떠맡게 될까봐 겁나서?"

훈이는 두 개의 간략한 질문을 거침없이 당당하게 했다. 마치 이 두 가지 이유 외에 딴 이유란 있을 수도 없다는 말투였다. 나는 뭣에 얻어맞은 듯이 아연했다.

글쎄 어떻게 설명할 수 있을 것인가. 그 녀석이 꼭 이 땅에서, 내 눈앞에서 잘살아주었으면 하는 내 간절한 소망의 참뜻을, 지랄같이 무책임한 전쟁이 만들어놓은 고아인 저 녀석을, 온 정성을 다해 남부럽지 않게 키운 게 결코 내 어머니를 떠맡기고자 함이 아니었음을 어떻게 납득시킬 수 있담.

제가 잘되고 잘사는 것으로, 다만 그것만으로 나는 내가 겪은 더럽고 잔인한 전쟁에 대해 통쾌한 복수를 할 수 있고 그때 받은 깊숙한 상처의 치유를 확인받을 수 있다는 걸 어떻게 저 녀석에게 알릴 수 있을 것인가.

나는 그 녀석을 똑바로 바라보았다. 그 녀석도 나를 똑바로 바라보았다. 시선이 강하게 부딪쳤으나 나는 단절감을 느꼈다. 문득 이 녀석 치다꺼리에 구역질 같은 걸 느꼈으나 가까스로 평정을 가장했다.

"해외 취업은 당분간 보류하렴. 할머니 때문이든 돈 때문이든 그건 네 마음대로 생각해도 좋다. 그리고 취직 문젠데, 너무 고지식하게 정문만 뚫으려고 했던 것 같아. 방법을 좀 바꾸어서 뒷문으로 통하는 길을 알아봐야겠다. 돈이 좀 들더라도……"

"흥, 돈 때문은 아니다 그 말을 하고 싶은 거죠?"

녀석이 나를 노골적으로 미워하며 대들었다. 나는 대꾸도 하지 않았다. 어머니는 곁에서 내가 늘그막에 이렇게 천덕꾸러기가 될 줄은 몰랐다면서 훌쩍였다.

취직운동이란 게 막상 부딪쳐보니 할 노릇이 아니었다. 우리를 위해 발 벗고 나서 애써줄 유력한 친척이나 친구가 있는 것도 아니니, 그저 좀 잘산다는 동창을 찾아가 남편을 통해 부탁을 좀 하려면 단박 아니꼽게 나오기가 일쑤였다. 토목과 출신만 아니더라도 어떻게 해보겠는데 요새 워낙 건설업계가 전반적인 불황이라 어쩌고 하면서 마치 제가 이 나라 건설업계를 손아귀에 쥔 듯이 허풍과 엄살을 겸해서 떠는 사람도 있는가 하면 선뜻 이력서나 가져와보라는 곳도 있긴 있었다. 감지덕지 이력서 가져가봤댔자 별게 아니었다. 이력선 시큰둥하게 밀어넣고는 기다려보라니 기다릴 수밖에 없지만 가타부타 무슨 뒷소식이 있어얄 텐데 그저 감감무소식인 데야 다시 어떻게 빌붙어볼 도리가 없었다.

그러다가 겨우 얻어걸린 게 Y건설의 영동고속도로 현장의 측량기사보 자리였다. 거기 현장 소장으로 가 있는 친구 남편이 서울 집에 다니러 온 김에 해온 연락으로 본인만 좋다면 당장 데리고 가겠다는 거였다. Y건설이라면 국내 건설업계에서는 다섯 손가락 안에 드는 업체였지만 정식사원이 아니라 현장 사무소장 재량으로 채용하는 임시직원으로 오라는 거니 우선은 섭섭할밖에 없었다. 그래도 한 반년만 현장에서 일 배우고 고생하면 본사 정식사원으로 상신해주겠다는 단서가 붙긴 붙었다. 마다할 계제가 아니었다.

현장 소장이 가르쳐준 준비물은 두둑한 침구, 겨울 내복, 라이너가 달린 점퍼, 작업복, 바지, 워커 등이었다. 사월도 하순으로 접어들어 서울에선 벚꽃놀이가 한창인데 현장은 해발 육백 미터의 고지대라 아직도 영하의 추위에 눈이 가끔 내린다고 했다. 어머니는 대문간에서 울면서 훈이를 떠나보내고 나는 마장동 시외버스장까지 전송을 나갔다. 생전 처음 집을 떠나 객지생활로 들어가는 훈이에게 그저 자주 편지하라는 말밖에 할 말이 없었다.

"자주 편지해. 그리고 아무리 고생이 되더라도 육 개월만 참아다고. 그동안에 무슨 수를 써서든지 정식사원으로 발령나도록 해줄 테니까. 발령난 다음엔 곧 서울로 오도록 운동하면 될 테고. 문제없어, 다 잘될 거야."

나는 훈이가 별로 내 말을 귀담아듣지 않는 줄 알면서도 희떠운 장담을 했다. 훈이를 위로하기 위해서라기보다는 내 불안을 달래기 위해서였다.

짐작했던 대로 훈이한테서는 안부편지 한 장이 없었다. 한 달에 서너 번씩 서울 집에 다니러 오는 현장 소장을 통해 훈이한테 별일이 없다는 소식이라도 듣기에 망정이지 그렇지 않으면 꼭 무슨 사고라도 난 것 같아 달려가보지 않고는 못 배겼을 게다. 어머니는 나만 보면 듣기 싫은 소리를 했다.

이 년이나 놀리고 나서 취직이라고 시켜준답시고 어떤 삼수갑산으로 귀양을 보냈기에 이렇게 한번 다니러 오지도 못하느냐고 하기도 했고, 집세만 받아먹어도 굶지는 않을 텐데 그게 어떤 귀한 자식이라고 객지로 노동벌이를 보냈느냐고도 했다. 대학 문턱에도 못 가본 사람도 아침이면 신사복에 넥타이 매고 출근하던데 헌다 허는 대학 나온 애가 노동벌이가 웬 말인가, 아무리 에미 애비 없고 출세한 친척이 없기로서니 이런 서럽고 억울할 데가 어디 있냐고 통곡을 하는 때도 있었다. 나는 이런 일을 묵묵히 견디었다. 그야 어머니 말대로 훈이가 취직을 안 한대도 뎅그런 집 한 채는 있으니 밥을 굶지는 않겠다. 취직이 단순히 밥벌이만을 의미한다면 훈이는 취직을 안 해도 되겠다. 나는 다만 훈이가 자기가 배운 일을 통해 이 땅과 맺어지고, 이 땅에 정붙이기를 바랐을 뿐이다.

나는 열심히 현장 소장네를 찾아다녔고, 찾아갈 때마다 선물을 잊지 않았다. 어떤 낌새를 눈치 보기 위해서였다. 본사에서 특채가 있는 듯한 낌새만 보이면, 좀 어떻게 상신을 하고 중역하고 교제해달라고 슬쩍 케이크 상자 속에 수표를 넣어준다는 '와이로' 쓰기를 하겠는데 영 그런 낌새는 보이지 않았다.

한여름이 되도록 훈이는 한번 다니러 오는 법도 없고, 엽서 한 장 보내주지 않았다. 아무리 무소식이 희소식이라지만 이건 너무한다 싶었다. 훈이가 가 있는 곳은 변변히 봄도 안 거치고 곧장 여름으로 접어들었다기에 여름옷도 우송해주었고 편지도 부지런히 써 부쳤다. 팔월에는 오빠와 올케의 제사가 며칠 건너로 있어서 이번만은 상경하겠지 싶으면서도 미심쩍어 미리 전보까지 쳤다. 그러나 훈이는 올라오지 않았다. 어머니는 이럴 수는 없다, 아무래도 무슨 일이 있는 거지, 로 시작해서 여지껏 꾼 온갖 불길스러운 꿈을 놀라운 기억력으로 주워섬기는 것이었다. 내 여지껏 입에 담기조차 사위스러워 참고 있었다만 지금 생각하니 진작 일러줄걸 그랬나보다는 게 어머니의 긴 사설의 결론이기도 했다.

어머니 꿈대로라면 훈이가 불도저에 깔려 암매장이라도 당한 걸 친구 남편인 현장 소장이 감쪽같이 숨기고 있는 것 같았다. 한번 그런 생각이 들자 걷잡을 수가 없었다. 편지가 없는 건 무소식이 희소식으로 돌린다 치더라도 산간벽지에서 도대체 공일날을 뭘로 소일하는 것일까. 다방이나 당구장, 오락실이 그리워서라도 공일마다는 못 오더라도 한 달에 두어 번쯤은 상경해야 배길 텐데 말이다. 대학 사 년과 놀고 있던 이 년 동안을 순전히 그런 데만 맴돌며 살았으니까. 의심이 나기 시작하니 한이 없었다. 도대체 온갖 도시적인 것과 훈이를 떼어놓고 생각하는 것조차 무리였다.

계집애처럼 앞뒤에 라인이 든 야한 빛깔의 와이셔츠에 줄무늬 합섬바지에, 반짝거리는 구두를 신고 대담하고 권태로운 시선으로 아무나 아무거나 마구 얕잡으며 빙빙 다방에서 당구장으로, 탁구장에서 오락실로 날이 저물면 맥주홀이나 대폿집으로 쏘다니다가 밤늦게 흐느적흐느적 들어와서도 뭐가 미진

한지 라디오의 음악프로를 최대한의 볼륨으로 틀어 온 집 안의 정적을 무참히 짓이기던 녀석이 산간벽지의 도로공사 현장에 어떤 모습으로 있을까가 좀처럼 상상이 안 되었다. 떠나기 전 남대문시장에서 사준 염색한 미군 작업복과 워커와 녀석을 아무리 내 상상 속에서 결합을 시켜보려도 되지를 않았다.

드디어 나는 현장에 찾아가보기로 결심했다. 떠나기로 한 날 아침부터 비가 억수로 퍼부었다. 그렇다고 미루기도 싫어서 어떻든 강릉행 버스를 탔다. 훈이가 가 있는 영동고속도로 현장은 강릉 못미처 진부에서 다시 갈아타야 하는 곳에 있었다. 버스가 서울을 떠나 팔당을 지나 양주 양평 땅으로 접어들면서 포장도로는 끝나고 시뻘건 흙탕길로 변했다. 게다가 길 오른쪽은 바로 한강줄기요, 왼쪽은 당장 무너져내릴 듯한 절벽이었다. 여름내 비가 잦았어서 그런지 흙탕물이 굽이치는 한강줄기가 제법 망망한 대하로 보였고, 버스가 달리는 길은 너무도 좁고 고르지 못했다. 당장 노반이 무너져내리며 버스가 한강물로 거꾸로 박힐 것 같아 엉치가 옴찔옴찔했다. 그래도 버스는 줄기찬 빗발 속을 잘도 달렸다.

문득 나는 만약에 여기서 차 사고로 내가 죽더라도 내가 왜 이 버스를 탔던가가 알려졌으면 좋겠다고 생각했다. 내 고모로서의 지극한 정성이 널리 알려져 신문에 보도되고 그걸 Y건설 사장이 읽게 되고 그러면 훈이를 제꺼덕 발령을 내 본사로 끌어올릴지 알게 뭔가 하는 실로 더럽고 치사한 생각을 했다. 나는 이 더럽고 치사한 공상에 실컷 탐닉했다. 그러고 나서야 내가 죽은 후의 내 아이들을 생각했다. 아마 서너 달쯤 있다가 계모가 생기겠지. 그렇지만 내 아이들은 아무리 생각해도 계모에게 들볶여서 불행해질 아이들이 아니었다. 도리어 계모를 교묘히 들볶고 골탕먹여줄 게다. 계모를 지능적으로 불행하게 할 게다. 나는 마치 내가 죽어서 그런 일을 구경하고 있는 것처럼 고소해하기까지 했다. 그러고 보니 나는 내 자식을 조카인 훈이보다 덜 사랑해 키웠는지는 몰라도, 그게 더 잘 키운 건지도 모른다고 생각되었다.

버스가 강원도 지방으로 접어들자 산을 휘감은 비탈길이 많아 헉헉 숨이 차했지만 그곳은 맑은 날씨여서 훨씬 덜 불안했다. 진부에 닿은 것은 서울을 떠난 지 여섯 시간 만이었다. 거기서 유천리까지 갈 버스를 기다릴 동안 요기를 하기 위해 국밥집엘 들렀다.

국밥집은 Y건설의 마크가 붙은 초록색 모자를 쓴 남자들로 붐볐다. 현장이 가까우리라는 예감으로 우선 반가웠고 뭔가 가슴이 두근대기도 했다. 그러나 몇 사람을 붙들고 물어도 김훈이란 측량기사를 안다는 사람이 없었다. 다만 현장 사무소가 있는 유천리까지는 굳이 버스를 기다릴 거 없이 택시를 타도 오백원이면 간다는 걸 알 수 있었을 뿐이었다.

진부라는 면소재지는 거리의 끝에서 끝이 한눈에 들어오는 조그만 고장인데 다방도 서너 군데 되고 중국집, 불고깃집 등 음식점엔 Y건설의 초록 모자, S토건의 빨강 모자 천지였다. 주위의 고속도로 공사로 활기를 띠고 호경기를 누리고 있는 고장이란 걸 한눈에 알 수 있었다.

운전사가 내려놓아준 Y건설 현장 사무소는 엉성한 가건물이었지만 여러 동이 연이어 있어 규모가 컸고, 넓은 광장에는 지프차, 트럭, 덤프트럭, 불도저 같은 차들이 멎어 있고 초록 모자를 쓴 사람들이 웅성거려 활기에 차 보였다. 다행히 김훈이를 알고 있는 사람을 단박에 만날 수 있었다. 몇십 리 밖 현장에 나가 있지만 곧 돌아올 시간이니 기다려보라고 했다. 저녁때라 트럭이 현장으로부터 초록 모자에 작업복을 입은 사람들을 가득 실어다간 너른 마당에 쏟아놓았다. 먼지를 뽀얗게 쓴 사람들이 앞 개울에서 세수 먼저 하곤 곧장 식당이라 쓴 곳으로 들어갔다.

저만치 한여름의 옥수수밭이 짙푸르고, 마을의 집들은 온통 약속이나 한 듯이 주황 아니면 빨간 지붕을 이고 있었다. 나는 이런 독한 원색의 대결에 피로감과 혐오감을 함께 느꼈다. 그러나 첩첩한 산들은 전나무가 무성하고 저 멀리 오대산의 산봉우리들은 웅장했고, 곳곳에 맑은 시냇물이 흐르고 있어 그 소리가 귀에 상쾌했다.

이제나저제나 훈이를 실은 차가 들어오기만을 기다리는데 전연 훈이 같지 않은 젊은이가 나에게 "고모" 하면서 다가왔다. 훈이는 그동안 몰라보게 살이 빠진데다가 머리와 눈썹이 뽀얗게 보일 만큼 흙먼지를 뒤집어쓰고 있어 못 알아봤던 것이다. 나는 훈이를 확인하자 반가움과 노여움이 뒤죽박죽된 격정으로 목이 메었다.

"망할 녀석, 이렇게 잘 있으면서 어쩌면 엽서 한 장이 없니?"

훈이는 아무런 대꾸도 안 하고 앞장서서 개울로 갔다. 세수를 하곤 꽁무니에서 꾀죄죄한 타월을 떼다가 얼굴을 북북 문질렀다. 타월에서 너무 역한 쉰내가 나서 나는 얼굴을 찡그렸다. 훈이가 뜻 모를 웃음을 희미하게 웃었다. 이제야 제 살갗을 드러낸 얼굴은 옹기그릇처럼 암갈색의 광택이 났고, 드러난 이빨만이 징그럽도록 선명하게 희었다.

"어디로 좀 가자꾸나."

"주임한테 얘기하고—"

"아직도 퇴근시간 안 됐니? 일곱시가 넘었는데."

"밤일이 있어."

"뭐, 밤에도 측량을 다녀?"

"밤일은 측량이 아니라 제도製圖야."

그러고는 터벅터벅 사무실로 들어갔다. 한참 만에 나오더니 말없이 앞장을 섰다.

"저녁을 어디서 먹는다지? 네 하숙집에 가서 닭이나 한 마리 잡아달래 먹으면 안 될까?"

"진부까지 나가서 먹지 뭐."

"진부에 특별히 음식 잘하는 집이라도 있니?"

"아뇨, 그냥 진부까지 나가보고파서."

할 수 없이 다시 진부로 나왔다. 손바닥만한 진부의 야경에 훈이가 사뭇 휘황해하고 흥분까지 하고 있다는 걸 알 수 있었다.

"너는 이까짓 데도 자주 나와보지 못한 게로구나. 낮에 보니 너희 회사 사람들이 널렸더라만."

"그런 사람들은 기술직이 아냐. 관리직이나 그밖에도 빈들댈 수 있는 직종이야 수두룩하니까."

"그까짓 공사판에도—"

"네, 그까짓 공사판에도요."

녀석이 갑자기 씹어뱉듯이 말했다. 그러곤 말없이 불고깃집으로 들어갔다. 한증막처럼 후텁지근한 속 여기저기서 지글대는 고기 냄새에 나는 구역질을 느꼈다. 그러나 훈이는 땀을 뻘뻘 흘리면서 무섭게 먹어댔다. 식성이 까다롭고 소식이던 훈이로만 알고 있던 나는 무참한 느낌으로 이런 왕성한 식욕을 지켜봤다.

"하숙집 식사가 안 좋은가보지."

"하숙집에선 잠만 자고 식사는 회사 식당에서 하는걸."

"그래, 그럼 식사는 거저겠네?"

"거저가 뭐야, 봉급에서 꼬박꼬박 제해."

"봉급은 얼마나 받는데?"

실상은 가장 궁금했던 걸 이제서야 자연스럽게 물었다.

"거진 한 삼만원 되지만 식비 빼고 하숙비 주고 나면 몇천원 떨어질까 말까야. 가끔 소주파티에 빠질 수도 없고, 그 재미도 없인 정말 못 참아내겠는걸 뭐. 집에다 돈 부쳐달란 소리 안 하는 것만도 내 딴엔 큰 안간힘이라구."

"그래, 회사 식당 식사가 먹을 만하니."

"기똥차지, 기똥차. 그거 얻어먹고 폴대 메고 하루 몇십 리씩 산골을 누비는 나도 기똥차구."

말 안 해도 그 지칠 줄 모르는 식욕과 게걸스러운 먹음새만 봐도 알 만했다.

"하여튼 짜식들, 사람 부리는 솜씨 또한 기똥차게 악랄하다구. 아침 일곱시서부터 폴대 메고 헤맬 데 안 헤맬 데 다 헤매다 기진맥진 돌아온 놈에게 그 지독한 저녁을 멕이곤 또 밤일을 시켜가면서도 주임에, 과장에, 소장이 번갈아가며 연방 공갈을 친다구. 뭐 우리 공구의 공사 진척이 제일 늦는다나. 하루 공사가 늦으면 어느 만큼 회사에 손해를 끼친다는 기맥힌 계산을 그분들한테 들으면 봉급이 적다든가 식사가 형편없다든가 하는 불평은커녕 회사에 큰 손해를 끼치고 있는 죄인이란 생각이 먼저 들어 기를 못 펴게 되니 더러워서—"

엄청난 양의 불고기를 먹어치운 훈이는 커피도 먹고 싶다고 다방엘 가자고 했다. 다방에는 Y건설 패거리가 텔레비전을 둘러싼 앞자리에 앉아서 마담에 레지까지 불러다가 잡담을 하고 있었다. 훈이도 그중 몇과는 인사를 나누었으나 가서 끼지는 않았다. 잔뜩 찡그리고 커피를 홀짝 들이켜더니 오나가나 저치들 꼴 보기 싫어 기분 잡친다고 빨리 가자고 했다.

훈이의 하숙방은 협소하고 더러웠다. 벗어만 놓고 빨지 않은 옷가지들이 여기저기 걸레뭉치처럼 쌓여가지곤 시척지근하고도 고릿한 야릇한 악취를 풍겼다. 그러나 워커를 벗어던진 훈이의 발에서 풍기는 악취에다 대면 아무것도 아니었다. 사람이 빨래 안 하고 청소 안 하면 돼지만도 못한 것 같았다.

"좀 씻고 자렴."

그러나 씻기는커녕 옷도 안 벗은 채 아무렇게나 쓰러지더니 코를 골기 시작했다. 나는 나 누울 곳을 마련하기 위해서도 방을 대강 치워야 했다. 썩은 내 나는 옷가지 사이엔 소주병, 고등어통조림 먹다 남은 것, 깡 종류의 과자 부스러기 등이 숨어 있어 악취를 더해주고 있었다. 활자로 된 거라곤 흔한 주간지 하나 없는 황폐한 방구석이 이 녀석의 황폐한 내부를 들여다보는 것 같아 내 마음은 암담했다.

더위와 악취와 이 생각 저 생각으로 한잠도 못 잔 나는 주인 여자가 일어난 기척을 듣고 따라 일어나 그동안 신세가 많았다고 치하도 하고 자기소개도 했다. 주인여자는 시골 여자답지 않게 냉담하고 도도하게 "신세진 거 하나도 없습니다" 했다. 같은 말이라도 아 다르고 어 다르다고 이건 겸사의 말이 아닌, 돈 받고 하숙 치는 관계일 뿐 신세를 주고받는 관계가 아님을 강조하는 말투였다.

나는 더욱 훈이가 안쓰러워지면서 자꾸 마음이 약해지고 있었다. 우선 산더미 같은 빨래를 개울로 날랐다. 비누가 없어 한길가 잡화상엘 갔더니 생소한 메이커 제품인 생선 비린내가 역한 비누가 한 장에 백원씩이나 했다. 비누를 사가지고 와서도 나는 선뜻 빨랫거리를 물에 담그지를 못했다.

훈이가 나를 따라 서울로 가겠다고 할 것은 뻔하고 그렇게 되면 젖은 빨래는 곤란할 것 같아서였다. 실상 나는 그렇게 되길 바라고 있었다. 이대로 나만 떠날 수는 도저히 없었다.

어느 틈에 칫솔을 문 훈이가 내 곁에 와 서 있었다.

"고모 왜 그러고 있어. 빨래가 너무 많아 질린 게지. 대강 땟국이나 빼."

"얘야, 이놈의 고장 참 고약하더라. 글쎄 이 거지 같은 빨랫비누가 백원이란다."

"고모도, 소줏값이 얼만 줄 알면 더 놀랄걸."

"녀석도 제가 언젯적 모주꾼이라고. 근데 산골 인심이 어째 이 모양이냐."

"관광 붐 때문일 거야. 바로 여기가 오대산 월정사 입구거든. 우리가 뚫는 영동고속도로 인터체인지도 이곳에 생길 테고, 돈맛들이 들을 대로 들어서 서울 놈 돈 긁어먹으려고 눈에 핏발이 섰다니까. 글쎄 이 옥수수 고장에서 여지껏 옥수수 한 자루를 못 얻어먹어봤다면 말 다 했지 뭐. 돈 주고 사먹으려면야 먹어봤겠지만 나도 오기가 있다구, 안 사먹어. 고모, 나 오늘 농땡이 부리고 말 테니까, 월정사 구경시켜줄래? 주임은 고모 온 거 아니까 한번 사바사바해볼게."

그러곤 꽁무니에 찼던 타월까지 내 빨랫거리에 훽 던져 보태고는 부리나케 현장 사무소 쪽으로 갔다. 이내 옥수수밭에 가려서 모습이 안 보였다. 참 옥수수도 많은 고장이었다. 그러나 훈이가 그거 하나 여지껏 못 얻어먹었다고 생각하니 부아가 부글부글 치솟는 걸 느꼈다.

나는 개울물을 돌로 막고 빨래를 담갔다. 빨래를 하면서 보니 내복과 이불호청에는 이까지 들끓고 있었다. 세상에 요즈음은 아무리 구더기 밑살같이 사는 집구석이기로서니 이는 없이 살건만 이게 웬일일까. 나는 형편없는 식사와 중노동을 악으로 버틴 훈이를 뜯어먹은 이를 지겹게 눌러 죽이다 못해 한동안 멍하니 앉아 있었다.

"농땡이 잘 안 되겠는데, 고모."

풀이 죽어 돌아온 훈이의 말이었다.

"그까짓 농땡이 칠 거 없다. 같이 가자 서울로. 몸이나 성할 때 일찌거니 집어치는 게 낫겠다."

"그건 싫어."

"왜 싫어?"

훈이의 싫다는 대답을 나는 전연 예기치 못했으므로 당황할 밖에 없었다.

"나는 더 비참해지고 싶어. 그래서 고모나 할머니가 철석같이 믿고 있는 기술이니 정직이니 근면이니 하는 것이 결국엔 어떤 보상이 되어 돌아오나를 똑똑히 확인하고 싶어. 그리고 그걸 고모나 할머니에게 보여주고 싶어."

"그걸 우리에게 보여서 어쩌겠다는 거야? 그걸로 우리에게 복수라도 하겠다 이 말이냐?"

나는 훈이 말에 무섬증 같은 걸 느꼈기 때문에 흥분해서 악을 쓰며 덤벼들었다.

"고모 그렇게 흥분하지 말아. 나는 다만 고모가 꾸미고, 고모가 애써 된 이 일의 파국을 통해서 고모와 할머니로부터, 그리고 이 나라로부터 순조롭게 놓여날 수 있기를 바라고 있을 뿐이야. 그렇지만 고모, 오해는 마. 내가 파국을 재촉하고 있다고 생각하지는 마. 나는 내 나름으로 이곳에서의 일에 최선을 다하고 있어. 그러노라면 누가 알아, 일이 고모의 당초 계획대로 잘 풀릴지. 나도 어느 만큼은 그쪽도 원하고 있어. 파국만을 원하고 있는 게 아냐."

"그래 참, 잘될 수도 있을 거야. 잘될 여지는 아직도 충분히 있고말고."

나는 별안간 잘될 가능성에 강한 집착을 느끼며 태도를 표변했다.

"그렇지만 고모, 잘되게 하려고 너무 급하게 굴진 마. 와이로 쓰고 빌붙고 하느라 돈 없애고 자존심 상하고 하지 말란 말야. 여기 와보니 육 개월만 기다리라는 임시직 신세로 삼사 년을 현장으로만 굴러다니는 친구가 수두룩해. 임시직에겐 봉급 조금 주고, 일요일도 없이 부려먹고, 책임은 없고, 얼마나 좋아, 회사 측으로선 훌륭한 경영합리화지."

훈이는 버스정류장까지 나를 배웅했다. 진부까지 나가는 완행버스는 좀처럼 오지 않았다. 그동안 나는 뭔가 훈이에게 이야기해야 될 것 같은 심한 압박감을 느꼈다. 나는 내가 여기까지 오는 동안 길이 나빠 얼마나 고생을 하고 시간을 많이 잡아먹었나를 과장해서 들려주면서 고속도로가 뚫리면 서울서 강릉까지가 얼마나 가까워지고 편안해지겠느냐, 너는 이런 국토건설사업에 이바지하고 있는 걸 자랑으로 삼아야 한다고 이야기했다.

녀석이 구역질 같은 소리로 "웃기네" 했다. 때마침 바캉스 시즌이라 자가용이 연이어 강릉으로, 월정사로 달리면서 우리에게 흙먼지를 뒤집어씌웠다. 훈이도 한몫 참여한 영동고속도로가 개통되면 더 많은 자가용과 관광버스가 그 위에서 쾌속을 즐기겠지. 훈이도 그 생각을 하면서 "웃기네" 했을 생각을 하고 나는 내가 한 말에 심한 부끄러움을 느꼈다.

드디어 버스가 오고 나는 그것을 혼자서 탔다. 나는 훈이에게 몇 번이나 돌아가라고 손짓했으나 훈이는 시골 버스가 떠나기까지의 그 지루한 동안을 워커에 뿌리라도 내린 듯이 꼼짝 않고 서 있었다. 나는 그게 보기 싫어 먼 딴 데를 바라보았다. 논의 벼는 비단폭처럼 선연하게 푸르고, 옥수수밭은 비로드처럼 부드럽게 푸르고, 먼 오대산의 연봉의 기상은 웅장하고, 오대산에서 흘러내린 맑은 물이 도처에서 내와 개울을 이루고 있다. 아름다운 고장이다. 이 땅 어디메고 아름답지 않은 곳이 있으랴.

그러나 아직도 얼마나 뿌리내리기 힘든 고장인가.

훈이가 젖먹이일 적, 그때 그 지랄 같은 전쟁이 지나가면서 이 나라 온 땅이 불모화해 사람들의 삶이 뿌리를 송두리째 뽑아 던져지는 걸 본 나이기에, 지레 겁을 먹고 훈이를 이 땅에 뿌리내리기 쉬운 가장 무난한 품종으로 키우는 데까지 신경을 써가며 키웠다. 그런데 그게 빗나가고 만 것을 나는 자인했다. 뭐가 잘못된 것일까. 나는 가슴이 답답해서 절로 한숨을 쉬었다. 그러나 후회는 아니었다. 훈이를 키우는 일을 지금부터 다시 시작할 수 있다면 이러이러하게 키우리라는 새로운 방도를 전연 알고 있지 못하니, 후회라기보다는 혼란이었다.

박완서와 관악산

김윤식

세상은 그대를 두고 남의 글 애써 읽고 이를 쓰고 가르치기에 삶을 탕진한 사람이라 하는데 사실이냐. 그렇다면 필시 그 속에는 작가 박완서의 글도 들어 있되 큰 비중으로 자리하고 있지 않겠는가. 어떤 방식으로 자리를 차지하고 있는가. 그 점이 조금 궁금하다. 멍석을 깔아놓겠으니 한번 말해보겠느냐. 원고청탁서치고는 조금 유별하긴 해도 이에 내가 응한 것은 오직 〈대학신문〉이었기 때문.

열두 개로 흩어졌던 대학들이 일제히 강물처럼 관악산으로 달려간 때를 아시는가. 월남전이 끝장나던 1975년도였지요. 당시 신문들은 이삿짐을 실은 트럭들이 전쟁을 방불하듯 관악산으로 향하는 사진들을 대문짝만하게 싣지 않았던가. 그 사진의 잔상이 지금껏 내 마음 바닥에 깔려 있음은 내가 젊은 교수였기 때문. 아무리 식당 하나밖에 없는 황량한 관악산일지라도 이제부터 내가 살아야 할 터전. 곧 화전민. 이는 비유가 아니라 현실 자체였던 것. 학생들도 사정은 마찬가지. 시대 탓도 있었겠지만 갈피를 잡기 어려웠으니까.

문학(또는 문학적 현상)에 그들의 관심이 쏠린 것도 이 때문. 내 강의가 문학 강의이기도 했기에 이 점이 선명히 감지되었던 것으로 회고되오. 강의 도중 뜻하지 않은 질의가 돌출하곤 했으니까. 선생이 최근에 읽은 인상 깊은 작품을 풀어보라는 것 등등. 피할 수 없는 것은 그때나 지금이나 내가 월평을 써왔으니까. 월평이란 그 달 그 달의 작품을 평가하는 저널리즘의 한 형식이니까. 나는 망설임도 없이 박완서의 「카메라와 워커」를 들었소. 절대로 인문사회대학을 가지 말고 이데올로기와 무관한 공과대학을 가라는 가족의 압력에 따라 공대를 나와 강원도 탄광에 쑤셔박힌 조카를 만나는 고모의 마음을 담은 이 작품을 어째서 당시의 대학생들에게 권하고 싶었을까. 두말하면 군소리. 이데올로기에 풍비박산 난 가문의 외아들이었으니까.

문제는 그다음에 일어났소. 강의를 끝내고 연구실에 들어와 숨을 고르고 있자니 노크 소리가 들렸소. 장본인은 여학생. 쭈뼛쭈뼛하던 그녀의 말인즉, 박완서의 딸이라는 것. 그러냐, 그래서 어쨌단 말인가, 라는 내 표정을 읽은 그녀는 새하얗게 질린 듯 서둘러 물러나지 않겠는가. 그렇다. 어쨌단 말인가. 그런데 그게 아니었소. 그로부터 달포쯤 지났을까. 어느 화창한 날 좀처럼 노크 소리 없는 내 연구실에 노크 소리가 들렸소(그 무렵 내 연구실엔 이런 쪽지가 붙어 있었다. 노크만 하고 그냥 들어올 것). 들어온 사람은 자주색 한복 차림의 중년급 여인. 박완서라 했소. 무슨 대화를 나눴는지, 서로 어떤 표정을 지었는지 기억에 없소. 『나목』을 대중소설쯤으로 여기고 있었으니까요. 그로부터 일 년이 채 못 되어 박완서 창작집 『부끄러움을 가르칩니다』가 나왔소. 후기엔 이렇게 적혀 있소. "이렇게 빠르게 내 작품들을 한 권의 책으로 묶게 된 것은 평소 일면식도 없었던 김윤식 교수의 주선과 격려에 힘입은 바가 컸다"라고.

〈대학신문〉이 기억해야 될 또하나의 장면은 2006년 5월 17일에 일어났소. 관악산 대학 명예박사(총 구십여 명 중 대부분이 외국인. 국내인 여자로서는 제1호)를 수여하는 날. 나도 구경하러 갔소. 이 대학 역대 두목들이 이상한 모자를 쓰고 버티고 있는 단상에 작가 박완서도 있지 않겠소. 똑같이 이상한 금줄 달린 모자까지 쓰고. 가관이랄까, 기관이랄까. 박씨의 첫 마디는 이러했소. "먼저 절대로 안 받을 것처럼 강하게 반발을 해 실무자들을 당혹스럽게 해드렸던 점 이 자리를 빌려 사과드립니다"라고. 그런데 왜 마음을 바꿨는가. 긴 말이 이어졌는데 줄이면 이렇소. 1·4 후퇴 이후 서울에 남아 노모와 조카를 먹여살려야 했다는 것. 용케 미군 PX(신세계백화점)에 취직이 된 것은 오직 서울대생이라는 조건 덕분이었다는 것. 그러고 보면 씨는 50학번. 이쯤 되면 서울대학의 은혜를 어찌 잊을 수 있으랴. "그후에도 서울대학 학생이라는 레테르가 저를 따라다니면서 직장생활을 편하게 해주었고, 그 직장에서 알게 된 남자와 결혼해서 똘똘하고 건강한 아이를 낳고 오래오래 행복하게 살았고……" 이만하면 어찌 서울대학의 명령에 따르지 않을 수 있겠는가. 내 귀엔 그렇게 들렸소. 씨의 타계 후 거금을 이 대학에 기부한 것이 어찌 우연이리오.

씨의 많은 소설들을 읽으며 씨와 나는 함께 세월을 헤쳐왔소. 가시밭도 자갈길도 있었고 평지도 시냇물도 있었소. 때로는 내 앞에 놓인 늪의 깊이를 몰라 망설일 땐 문득 씨는 이럴 때 어떻게 대처할까를 생각하곤 했소. 물론 작품상에서 말이외다. 그러나 작품 바깥에서라면 어떠할까. 지난해 여름 씨의 산문집 『못 가본 길이 더 아름답다』를 받았소. 미국 시인 프로스트의 시에서 표제를 딴 이 산문집을 펼치다가 문득 나는 작품 바깥이라는 착각에 잠시 빠졌소. 우연히라도 만나기만 하면 따져보겠다는 것. 씨는 망설임도 없이 "나는 누구인가? 잠 안 오는 밤 문득 나를 남처럼 바라보며 물은 적이 있다. 스무 살에 성장을 멈춘 영혼이다. 팔십을 코앞에 둔 늙은이다. 그 두 개의 나를 합치니 스무 살에 성장을 멈춘 푸른 영혼이 팔십 년 된 고옥에 들어앉아 조용히 붕괴의 날만 기다리는 형국이 된다"(26쪽)라고 했것다. 스무 살에 성장을 멈춘 영혼이라? 데뷔작 『나목』에서부터 일관되게 외쳐온 "나만 억울하다!"의 육성이 아니겠는가. 나는 이 대목을 이해는 하지만 늘 불만이었소. 이데올로기만 장땡일까보냐. 세상 어디에 억울하지 않은 사람이 어찌 있을쏘냐. 태어나서 억울하고 죽어서 억울하고, 이래서 억울하고 저래서 억울한 법. 팔십쯤 되면 이 경지에 와야 하는 것이 아닐까. 안타깝게도 하늘은 내 이런 질문을 앗아가고 말았소. 삼가 명복을.

—〈대학신문〉, 2011. 9. 8

신경숙 추천작

나의 가장 나종 지니인 것

박완서 선생님, 보셔요 _ 신경숙

상상, 1993년 창간호

전화 바꿨습니다. 어쩐 일이세요? 형님이 전화를 다 주시구. 거는 건 언제나 제 쪽에서였잖아요. 말도 저만 하고 형님은 듣기만 하셨죠. 여북해야 혼자서 마냥 지껄이다가 문득 형님은 시방 수화기를 살짝 문갑 위에 올려놓고 딴 일 보고 계실 거다 싶은 생각이 들 적이 다 있었겠어요. 그러면 저도 입 다물고 전화기를 귀에다 바싹 대고 기다렸죠. 숨도 크게 안 쉬시는 고상한 우리 형님이시니 무슨 소리가 들릴 리 없죠. 형님은 나빠요. 어쩜 그렇게 인기척이라곤 없이 남의 말을 들을 수가 있어요. 연결된 전화통에서 아무 소리도 안 들리는 느낌이 어떤 건지 아마 형님은 모르실 거예요. 절벽 같아요. 내가 뛰어내리지 않으면 누가 떠다밀기라도 할 것 같은 절벽 말예요. 그래요. 형님은 제 수다가 정 듣기 싫으면 이제 그만해두게, 말로 하시지 그러실 분이 아니라는 건 저도 알아요. 마음이 꼬이면 별생각을 다 하나봐요. 그렇지만 절벽 같은 적막 끝에 들려오는 소리도 뭐 그렇게 정붙는 소리는 아니더라구요.

듣고 있네, 계속하게나.

사극에 나오는 대비마마처럼 이렇게 감정이 섞이지 않은 형님의 목소리를 들을 때마다 창석이 처가 참 안됐단 생각이 들어요. 형님은 맏며느리를 직장에 그냥 다니게 한 것만 큰 선심 쓴 것처럼 말씀하시지만 형님 같은 시어머니 모시기가 얼마나 힘들겠어요. 알아요. 형님 생각으로야 모시게 한 적도, 잔소리 한 적도 없으시겠죠. 그렇지만 절벽 같은 침묵과 잔뜩 꾸민 목소리는 안 힘든 줄 아슈, 뭐. 형님 화나셨어요? 네에, 참 하실 말씀이 있으셔서 거셨을 텐데 제 소리만 했네요. 그저께가 증조모님 제사였다구요? 이를 어쩌나. 그만 깜박했어요. 형님도 잊어버리셨다구요? 우리 둘 다 잊어버렸으니 제사를 못 지냈겠네요. 못 지낸 건가, 안 지낸 건가. 창석이 처가 기억해냈을리는 만무하구. 형님이 그런 일에서 며느리를 제쳐놔 버릇하기가 잘못이에요. 너 아니면 안 되는 일이다, 라고 못 박아준 책임도 질까 말까 한 게 요즘 아이들인데 처음부터 신경쓸 것 없다는 식으로 길들여놓고 뭘 그러세요. 형님도 아시죠. 창석이 처가 즈이 방 달력에는 친정집 대소사를 조카들 생일까지 동그라미 쳐놓은 거. 모양으로 쳐놓은 동그라미는 아닐 테니 일일이 챙겼을 거 아녜요. 형님, 미안해요. 내가 왜 안 하던 짓을 했을까. 조카며느리 흉을 다 보구. 형님도 흉보고 싶을 땐 좀 보세요. 남만 무안하게 만들지 말구.

그나저나 형님, 잘됐지 뭐예요. 이 참에 아주 이대봉사로 줄이세요. 우리한텐 증조지만 이젠 창석이가 제준데, 그애로 치면 고조 아녜요. 요새 누가 사대봉사씩이나 해요. 가정의례준칙에도 이대까지만 하라고 돼 있답디다. 기억나는 조상까지만 지내자는 게 얼마나 합리적이에요. 하긴 형님은 증조할머니 뒤까지 받아내셨으니 기억나는 정도가 아니겠네요. 단 석 달이라도 그게 어디예요. 증손부한테 아랫도리까지 내보이시다가 돌아가셔선 또 해마다 그 손으로 지극정성 차린 제사 받아잡숫고 그만하면 호강하셨죠. 안 그래요? 그나저나 형님, 혼령이 정말 있을라나. 계시다면 조금은 섭섭하셨겠지만 그러려니 했을 거예요. 사대봉사까지 받아잡숫는 혼령이 요즈음 세상에 어디 그리 흔할라구요. 혼령도 호강이 지나치면 딴 혼령들한테 미움받을지도 모르잖아요. 굶고 가셔서 안되었단 생각일랑 마세요. 혼령이 먹은 자리 난 건 여적지 못 봤으니까. 자리도 안 나게 먹을 거면 아무 데선 못 얻어먹겠어요. 형님네

동네엔 서울서도 이름난 먹자골목까지 있겠다 형님네 아파트까지 찾아오시는 동안 시장기만 면하셨을라구요. 속세음식에 질려서 절레절레 머리를 흔들고 가셨을 텐데요, 뭐. 알아요, 저도. 운감이란 제사음식에 한한다는 것쯤. 돌아가신 조상이 운감을 못 해 큰일났단 생각보담은 저를 나무라고 싶으셔서 전화 거셨으리라는 것도요. 그래요, 해마다 형님한테 제삿날을 일깨워드린 건 저였죠. 그렇지만 제가 안 알려드리면 잊어버릴 형님인 줄은 정말 몰랐다구요. 저는 다만 제삿날을 사흘이나 이틀쯤 앞두고 나박김치 담그러 갈 날을 의논드린다는 게 자연히 제삿날을 아는 척하는 구실을 했을 뿐인데 저를 그렇게 믿고 계셨다니, 형님 이제부터 저 믿지 마세요.

뭐 외는 건 질색이에요. 특히 숫자는 안 돼요. 요전에 밖에서 집에다 전화 걸 일이 있었는데 전화카드를 집어넣고 나서 숫자판을 누르려는데 집 전화번호가 생각나지 않지 뭐예요. 황당하더군요. 어둑어둑할 무렵이었어요. 차들은 헤드라이트를 켜고 질주하고, 길 건너 상가엔 네온이 켜지기 시작하더군요. 수화기를 들고 망연히 서 있었죠. 뒤에서 기다리던 청년이 빨리 걸라고 재촉을 하더군요. 성질이 급하거나 버릇없는 젊은이 같진 않았어요. 참을 만큼 참다가 나온 소리였을 거예요. 나한테 시간이 정지돼 있었다고 해서 남들까지 그러했을 리는 없으니까요. 저는 청년을 돌아다보면서 말했죠. 우리 집 전화번호 좀 가르쳐줘요. 청년이 비실비실 뒷걸음질을 치더니 몸을 돌려 줄행랑을 치더군요. 머리로 아무것도 생각해낼 수가 없으니까 온몸이 꺼풀만 남은 것처럼 무력해지던데 그런 늙은이를 청년이 뭣하러 두려워했을까요? 형님, 참 묘한 기분이었어요. 내가 살아 있다는 게 믿어지지 않았으니까요. 기억이 지워졌는데 어떻게 살아 있다고 할 수 있겠어요. 거리를 오고가는 사람들이나 요상하게 춤추는 불빛들이나 다들 실재하는 것들이 아니라 내 눈에만 그렇게 보이는 환상이다 싶었어요. 건물이고 차들이고 형체는 지워지고 거기서 내뿜는 불빛만이 서로 얽히고설키는 게 마치 물체들의 혼령이 너울너울 자유롭게 교감하는 것 같더라구요. 마음이 편안하고도 슬펐어요. 세상을 하직하면서 한평생의 헛되고 헛됨을 돌아다보는 기분이 그런 거 아닐까요. 편안한데도 이상하게 위로받고 싶었어요. 형님, 그날 제가 스스로를 위로할 실마리를 어디서 찾았는 줄 아세요? 느닷없이 얼마 전에 텔레비전을 통해서 본 어떤 성우 생각을 해냈어요. 형님도 누구라고 이름만 대면 알 만한 아주 유명한 성우였어요. 성우 경력이 이십 년이 넘는다니 우리보다 젊어봤댔자 십 년 안짝일 텐데 가꾸고 살아서 그런지 사십대도 안 돼 보입디다. 그런데도 좀처럼 모습을 드러내지 않아 목소리하고 이름으로만 알려진 인기인이죠. 그가 성우 생활에 얽힌 이런저런 에피소드를 들려주다가 어느 날 갑자기 자기 이름이 생각나지 않더라는 얘기를 하지 뭐예요. 웃기려고가 아니라 아주 심각했어요. 이십여 년을 차분한 목소리로 주로 음악프로를 진행해오면서 처음과 마지막에는 꼭 자기 이름을 멘트해왔으니까 자기처럼 제 입으로 제 이름을 여러 번 말한 사람도 대한민국에 흔치 않을 거라면서, 그러나 어느 날 생방송을 끝내고 진행에 누구누구였노라고 말을 하려는데 이름이 생각나지 않더래요. 그래도 노련한 방송인답게 당황하지 않고 이름은 내일 말씀드리겠습니다라고 했다나요. 그때 그 생각을 하니까 내 집 전화번호가 생각나지 않는 것이 좀 덜 불안하더라구요. 별것도 아닌 걸 다 꿔다가 위안을 삼으려는 걸 보면 정신을 놓칠까봐 겁이 나긴 났었나봐요. 제 마음은 저도 잘 모르겠어요. 정신이 나간 상태를 즐기는 줄 알았는데 실은 두려웠나봐요. 얼마나 그러구 있었는지 모르겠네요. 전화는 못 걸었지만 그날 밤에 집에 찾아들어가긴 했으니까요. 우리 집 동 호수는 안 잊어버렸냐구요? 제 집을 누가 동 호수로 찾수? 다리가 저절로 집까지 데려다주니까 가는 거죠. 정신으로 기억하는 것과 몸으로 기억하는 게 어떻게 다른지 모르겠어요. 그나저나 혼령이 정말 있을라나.

아이들이 전화도 안 걸고 늦었다고 야단치더라구요. 우리 집은 거꾸로예요. 걔들이 어른이고 나는 물가에 내놓은 어린 애라니까요. 그날도 친구 회갑을 호텔 뷔페로 먹고 나서 차 마시고 수다 떨고 하다보니 좀 늦었길래 그거 고하려고 전화 걸려다가 그만 그리된 거였어요. 그애들이 날 그렇게 길들였다니까요. 내가 무슨 여고생인 줄 아는지, 어디 갈 때는 가는 장소와 돌아올 시간을 분명히 하고 나가라, 나가서도 제시간에 못 돌아올 일이 생기면 반드시 전화 걸어라, 이런 식이에요. 걱정하기 싫다 이거겠죠. 전화번호 잊어버렸단 얘기는 하기 싫어서 딸년들 호령을 잠자코 듣기만 하다가 내 방으로 들어와버렸는데 평소하고 달라 보였나봐요. 그애들이 안 하던 짓을 하더라구요. 창희년이 내 방까지 따라 들어와 따지는 거예요. 창희가 제 언니에 비해 성미가 좀 파르르하잖아요.

엄마, 해도 너무해. 이제 그만해. 오빠 죽은 지 벌써 칠 년째야, 오빠만 자식이야? 딸은 자식 아냐? 언니가 왜 여태 시집도 못 가고 있는 줄 알아? 엄마 모실 신랑 고르느라고 좋은 사람 다 놓친 거라구. 엄만 그것도 모르구 있지? 알 리가 없지, 관심도 없으니까. 난 엄마 입에서 딸 혼기 놓쳐 큰일이라고 걱정하는 소리 한마디만 들어도 원이 없겠어. 세상에 그런 엄마가 어딨어. 언니 나이나 알아? 것도 모르겠지. 오빠가 나이를 안

먹으니까 우리도 생전 스물셋, 스물하나인 줄 알죠? 하긴 세월도 엄마 같은 바윗덩이한테 부딪치면 딱 멎어야지 별수 있겠어. 난 언니 같은 효녀 될 자신은 없지만 그래도 엄마한테 잘하려고 애써왔어. 이젠 지쳤어. 언니도 곧 지칠 거야. 엄마한테 잘하는 건 밑 빠진 가마솥에 물 붓기야. 엄마가 우리한테 어쩌다 보이는 관심이 뭔 줄 알아? 저 계집애들 중 하나를 잃었으면 내가 이렇게 원통하진 않았으련만, 하는 표정으로 우리를 볼 때야. 그런 표정 정말 소름 끼쳐. 엄만 우리가 살아 있는 걸 미안해하게 만들어. 우리도 우리에겐 한 번뿐인 인생인데 그래야 돼? 엄만 정말 해도 너무해.

글쎄 이렇게 퍼붓더라구요. 형님도 잘 들어두슈. 창숙이년이 에미 때문에 여태 시집을 못 갔답니다. 그만하면 천하에 광고칠 만한 효녀 아니겠수. 내가 딸년들 나이먹는 거 일일이 신경쓰고 살지 않는다는 건 사실이지만서두 즈이들한테 얹혀살 생각 같은 건 꿈에도 해본 적 없건만, 기가 막혀서. 이제 와서 이런 소리 해도 아무 소용이 없게 됐지만, 저 실은 창환이도 결혼하는 즉시 내보내려고 했지 데리고 살 생각 안 했어요. 왜는 왜예요? 형님 때문이지. 형님이 좀 오래 시집살이 하셨수. 시집살이 면한 지 겨우 삼 년 만에 과부 되시고 며느리 보셨으니 두 내외만의 오붓한 재미도, 혼자 사는 자유 맛도 모르시잖아요. 그 세대는 그렇게 살 수밖에 없는 시대이기도 했지만 형님 시집살이는 그래도 어진 시어른 때문에 보기 좋았더랬어요. 저는 애를 들쳐업고 시장도 가고 밥도 해먹을 때, 형님네 애들은 할머니 할아버지 손바닥에서 금이야 옥이야 방바닥에 등 붙일 겨를이 없는 걸 제가 얼마나 부러워했는지 형님도 아시죠? 제가 샘내는 소리를 비치면 형님은 난 애 들쳐업고 밥 해먹기가 소원이라네, 라고 한숨 섞인 소리로 말씀하시곤 했죠. 그건 저를 위로하려고 꾸민 소리가 아니라 은밀하고 애틋한 형님의 속마음이라는 걸 여자끼리의 직감으로 느낄 수가 있었죠. 형님뿐 아니라 아주버님도 같은 생각일 거라는 것까지도요. 부부끼리 고통의 나눔이 없이 어떻게 형님처럼 완벽하게 좋은 며느리 노릇을 할 수가 있겠어요. 형님은 또 우리 집에 들르실 때마다 아이들하고 지지고 볶으면서 사는 걸 보시고는 부러운 듯이, 자네네 사는 것에 비하면 나 사는 건 반세상이라네, 라고도 하셨죠. 나는 우리 창환이가 장가들어 반세상 살게 하고 싶지가 않았어요. 온 세상을 주고 싶었답니다. 암, 온 세상을 주어야 하구말구요. 아들도 같이 살 생각을 안 했는데 딸하고 같이 살 생각을 꿈에라도 했겠어요. 먹고살 게 없다면야 또 모르죠. 사람 목숨은 모진 거니까, 나는 절대로 자식 신세 안 진다는 입바른 소리를 어떻게 하겠어요. 그이가 다행히 연금을 남겨줬으니 이런 흰소리라도 할 수 있는 거죠. 그래도 자식들이 말이라도 그렇게 하는 걸 고마운 줄 알라고요? 네에, 형님 고마울 것까지는 없어도 탄할 생각까지는 안 했는데 그다음 소리가 맹랑하잖아요. 세상에 에미 가슴에 비수를 꽂아도 분수가 있지, 감히 그런 소리를 어떻게 입밖에 낼 수가 있을까요? 형님, 전 한 번도 창환이 목숨을 제까짓 것들과 비교하거나 바꿔치기해서 생각한 적 없어요, 맹세코. 아들딸을 층하하지 않겠다고 지어먹은 마음 따위하곤 달라요. 창환인 전무후무한 하나뿐인 창환이고 아무하고도 비교할 수 없이 잘났기 때문이에요.

하긴 내 딸 나무래 무엇하겠어요. 내가 창환일 잃고 나서 친척이고 친구고 멀쩡하게 아들 잘 기른 사람들이 나한테 괜히 미안해하는 거, 나 알아요. 아들 자랑 하다가도 내 앞에선 입을 다물고, 장가보낼 때 나한테 청첩장을 보낼까 말까 망설이고, 내가 행여 즈이들이 부러워 마음 상할까봐 그런다는 거 알아요. 명애라고, 형님도 아시죠? 우리가 성북동 살 때 아래윗집 살면서 부추전만 부쳐도 담 너머로 나눠 먹던 제 여고 동창 말예요. 걔 아들하고 창환이하고도 국민학교에서 중학교까지 동창이었다구요. 서로 사는 내막 속속들이 알고 마음이 통해 숨기는 거 없기는 형님보다 훨씬 가까웠더랬죠. 형님도 물론 그러시겠지만 시집 쪽 친척은 아무리 촌수가 가까워도 어느 정도 이상은 친해질 수 없는 껍질 같은 걸 가지고 대하게 되더라구요. 창환이가 그 지경 당하고 나서도 어느 친척도 명애만큼 놀라고 슬퍼하지 못했을 거예요. 내가 통곡하면 같이 통곡하고, 펄쩍펄쩍 뛰면 같이 펄쩍펄쩍 뛰고, 내가 몸져누웠을 때는 하루도 거르지 않고 온갖 죽을 다 쑤어서 날랐죠. 형님도 죽 쒀온 적 있으시다구요? 꼭 안 듣는 척하시다가도 틀린 말은 한마디도 못 참으신다니까, 글쎄. 그런 명애도 즈이 아들 장가들일 때는 나한테 쉬쉬하더라니까요. 혼인날 딴 동창한테 듣고 알았어요. 식장이 찾기 어려운 변두리 동네 교회라 나한테 길을 물어온 동창도 내가 그때까지 모르고 있다는 걸 알고는 처음에는 안 믿다가 나중에는 자기 생각이 명애에 못 미쳤노라고 사과를 하면서 제발 모르는 걸로 해달라나요.

형님 제가 뭘 잘못했다구 이렇게 손도를 맞습니까? 제가 손도를 맞는다는 건 창환이의 죽음을 부끄럽게 여기는 게 되거든요. 그럴 수는 없었어요. 저는 떨치고 일어나 즉시 준비를 하고 환하게 웃으며 결혼식장으로 달려갔죠. 명애가 어쩔 줄을 몰라했지만 저는 늠름하게 굴었어요. 마음으로부터 축하도 했구요. 명애 아들이 장가드는 거 저 정말로 안 부러웠어요. 걔 아들하고 창환이하곤 댈 것도 아니니까요. 껄렁한 대학도 삼수까지 해서 들어갔고 젊은 애가 야망이 있나 이상이 있나 오로지 말초신경만 발달해가지고 달고 다니는 여자가 맨날 바뀐다더니 아마 그중에 하나가 배라도 불러왔나봅디다. 부자도 아닌 집에서 졸업도 하기 전에 서둘러 식을 올린 걸 보면. 그런 녀석이 어떻게 창환이하고 비교가 됩니까? 말도 안 되지. 그렇다고 형님, 제가 남의 잘난 아들을 보면 마음이 아린 줄 아시진 마슈. 우리 친정 조카 얘긴 형님도 종종 들으셨죠. 친정에 번듯하게 출세한 사람 없기는 형님네나 우리 친정이나 마찬가지지만 그래도 전 친정으로 해서 으스대고 싶을 때는 늘 그 장조카 자랑을 하곤 했으니까 형님도 생각나실 거예요. 재학중에 고시 패스한 애 말예요. 참, 우리 집에서 보신 적도 몇 번 있죠. 머리만 좋은 게 아니라 인물도 자알났죠. 그애가 장가갈 때는 창환이 잃은 지 일 년 안이기도 했지만 글쎄 친정 식구들이 하나같이 이 하나밖에 없는 고모가 오지 말았으면 하는 눈치더라구요. 내 참 아니꼽고 더러워서. 누가 그까짓 판검사를 대수롭게 알 줄 알구. 그동안 나도 민가협 엄마들 덕에 의식화된 것도 있고 해서 죽은 우리 창환이가 산 법관보다 골백번은 더 잘나 보이더라구요. 그러니 내가 개 결혼하는 것 보고 꿀리거나 부러울 게 뭐 있겠어요. 더군다나 그 며칠 전엔 민가협 엄마들 따라 민주투사 공판하는 거 방청하러 가서 말도 안 되는 죄목을 나열하는 법관을 실컷 야유하고 퉤퉤 침까지 뱉고 온 끝인데 그 새파란 법관이 부럽기는커녕 한심해 보입디다. 민가협 엄마들 덕에 언짢은 기색 하나도 안 하고 그날도 고모 노릇을 얼마나 씩씩하게 잘해냈다구요.

형님, 밍개헵이 아니라 민가협이라니까요. 딴 발음은 똑똑하게 잘하시면서 그 소리는 왜 그렇게 어눌하게 얼버무리시나 몰라. 형님 일부러 그러시는 거 아녜요? 저하고 그 사람들을 한 묶음으로 능멸하려구요. 아이구 깜짝이야. 그 소리에 뭘 그렇게 화를 내세요? 암만해도 찔리는 데가 있는갑다. 형님 미국 딸네 집에 한 달도 못 있다 오셔가지고도 밧데리를 꼬박꼬박 배러리라고 하셨잖아요? 그렇게 잘 따라 하시는 형님 혀가 민가협 소리를 못 할 리가 없을 것 같아서요. 능멸까지는 안 하신다고 해도 못마땅해서 일부러 그러실 거예요. 아무튼 전 듣기 싫어요. 요다음부터는 그러지 마세요. 별걸 다 갖고 시집살이시킨다구요? 그러믄요, 동서도 시집은 시집이죠. 형님은 뭐 저한테 시집살이시킨 적 없는 줄 아시우.

형님, 제가 어디까지 말씀드렸죠? 아, 네에, 아들 장가들일 때 다들 절 따돌리는 것 같다는 얘기였죠. 자격지심이라구요? 그럴지도 모르죠. 따돌리는 것만 아니꼬운 줄 아세요. 너무 잘해주는 것도 싫어요. 그게 다 한통속이거든요. 형님만 해도 창석이 장가들일 때 저한테 얼마나 신경을 썼어요. 그 바람에 창석이 처가만 혼났죠. 저한테까지 시어머니하고 똑같은 예단을 해왔으니 속으로 얼마나 욕을 했겠어요. 시아버지 예단을 안 해도 되니까 작은어머니한테 대신 했을 거라고 형님이 아무리 그러셔도 저는 그게 그 집에서 자발적으로 그렇게 한 게 아니라는 거 알아요. 창석이 장가들 땐 창환이 죽은 지 오 년도 넘었을 땐데도 제가 그렇게 신경이 쓰이던가요? 폐백 받을 때도 형님은 저를 영감님처럼 곁에 앉히셨죠. 처음에는 쌍과부가 나란히 폐백 받기가 민망해서 사양하다가 좌중의 분위기가 어째 이상하게 가라앉는 것 같아 제가 졌죠. 창환이 생각이 나서 언짢아하고 있는 것처럼 보이기가 싫었어요. 그건 사실이 아니니까요. 저 창석이 장가갈 때도 조금도 안 부러웠어요. 창환이를 창석이하고 비교하는 마음이 없었으니까요. 그때 형님은 아주버님 안 계신 핑계로 절 부득부득 끌어다 앉히셨지만 아주버님이 계셨더라도 마찬가지였을 거예요. 남들이 처첩을 거느리고 폐백을 받는 줄 알건 말건 상관 안 하고 새 며느리한테 저를 시부모와 똑같이 인식시키려 드셨을 테죠. 우리 그이도 아주버님 돌아가신 후 조카들한테 잘하려고 우리 아이들은 뒷전이었던 건 형님도 인정하시죠. 그래봤댔자 겨우 형제간의 나이 차이만큼밖에 더 못 살았지만서두요. 남의 집 남자들보다 좀 단명한 거 하나가 흠이지 형님이나 저나 중매로 혼인했어도 남편은 잘 만났었다 싶어요. 우리 그이가 회갑도 못 넘기고 세상 뜬 데 대해서도 여한 없어요. 창환이를 앞세우지 않고 자기가 휘딱 앞서갔으니 참 복도 많다 싶어 부럽다 못해 얄밉기까지 한걸요. 제가 부러운 건 오직 그이뿐이에요. 자다가도 그이가 부러워 가슴이 저리기 시작한 밤을 홀딱 새우고 말죠. 그러나 그건 남의 산 자식을 부러워하는 것하곤 달라요. 창석이가 나무랄 데 없는 아이라는 건 저도 인정해요. 그러나 우리 창환이하곤 그릇이 다른 걸 비교가 되나요. 부모 속 안 썩이고 명문 대학 척척 들어가고, 졸업도 하기 전에 대기업에서 모셔가고, 윗사람 눈에 얼마나 들었으면 중매까지 서줘서 좋은 집 규수한테 장가들고, 형님이 아들 잘 기른 거야 세상이 다 아는 일이죠. 그렇지만 형님, 창석이가 대학 들어간 해가 언제예요? 바로 80년 아녜요. 80년에 대학 들어간 애가 세상이야 어찌 돌아가든 알 바 아니라는 듯이 공부만 팠다는 건, 제 보기에는 인간성이 의심스러워요. 어떻게 그럴 수가 있었을까? 사람이 그러면 못쓴다구요. 우리 창환이도 창석이보다 삼 년 뒤에 같은 대학에 들어갈 때만 해도 창석이처럼 공부밖에 모르는 아이였죠. 그러나 우리 창환이는 캠퍼스의 최루탄 냄새를 괴로워했어요. 그건 창석이도 마찬가지였다구요? 그야 그렇겠죠. 지나가던 사람도 눈물 콧물을 짜면서 펄쩍펄쩍 뛰었으니까요. 창석이는 몸으로 괴로워했을 뿐이지만 우리 창환이는 마음으로 더 많이 괴로워했다구요. 그래요, 우리 창환이가 운동권이 아니었다는 건 형님 말이 맞는지도 몰라요. 에미도 눈치를 못 챘으니까요. 그러나 그걸 누가 단정을 하겠어요. 자식을 겉을 낳지 속까지 낳는 건 아니란 말도 그래서 생겨난 거 아니겠어요. 그런데 그게 왜 그렇게 중요하죠? 말끝마다 형님은 꼭 그 소리를 하시더라, 마치 오금을 박듯이. 이럴 때는 전화로 얘기하고 있다는 게 얼마나 다행인지 몰라요. 아녜요, 전화로 말하면서도 전 형님의 시선을 느껴요. 대단한 비밀을 알고 있는 사람이 그걸 모르는 사람을 바라볼 때의 기분 나쁜 눈길 말예요. 그래봤댔자 우리 창환이가 단순 가담자에 불과할 거라는 것밖에 형님이 저보다 더 알고 있는 게 뭐가 있겠어요. 그게 왜 그렇게 중요하죠? 처음에야 저도 그게 미치게 억울했죠. 그놈의 쇠파이프가 눈이 멀어도 분수가 있지 앞장선 열렬한 투사들 다 제쳐놓고 하필 우리 창환이었을까, 하구요. 그러나 죽음은 어차피 돌이킬 수 없는 운명인 거 아닌가요? 게다가 철저하게 개개의 것이구. 그게 너무 무서워서 우선 피하고 싶었어요. 우선 개별적인 것에서 피하는 방법은 휩쓸리는 일이었죠. 집단적인 열정 속으로. 형님도 기억하시죠. 우리 창환이의 장엄한 장례식을요. 백만학도가 창환이를 열사로 떠받들었죠. 형님, 제발 그렇게 말씀하시지 마세요. 젊은이들이 제 몸에다 불을 붙여 시대의 횃불을 삼으려 든 세상이었잖아요? 죽은 목숨을 횃불 삼으려 든 것쯤 아무것도 아니었죠. 형님이나 저나 하도 궁핍한 어린 시절을 보내서 그랬던가, 먹을 것 흔하고 흥청망청 물건 아쉬운 것 모르는 세상만 꿈인가 생신가 좋기만 하던데, 젊은이들 눈엔 세상이 얼마나 깜깜했으면 제 몸으로 불을 밝히려 들었을까요? 중요한 건 창환이가 운동권이었나 아니었나가 아니라 죽음까지 횃불로 삼지 않을 수 없을 만큼 시대가 깜깜했다는 거 아닐까요.

형님, 우리가 참 모진 세상도 살아냈다 싶어요. 어찌 그리 모진 세상이 다 있었을까요? 형님, 그나저나 그 모진 세상을 다 살아내기나 한 걸까요? 형님은 당연히 비웃으시겠지만 세상이 정말 달라졌다면 그 달라지게 한 힘 중엔 우리 창환이 몫도 있다고 생각해요. 그래요, 허튼 소리 같지만 저는 수도 없이 창환이의 부활을 경험했죠. 민가협 엄마들한테 세뇌받아서 그렇게 됐다는 식으로 말씀하시지 마세요. 누가 누굴 세뇌해요. 그 지경을 당하고도 하루하루를 죽은 목숨처럼 살지 않을 수 있는 유일한 방법이었을 뿐이에요. 6·10항쟁 때도 형님이 저한테 얼마나 깊은 상처를 입혔는지 모르고 계시죠? 그땐 창환이 죽은 지 얼마 안 돼서이기도 하지만 뭔가 심상치 않은 일이 생길 것 같아 정신을 번쩍 차리고 일어났더니 형님이 뭐랬는 줄 아세요? 자식을 잡아먹고도 데모가 그렇게 좋으냐고 악을 쓰셨죠. 언제는 언제예요. 6·10 때라니까요. 형님 제발 6·10하구 6·29하고 헷갈리는 거, 4·13하고 4·19도 분간 못 하는 거, 5·16하고 5·18이 왔다갔다하는 거, 정말 참을 수가 없어요. 어떤 때는 내 앞에서 일부러 그렇게 시침을 떼는 게 아닐까 싶어지면 형님하고 다시는 상종도 하기가 싫어져요. 그런 날짜는 그렇게 잘 외면서 증조모님 제삿날은 어떻게 그렇게 감쪽같이 까먹었느냐고요? 형님이 그렇게 나오실 줄 알았어요. 오금을 박는 데는 선수시니까요. 좋아요, 솔직히 말씀드리죠. 증조모님 제사가 저한텐 하나도 안 중요하니까 잊어버릴 수도 있는 거죠, 뭐. 창환이 잃고 나서 저에게 일어난 가장 큰 변화가 뭔 줄 아세요. 그때까지 중요하게 생각해온 것이 하나도 안 중요해지고 하나도 안 중요하게 여겨온 것이 중요해진 거예요. 증조모님 제사도 안 중요해진 것 중의 하나일 뿐이지, 다는 아녜요. 그런 변화엔 저 스스로도 놀랄 수밖에 없었어요. 처음엔 내가 남이 된 것처럼 낯설기까지 했죠. 내가 돈 게 아닌가 싶기도 했구요. 그래서 될 수 있는 대로 남들한테는 예전처럼 굴려고 애썼죠. 창환이 잃고도 여전히 제삿날을 형님보다 먼저 아는 척할 수 있었던 것도 아마 그런 노력의 일환이었을 거예요. 아니면 타성이든지. 형님도 그런 타성은 있잖아요. 제수 차리는 데는 지극정성이면서 날짜 돌아오는 건 저만 믿고 내 몰라라 하는 습관 말예요.

제삿날 말고 또 안 중요해진 게 뭐가 있느냐고요? 많지요. 이루 말할 수 없이 많지만 과연 형님이 이해하실 수 있으실라나 몰라. 형님을 무시해서가 아니라 제삿날처럼 그렇게 꼭 집어서 말할 수 있는 게 아니기 때문이에요. 이를테면 전엔 남이 나를 어떻게 볼까가 중요했는데 이젠 내가 보고 느끼는 내가 더 중요해요. 남을 위해서 나를 속이기가 싫어요. 무엇보다도 피곤하니까요. 가장 쓰잘데없는 걸로 진 빼기 싫어요. 또 있구 말구요. 그전엔 장만하는 게 중요했는데 이젠 버리는 게 더 중요해요. 형님보담은 좀 덜했지만 저도 물건 욕심이 꽤 있었잖아요. 누구네 집에 가서 예쁜 접시나 찻잔만 봐도 어디 쩨인가 물어보고, 역시 다르다고 감탄하고, 눈독 들인 건 기어코 장만하고, 그게 사는 재미였죠. 육십년대든가, 형님이나 저나 아직 새댁 티가 남아 있을 적 말예요. 그때는 모든 물자가 귀할 때이기도 했지만 우린 사재기 선수였잖아요? 화학솜이 처음 나왔을 땐데 그까짓 화학솜 이불이 뭐가 그렇게 신기했는지 이불계를 모아서 두 집이 한 채씩 그걸 장만했었죠. 그러고 보니 제가 지금 쓰고 있는 자개장롱도 곗돈 타서 장만한 거네요. 갖고 싶은 걸 애써 장만하고 나면 그리 기쁘더니만 지금은 그 모든 것들이 다 짐스러워요. 왜 그게 거기 있을까, 몇십 년 손때 묻은 것들이 뜨악하고 낯설어지기도 하죠. 잠 안 오는 밤이면 주로 하는 짓이 뭔 줄 아세요? 장롱이나 찬장 속을 들들들 뒤져서 버릴 것을 찾는 거예요. 버릴 것 천지지요, 뭐. 남들은 쓰자니 마땅찮고 버리자니 아까운 거 천지라고 하더니만 전 아까운 게 하나도 없어요. 딸들 눈이 무서워서 한꺼번에 못 버릴 뿐이지요. 또 장롱 같은 거야 무슨 수로 버리겠어요. 누굴 주든지 고물상을 부르든지 해야 할 텐데, 그것도 번거롭고 고물상이나 남의 집에 그게 있다는 것도 신경쓰일 것 같아요. 그게 혹시 손때가 묻은 것들에 대한 책임감이라면 그것도 소유욕의 일종인지도 모르겠네요. 아무튼 세상에 귀한 거라곤 없으면서 버리기도 쉽지 않은 건, 내 눈앞에서만 없어지는 게 아니라 아주 없어지길 바라기 때문이에요. 가끔 아궁이가 있는 집이라면 패 땔 수도 있을 텐데 하는 생각도 해보죠. 그것도 생각뿐이지 요즈음 물건들은 그렇게 쉽게 재도 안 되는 것들이잖아요. 생때같은 목숨도 하루아침에 간데없는 세상에 물건들의 목숨은 왜 그렇게 질긴지, 물건들이 미운 건 아마 그 질김 때문일 거예요. 생각만 해도 타지도 썩지도 않을 물건들한테 치여 죽을 것처럼 숨이 답답해지네요. 죽는 건 하나도 안 무서운데 죽을 것 같은 느낌은 왜 그렇게 싫은지 모르겠어요.

내가 물건이 싫으니까 남에게도 물건을 선물한 적이 없어요. 물론 창환이 잃고 난 후에 생긴 새 버릇이지만서두요. 그 전에야 형님도 아시다시피, 친정이나 시댁 어른들 생신이나, 조카들 손주뻘 되는 아이들의 혼사나 돌잔치 등 무슨 날이 돌아올 때마다 뭘 선물할까가 즐거운 고민이었죠. 돈을 절약하기 위해서이기도 하지만 두고두고 지니게 하고 싶은 욕심으로 저는 친척이나 친구들의 기념할 만한 날 돈으로 부조를 한 적이 거의 없었죠. 마땅한 물건이 잘 떠오르지 않을 때는 손수 재봉틀을 돌려 옷가지나 소품을 만들어서 선물을 장만하기도 해서 형님한테 알뜰이 지나치다는 눈총도 꽤 맞았을걸요. 그러면서도 형님은 그런 제 손재주를 은근히 부러워하셨죠. 실상 그건 손재주만 갖고 되는 노릇이 아니라 눈썰미와 상대방에 대한 관심이 있어야 되거들랑요. 요샌 그런 짓 안 해요. 거의 다 돈으로 해결하죠. 꼭 뭘 사가지고 가야 할 데는 먹을 걸 사가요. 외식으로 때우든지. 물건으로 나를 생각나게 만들고 싶지 않아요. 물건으로 남을 짓누르는 것 같아 안 하고 싶어요. 그렇다고 뭘 주고 싶은 사람이 아주 없는 건 아니죠. 오랫동안 예쁘게 연애하다가 결혼한 신혼부부가 인사를 왔다든지,

친구가 미국 사는 자식을 따라 아주 이민을 떠난다든지 할 때는 뭔가 주고 싶어져요. 그래도 물건은 아녜요. 호화로운 식사를 한 끼 사죠. 즐거웠던 기억이 물건보다는 속절없으니까요.

그런 특별한 경우가 아니더라도 전에는 어떡하면 같은 돈이라도 낯나게 쓰나가 중요했었는데 지금은 안 그래요. 흐지부지 쓰는 게 훨씬 더 중요해요. 낯나게 쓴다는 게 뭔가요? 남에게 잊혀지지 않을 만한 부담감을 주는 거 아닌가요? 그러기 싫어요. 같이 차 마시고 나서 찻값을 내는 거, 몇이서 택시를 같이 탔을 때 택시값을 혼자서 내는 것 따위가 흐지부지 쓰는 건데 바보같이 보이기 십상이지 누구 하나 고마워하지 않는 씀씀이죠. 그렇지만 차 한 잔씩 마시고 나서 서로 눈치 보는 그 짧은 동안이 싫어요. 일상의 바퀴가 삐그덕 소리를 내면서 잘 안 구르는 것 같은 느낌이 들거든요. 흐지부지 쓴다는 건 바퀴에 기름을 치는 행위에 다름아니죠. 그러잖아도 하루하루 살기가 힘이 들어 죽겠어요. 조금이라도 덜 힘들 수 있는 방법이 있는데 힘들일 거 뭐 있어요. 일상의 바퀴에 기름을 치는 일은 하나도 표가 안 나서 남들은 낭비라고 생각하지만 나에겐 여간 중요한 씀씀이가 아니고, 물론 안 아까워요. 창숙이 창희는 그런 나를 여간 못마땅해하지 않아요. 낭비벽이 있다고 생각하나봐요. 그냥 놔뒀다가는 살림 다 들어먹을 것 같은

지 즈이들 버는 돈도 나를 안 갖다주고 즈이끼리 저금도 붓고 해서 아마 상당히 모았을 거예요. 밥값은 내죠, 밥값도 안 내놓고 제 낭탁만 할 아이들도 아니구요. 스크립터, 디자이너, 이런 직업을 형님은 좀 우습게 보시는 것 같지만 얼마나 고소득이라구요. 걔네들 내는 밥값만 가지고도 나 하나 얹혀살 만해요. 연금은 흐지부지 쓰기에 부족함이 없구요.

형님이 무슨 권리로 혀까지 차시면서 못마땅해하세요? 하긴 하루하루를 살기가 무거운 수레를 끄는 것처럼 힘들다는 걸 형님이 아실 리가 없죠. 저도 창환이를 잃기 전까지는 저절로 살아졌어요. 세월이 유수 같았죠. 한참 자라는 아이나 달력을 보지 않고서는 세월이 빠르다는 걸 느낄 겨를이나 어디 있었나요. 너무 빨라 거스르고 싶었나봐요. 젊어 보인다는 소리 듣는 게 제일 기분이 좋았으니까요. 지금은 아녜요. 젊어졌다는 소리도, 좋아졌다는 소리도 꼭 욕같이 들려요. 그렇다고 늙어 보인다거나 야위었다는 소리를 듣고 싶은 것도 아녜요. 그런 소리 들으면 내가 하루하루를 얼마나 힘들게 보내고 있는지 들킨 것 같아서 기분이 안 좋아요. 왜 우리나라 사람들은 만나면 젊어졌다 좋아졌다, 아니면 어디 아팠느냐, 못쓰게 됐다는 식으로 남의 신체를 가지고 들먹이는 인사를 그렇게 좋아하는지 모르겠어요.

전에는 중요하던 게 지금은 하나도 안 중요해진 게 또 뭐가 있냐구요? 형님이야말로 왜 안 하던 짓을 하실까? 전혀 귀담아들으실 것 같지 않은 얘기에 관심을 보이시니 말예요. 전에는 형체가 있어 눈에 보이는 것만 중요한 줄 알았는데 그후엔 아니었어요. 눈에 안 보이는 걸 온종일 쫓을 적도 있어요. 아네요, 육체와 영혼의 문제가 아니라구요. 그건 나한테는 너무 거창해요. 장미꽃과 향기의 문제예요. 장미꽃은 저기 있는데 향기는 온 방 안에 있다. 향기는 도대체 어떤 모양으로 존재하는 걸까? 고작 그 정도예요. 우리 집 행운목이 올해 꽃을 피웠잖아요. 꽃 모양이나 빛깔이 볼품없어서 핀 줄도 몰랐어요. 어느 날 집에 들어서니까 온 집 안이 향기로 가득 차 있더군요. 현기증이 날 정도였어요. 꽃향기 때문에 질식도 할 수 있다는 게 실감이 되더군요. 그 향기가 좋았단 얘기는 아녜요. 물건은 분명히 하난데 두 가지 방법으로 존재할 수도 있다는 문제에 며칠 동안 몰입할 수가 있었죠. 알아요, 꽃이 지면 향기도 없어진다는 거, 근데 그 소릴 왜 그렇게 야멸치게 하시죠? 접때는 창숙이가 쇠꼬리를 하나 통째로 사왔습디다. 몇 번에 나눠서 과먹으라는 거예요. 나 누린 음식 싫어하는 거 번연히 알면서 무슨 심산지, 에미 꼴이 꼭 바스러질 것처럼 기름기가 없이 남부끄럽다고 창희년까지 옆에서 거들고 나서더군요. 싸가지가 없어도 분수가 있지, 에미더러 제년들 체면 세워주도록 피둥피둥하란 소린지 뭔지. 탄하기도 싫어서 하라는 대로 큰 스텐 통에다 넣고 고기 시작했죠. 물도 넉넉히 부었고, 바닥이 이중이라나 삼중이라나, 아무튼 두껍게 특수처리한 스텐 통이라기에 믿거라 하고 온종일 고아댔더니 그만 바싹 태워버렸지 뭐예요. 성의가 없어서라고요? 맞는 말씀이에요. 제 몸 보하자고 성의가 날 에미가 어딨겠어요. 고약한 냄새가 진동을 할 때서야 겨우 불 위에 뭘 올려놓았다는 걸 깨달았으니까요. 그 놈의 꼬린지 뭔지 숯덩이가 되니까 바싹 오그라붙어 얼마 되지도 않던데 냄새는 왜 그렇게 지독한지, 온 집 안에 가득 차서 아이들한테 안 태운 척 속여먹을 수도 없이 만들지 뭐예요. 꼬리는 오그라붙은 게 아니라 팽창을 한 거였어요. 숯덩이는 즉시 없앴지만 고약한 냄새는 달포도 넘어가더라구요. 구석구석 그 냄새가 안 스민 데가 없어요. 요새도 돌아누우려면 그 냄새가 훅 끼칠 때가 있는 걸 보면 베갯잇 사이에도 끼어 있나 봐요. 꼬리 제까짓 게 뭐라고 숯덩이 아닌 다른 무엇이 되어 남아 있는 걸까요? 형님, 꼬리를 태워먹은 건 하나도 안 아까우면서 다른 무엇이 되었길래 이렇게 오래 남아 있는 것일까, 가 궁금한 정도가 아니라 마냥 집착하게 돼요.

형님, 그렇다고 제가 그까짓 꽃이나 꼬리 따위에서 사람의 정신과 유사한 걸 찾고 있다고 생각하진 마세요. 일종의 습관일 뿐이에요. 밖에 나갔다가 집에 들어왔을 때 열쇠로 문을 따고 들어가야 할 때와 안에서 창숙이나 창희가 열어줄 때가 있잖아요? 안에서 맞아줄 사람이 있을 때가 없을 때보다 좋은 게 인지상정이련만 전 그 반대예요. 그들의 마중을 받으면 창환이의 빈자리가 왜 그렇게 크게 느껴지는지, 나도 모르게 무너져내리듯이 밖에서 꾸민 나를 포기해버리죠. 그러나 열쇠로 문을 따고 빈집에 들어섰을 때는 딴판이에요. 창환아, 에미 왔다. 그렇게 활기 넘치는 소리로 말을 걸며 들어가는 거예요. 핸드백을 내던지면서 옷을 벗으면서도 냉장고에서 찬물을 꺼내 벌컥벌컥 들이마시면서도 연방 말을 시키죠. 그럴 때는 집 구석구석이 창환이로 가득 차는 거예요. 내가 그애 안에 있다는 걸 실감하죠. 어느 쪽이 진짜 나인지 모르겠어요. 걔가, 생때같은 내 아들이 어느 날 갑자기 없어졌다는 걸 어떻게 믿을 수가 있겠어요. 형님, 우리가 참 모진 세상도 살아냈다 싶어요. 어찌 그리 모진 세상이 다 있었을까요? 형님, 그나저나 그 모진 세상을 다 살아내기나 한 걸까요?

여지껏 꿋꿋하게 잘 버티기에 그냥저냥 극복한 줄 알았더니 이제 와서 웬 약한 소리냐구요? 형님 보시기에도 제가 그렇게 아무렇지도 않아 보입디까? 아무렇지 않지 않은 사람이 아무렇지도 않아 보였다면 그게 얼마나 눈물겨운 노력의 결과였는지는 한 번도 생각해본 적 없으시죠. 형님도 아마 은하계란 말은 들어보셨을 거예요. 그렇지만 그 크기나, 우주엔 우리 태양계가 속한 은하계 말고도 얼마나 많은 은하가 있고, 앞으로도 자꾸 발견될 거라는 건 저만큼 모르실걸요. 그렇게 단정을 하면 혹시 일제시대에 여고 입학한 걸 요새 서울대학 들어간 것보다 더 높이 평가하시고 자랑스러워하시는 형님한테는 모욕적일지도 모르지만서두요. 느닷없이 웬 은하계냐구요? 제가 너무 견딜 수 없을 때 외는 주문이 바로 은하계로부터 시작하기 때문이죠.

은하계는 태양계를 포함한 무수한 항성과 별의 무리. 태양계의 초점인 태양과 지구 사이의 거리는 빛으로 약 오백 초, 태양계의 가장 바깥쪽을 도는 명왕성은 태양에서 빛으로 약 다섯 시간 반. 그러나 은하계의 지름은 약 십만 광년, 태양은 은하계의 중심에서 삼만 광년이나 떨어진 변두리의 항성에 불과함. 광년은 초속 삼십만 킬로미터의 빛이 일 년 동안 쉬지 않고 갈 수 있는 거리의 단위. 그러나 은하계가 곧 무한은 아님. 우주에는 우리 은하계 말고도 다른 은하가 허다하게 존재하니까. 우리 은하계에서 가장 가까운 은하의 거리가 이백만 광년. 십억 광년인 은하도 있는데 초속 몇만 킬로의 속도로 계속 멀어져가고 있으니 우주라는 무한은 무한히 팽창하고 있는 중. 광년은 빛이 일 년 동안 쉬지 않고 갈 수 있는 거리의 단위, 구조사천육백칠십 킬로미터.

대강 이 정도가 제 주문의 요지예요. 그걸 다 어디서 주워들었느냐고요? 집에 굴러다니는 『소년우주과학』인가 하는 책에서 본 거예요. 아이들이 어려서 보던 꽤 낡은 책이니까 정확하지 않을 수도 있어요. 제가 틀리게 외고 있는 부분이 있을 수도 있구요. 틀려봤댔자죠, 뭐. 백만 광년이나 십억 광년이나 어차피 제 상상력이 미칠 수 있는 한계 밖의 수치니까요. 정확도가 문제가 아니라, 그런 천문학적 단위는 우리가 사는 지구를 망망한 바닷가의 모래알만도 못하게 극소화시키는 효과는 그만이에요. 그 모래알에 붙어사는 인간의 운명이나 수명 따위도 덩달아서 아무것도 아닌 게 되죠. 이제 아시겠어요? 그 소리가 왜 저한테 주문이 되는지. 잠시 동안이라도 제 태산 같은 설움이 안개의 입자처럼 미소하고 하염없어져요. 이젠 뜻 같은 건 생각할 필요도 없어요. 정확도 같은 건 더구나 문제도 안 되고요. 그 소리만 일단 달달달 외고 나면 조건반사처럼 나른하고도 감미로운 허무감에 잠기게 되거든요. 형님, 그동안 제가 그렇게 살았다우. 주문이 계속해서 효과가 있었더라면 형님한테 가르쳐드리지도 않았을 거예요. 글쎄 그 주문 가지고도 도저히 안 될 때가 있더라구요. 안 듣는 주문이 돼버렸으니까 가르쳐드린 거예요.

한 열흘 됐나. 명애가요, 아까도 얘기한 제 제일 친한 동창 명애 말예요. 명애가 저더러 같이 문병갈 데가 있다는 거예요. 얘기를 들어보니 내가 꼭 가봐야 할 데가 아닌 것 같아 내키지가 않았어요. 같은 동창이지만 나하고는 전혀 안 친했고 졸업하고 나서도 우연히 만난 적도 없는 친구고, 아픈 사람도 그 친구가 아니라 그의 아들이라는데 제가 불쑥 뭣하러 가겠어요. 싫다고 했더니 명애가 꼬드기는 말이 창환이 장례 때 와준 친구라는 거였어요. 저는 속으로 우리 창환이야 온 국민의 애도 속에 보낸 아인데 그 친구도 온 국민 중의 한 사람이었을 테지 뭐 특별한가 싶으면서도 마음이 움직이더라구요. 그래서 그 아들이 어디가 어떻게 아픈지 자세한 건 묻지도 않고 그냥 따라나섰어요. 참 생명이 위독한 병이냐고는 물어봤군요. 명애 대답이 어째 이상했어요. 그러면 오죽이나 좋겠니? 글쎄 이러지 뭐예요. 그때 자세한 걸 캐물었어야 하는 건데 남의 자식 목숨에 대해 어떻게 저렇게 말할 수가 있을까, 울컥 치미는 명애에 대한 불쾌감 때문에 암말도 안 하고 말았어요. 명애는 오지랖도 넓지 어떻게 이렇게 멀리 사는 친구 집 우환까지 찾아다니며 챙겼을까 싶게 그 집은 같은 서울이면서 하룻길이었어요. 저희 집은 강남의 동쪽 끝이고 그 집은 강북의 서쪽 끝이었으니까요. 아직도 이런 동네가 남아 있었구나 싶게 골목이 좁고 꼬불탕한 허름한 동네였죠. 와본 적이 있다는 명애도 몇 번씩이나 길을 잘못 들어 헤맨 끝에 겨우 당도했으니까요. 친구는 병든 아들과 단둘이 살고 있었어요. 병든 아들이 막내고 형과 누나는 다들 혼인해서 번듯이 살고 있다고 해요. 병이 보통 병이 아니었어요. 몇 년 전에 차 사고로 뇌와 척추를 다치고 나서 하반신마비에다 치매까지 된 거였어요. 뺑소니 운전사한테 치여서 오랫동안 방치됐었는데도 숨은 안 넘어갔었나봐요. 가족한테 알려지고 난 후에야 최선의 치료를 다했겠지요. 가산도 그때 탕진했다니까요. 오랜 병구완 끝이라 그러하겠지만 이 친구가 정말 우리 동창일까? 믿어지지 않을 만큼 파파 할머니가 돼 있더라구요. 더군다나 한 번도 안 친했던 동창의 모습을 그 노파한테서 떠올리는 건 불가능했어요. 역시 오는 게 아니었다는 생각 먼저 들더군요. 친구는 우리를 보고 반기지도 놀라지도 않고, 늘상 드나드는 동네 사람 대하듯 했어요. 그의 아들도 나이를 짐작할 수가 없었어요. 누워 있는 뻐대로 봐서는 기골이 장대한 청년이었음직한데 살이 푸석푸석하게 찌고, 또 표정도 근육이 씰룩거리고 있다는 것밖에는 상식적인 희노애락하고는 동떨어진 거여서 마주 보기가 민망했어요.

아이구 이 웬수, 저놈의 대천지 웬수, 친구는 아들을 이름 대신 그렇게 부르더군요. 그밖에도 말끝마다 욕이 주줄이 달렸어요. 오죽 악에 받치면 저럴까, 지옥이 따로 없다는 생각이 들었어요. 우리가 사간 깡통 파인애플을 아들의 입에 처넣어 주면서도 이 웬수야, 어서 처먹고 뒈져라, 이런 식이었으니까요. 저한테도 내처 늘 보던 이웃사람 대하듯 하다가 문득 알은 체를 하면서 한다는 소리가, 흥 죽는 것보다 더 못한 꼴 보러 왔구나, 였어요. 저는 울컥 모욕감을 느꼈지만 그 친구한테는 아무 소리도 못 했어요. 게서 더한 소리를 할 권리라도 있는 것처럼 겁나게 황폐해 보였으니까요. 그 친구보다는 명애한테 더 유감이 있어서이기도 했구요. 그 집에 들어설 때부터 어렴풋이 짐작이 된 거긴 하지만 명애가 날 왜 거기까지 데리고 왔는지가 마침내 분명해지더군요. 즈네들 아들 경사가 있을 때마다 내가 부러워할 것 같아 쉬쉬 초대하기를 꺼리던 것과 정반대의 이유로 그 집 모자의 비참한 꼴을 보여주고자 한 거였어요. 죽는 것보다 못한 경우를 보고 위로받아라, 이거겠죠. 인간성 중 가장 천박한 급소죠. 그 급소만은 드러내 보이고 싶지 않았기 때문에 남의 아무리 잘나고 건강한 아들을 보고도 부러워하지 않는 것으로 미리 보호막을 친 거였는데, 딴 친구도 아닌 명애가 나를 그렇게 취급하다니, 정말 견딜 수 없는 기분이었어요. 그래도 그쯤해서 그 집을 물러났더라면 또 모르죠. 은하게 주문 대신 그 집 아들을 떠올리는 것으로 위로받을 수 있었을지도요.

아들에게 파인애플을 세 조각이나 먹이고 난 친구는 우리가 보는 앞에서 아들이 깔고 있는 널찍한 요 위에서 아들을 공기를 굴리듯이 굴리기 시작했어요. 정말이지 믿을 수 없을 만큼 신기한 묘기였어요. 욕창이 생길까봐 하루에도 몇 번씩 그 짓을 한다나봐요. 엎어 뉘었다가, 바로 뉘었다가, 모로 뉘었다가, 그 장대한 아들을 자유자재로 굴리면서 바닥에 닿았던 부분을 마사지하는데, 그동안도 잠시도 쉬지 않고 입을 놀리는 거였어요.

아이고 이 웬수덩어리는 무겁기도 해라. 천근이야, 천근. 근심이 있나 걱정이 있나, 주는 대로 처먹고, 잘 삭이고 잘 싸니 무거울 수밖에. 내가 이 웬수덩어리 때문에 제명에 못 죽지 못 죽어, 이 웬수야. 니가 내 앞에서 뒈져야지 내가 널 두고 뒈져봐라, 나도 눈을 못 감겠지만 니 신세가 뭐가 되니. 사지나 멀쩡해야 빌어먹기라도 하지, 아이고, 하느님, 전생에 무슨 죄가 많아 이 꼴을 보게 하십니까?

이러면서 병자를 요리조리 굴리고 주무르는데 그 말라빠진 노파가 어디서 그런 기운이 나는지, 거짓말 안 보태고 꼭 공깃돌 갖고 놀듯 하더라니까요. 아이들 말 짝으로 환상적이었어요. 우리는 그저 넋을 잃고 바라보기만 하다가 명애가 먼저 아이 참, 하면서 손을 내밀어 거들려고 했죠. 나도 덩달아 환자를 뒤집는 일을 도우려고 손을 내밀었구요. 그러나 웬걸요. 우리의 손이 몸에 닿자마자 환자가 이상한 괴성을 질렀어요. 여지껏 흐리멍덩 공허하게 열려 있던 환자의 눈이 성난 짐승처럼 난폭해지더군요. 얼마나 놀랐는지요. 손끝이 오그라붙는 것 같았어요. 그의 흐리멍덩한 눈은 신뢰와 평안감의 극치였던 거였죠. 그때 비로소 악담밖에 안 남은 것 같은 친구 얼굴에서 씩씩하고도 부드러운 자애를 읽었죠. 아이구, 이 웬수덩어리가 또 효도하네, 하는 친구의 말로 미루어 어머니 외에 아무도 그를 못 만지게 한 게 한두 번이 아닌가봐요.

저는 별안간 그 친구가 부러워서 어쩔 줄을 몰랐어요. 남의 아들이 아무리 잘나고 출세했어도 부러워한 적이 없는 제가 말예요. 인물이나 출세나 건강이나 그런 것 말고 다만 볼 수 있고, 만질 수 있고, 느낄 수 있는 생명의 실체가 그렇게 부럽더라구요. 세상에 어쩌면 그렇게 견딜 수 없는 질투가 다 있을까요? 형님, 날카로운 삼지창 같은 게 가슴 한가운데를 깊이 훑어내리는 것 같았어요. 너무 아프고 쓰라려 울음이 복받치더군요. 여기서 울면 안 돼. 나는 황급히 은하계 주문을 외려고 했죠. 소용이 없었어요. 은하계 그까짓 거 아무것도 아니더라구요. 저는 드디어 울음이 복받치는 대로 저를 내맡겼죠. 제가 그렇게 많은 눈물을 참고 있었을 줄은 저도 미처 몰랐어요. 대성통곡, 방성대곡보다 더 큰 울음이었으니까요. 제 막혔던 울음이 터지자 그까짓 은하계쯤 검부락지처럼 떠내려가더라구요. 은하계가 무한대건 검부락지건 다 인간의 인식 안에서의 일이지, 제까짓 게 인간 없이는 있으나 마나 한 거 아니겠어요. 그 집에서 그렇게 울어버리니까 명애도 그 친구도 기가 막힐밖에요. 동정이 지나치다고 생각했나봐요. 친구는 자기를 그렇게까지 불쌍해할 것 없다고 화를 내더군요. 명애는 아니었어요. 명애는 제 속을 어느 만큼은 읽어낸 것 같았어요. 우리 사이엔 우정이라는 게 있었으니까요. 잘못했다고 사과를 하더군요. 그날 말고 며칠이나 그랬어요. 잘못한 거 하나도 없는데.

전 그 울음을 통해 기를 쓰고 꾸민 자신으로부터 비로소 놓여난 것 같은 해방감을 느꼈어요. 그러고 나서 요 며칠 동안은 울고 싶을 때 우는 낙으로 살고 있죠. 그러느라고 증조모님 제삿날도 깜박했을 거예요. 은하계도 떠내려가는 판에 한 번 뵙지도 못한 시댁 조상 제삿날이 남아났겠어요. 이제부터 울고 싶을 때 울면서 살 거예요. 떠내려갈 거 있으면 다 떠내려가라죠, 뭐. 아무렇지도 않은 것처럼 꾸미는 짓도 안 할 거구요. 생때같은 아들이 어느 날 갑자기 이 세상에서 소멸했어요. 그 바람에 전 졸지에 장한 어머니가 됐구요. 그게 어떻게 아무렇지도 않은 일이 될 수가 있답니까. 어찌 그리 독한 세상이 다 있었을까요, 네, 형님? 그나저나 그 독한 세상을 우리가 다 살아내기나 한 걸까요? 혹시 그놈의 것의 꼬리라도 어디 한 토막 남아 숨어 있으면 어쩌나 의심해본 적, 형님은 없죠? 형님, 뭐라고 말씀 좀 해보세요. 아니 형님, 지금 울고 계신 거 아뉴? 형님, 절더러는 어찌 살라고 세상에, 형님이 우신대요? 형님은 어디까지나 절벽 같아야 해요. 형님은 언제나 저에게 통곡의 벽이었으니까요. 울음을 참고 살 때도 통곡의 벽은 있어야만 했어요. 통곡의 벽이 우는 법이 세상에 어디 있대요.

박완서 선생님, 보셔요

신경숙

2010년 8월 23일

오늘 만난 사람하고 잠깐 선생님 얘기를 나눴습니다. '신경숙님. 2010년 여름. 박완서'라고 서명된 『못 가본 길이 더 아름답다』를 읽은 뒤에 처음 만났던 사람이라 선생님 얘기를 나누는 일은 자연스러운 일이었어요. "책이 너무 이쁘죠?"로부터 시작된 얘기는 마치 선생님에 대한 예찬을 하기 위해 만난 자리인 듯 오래오래 이어졌습니다. 선생님 책을 만들어본 적이 있는 그 사람이 그러더군요. 교정을 보다가 어느 한 문장을 들어내보려고 하면 그 아래뿐 아니라 저 아래, 저 아래 문장까지 한 뭉텅이가 쓸모없는 문장이 되어버리는 경험을 처음 했었다구요. 속으로 '박완서가 쓴 문장을 왜 들어내려고 했을까?' 의아했지만 그 사람의 다음 말에 더 묻지 않고 고개만 끄덕였습니다. '박완서는 얼핏 이야기꾼 같지만 사실은 문장 속에 박완서 정신의 핵이 들어 있다'는 겁니다. 그렇지 않고서야 한 문장을 들어낸다고 그렇게 전체가 와르르 무너지려고 하겠냐면서요. 강렬한 질투를 느꼈어요. 작가가 보이지 않는 자리에서 에디터가 존경의 말을 쏟아내는 걸 듣고 있으려니 문득 내 책을 만들어본 경험이 있는 에디터들은 나를 다른 사람에게 뭐라고 말할까? 궁금해졌어요.

2010년 여름. 박완서……라고 서명된 선생님의 책을 받고 나서야…… 이 여름, 선생님께서 다리 때문에 고생을 하셨다는 것을 알게 되었습니다. 몇 해 전, 꼭 이런 여름이었죠. 선생님과 중국에 함께 있게 되었을 때 오래 걸으시고도 젊은 우리보다 다리 아프단 말씀 한번 없으신 짱짱하던 분이셨는데…… 싶어 전화를 드렸더니, 반가워도 안 하시고 수화기 저편에서, 예— 하시던 선생님. 다리는 좀 어떠세요? 여쭈니, 이젠 괜찮아요— 하셨던 선생님. 잠깐 침묵이 흐른 후, 이젠 자신이 없네요, 걷는 것은 자신이 있었는데…… 하시던 선생님. 어느 날, 차 마시다가 해주신 말씀. 어머니께서 다리가 아파

일찍 못 걸으셔서 생각하셨다고 했지요. 관절을 튼튼히 해서 나중에 누군가한테 길는 일 때문에 신세지지 말아야겠다고요. 살아 있는 동안은 내 발로 걸어다녀야겠다고. 거의 늘 아침에 한 시간 반을 걸으신다고도. 누군가랑 탁자를 놓고 얘기중에도 가만가만 발목을 돌리는 운동을 하신다며 웃으셨지요. 그런 선생님께 이젠 자신이 없네요—라는 말씀을 듣고 보니 어째 막막함이 스쳤습니다. 여름 내내 그렇게 울적하게 지내시는 것도 모르고 있어 죄송했습니다. 이젠 자신이 없어요— 그 말씀에 이어, 이젠 그럴 때도 됐지요, 뭐— 하셔서요. 건강 잘 챙기세요, 하니 선생님께서, 이 더위 지나고 바람 선선해지면 봐요, 하셨는데 가을에 저는 서울에 없네요. 일 년쯤 다른 나라에 가서 지내다 올 겁니다. 그 날짜가 코앞이네요.

선생님을 처음 언제 뵈었던가? 생각해보려니 분명치가 않네요. 처음 뵈었을 때의 기억이 또렷하지 않은 걸 보니 아마도 사람들이 많이 모인 자리였을 테지요. 선생님은 대 선배작가로서 저 앞쪽 어딘가에 앉아 계셨을 것이고, 저는 새까만 후배로서 저 뒤쪽 어딘가에서 가끔 고개를 내밀고 저 앞자리의 선생님을 바라보았겠지요. 첫 만남의 기억은 이리 가물가물하지만, 「그 가을의 사흘 동안」을 처음 읽고 가졌던 그 순간의 충격과 긴장은 지금도 선명합니다. '사흘밖에 남지 않았다' 라는 첫 문장이 자아내는, 산부인과 의사지만 소파수술만 해온 인간의 생명을 받아내고 싶은 그 쫓기는 마음과, 도무지 그 자리에 어울리지 않는 그 '우단의자' 가 자아내던 이물스러움의 분위기들을 스무 살을 갓 넘긴 제가 어찌 그리 제가 겪는 일인양 받아들일 수 있었는지 지금 생각해도 참 이상해요. 「엄마의 말뚝」을 읽었을 때 당신에게 동질감을 느낀 적도 있었네요. 무엇이? 하실지 모르겠지만 「엄마의 말뚝」을 읽는 내내 저는 제 엄마를 생각했어요. 잘난 오빠들 틈에 존재감 없이 끼여 성장했던 시골집의 네번째 여자아이였던 제 어린 시절도요. 물론 제 시절은 선생님이 통과한 6·25라는 전쟁이 위협한 그 참혹함들과는 비교할 바가 아니지요. 전쟁과 그뒤의 시절, 선택의 여지 없이 생존의 현장에 내몰리면서도 뭔가를 또 건설해야 했던 선생님 쪽 세대와는 비할 바 없이 유복한 시절을 보냈지요. 비교적 부모나 형제간에 나누는 정이 깊은 분위기 속에서 성장했는데도 선생님의 몇몇 작품을 읽을 때면 시대와 세대와 세계관과 살아가는 방식 등등 모든 것을 물리치고 친밀하게 다가오는 것이 있었어요. 선생님은 아시나요? 선생님의 작품 속에서 아주 자주 오빠를 향한 엄마의 광신에 가까운 애정을 바라보는 결핍에 찬 눈길이 일관되게 이어진다는 것. 흰 천에 푸른 실로 수놓인 아우트라인스티치처럼요. 어느 곁으로도 쏠리지 않고 냉정하게 통찰하는 선생님 문장 속에서 그 결핍을 발견해내는 일이 제가 선생님 작품을 읽는 은밀한 즐거움이었답니다. 「나의 가장 나종 지니인 것」이나 「한 말씀만 하소서」나 「오래된 농담」이나 「너무도 쓸쓸한 당신」을 통과해오는 동안 선생님은 제게 샛별이었다가 북극성이었다가 전갈이었다가, 『그 남자의 집』 『친절한 복희씨』에 이르러서는 '박완서'라는 별로 제 하늘에 떠 있습니다. 한 번, 두 번, 아니 세 번…… 선생님의 장편소설을 읽을 수 있는 그런 세월이 흘러가기를.

저는 선생님 소설만이 아니라 산문을 즐겨 읽는 독자이기도 합니다. 『두부』랑 『호미』가 출간되었을 때는, 나도 나중에 이렇게 늙으면 좋겠다 싶어서 몰래 선생님을 훔쳐보기도 했었지요. 『두부』의 세계랑 『호미』의 세계는 아주 다르지만 두 세계를 합쳐놓은 게 '박완서'라는 것을 모르는 사람은 없겠지요. 『두부』를 더 강렬하게 읽었으면서도 지금도 제 책상 한쪽에 두고 자주 들춰보곤 하는 것은 『호미』네요. 선생님은 세련되고 아름다우셔서 도시 사람 같고 땅을 전혀 모를 분 같아 선생님이 자주 "나는 촌에서 자라서……" 하실 적마다 선생님이 자란 촌을 떠올려보았으나 상상이 안 되곤 했는데, 땅을 모르면 느낄 수 없는 땅 기운이 『호미』 속에는 가득가득 들어 있어요. 그 꿈틀거리는 땅 기운들……을 뚫고 나오는 생명을 가진 것들을 향한 선생님의 감탄은 선생님의 살아오시면서 감당한 고통과 슬픔을 뚫고 올라오는 탄성이기도 할 것이어서 경건한 느낌이 들곤 했답니다. 이태 전인가, 선생님의 아치울 집에 갔었던 날이 생각나네요. 겨우 땅이 폭삭폭삭해지고 있던 초봄, 대문을 들어서는 방문자에게 이것 좀 봐요, 가리키시던 땅에서 막 솟아나오던 그 보라색 꽃(수선화던가요? 붓꽃?…… 벌써 저도 이렇답니다) 생각을 하니 웃음이 나옵니다. 꽃은 아직 나올 때가 아닌데 선생님께서 어서 나오라고 그 주변을 호미로 흙을 젖혀 길을 열어주신 태가 역력했어요. 아직 땅이 얼어 있는 이른 초봄에 선생님의 재촉을 받고 가만히 얼굴을 내민 그 식물이 주던 경이……가 이즈음의 『못 가본 길이 더 아름답다』에까지 가득가득 쟁여져 있어요. 일 년간 다른 곳에 가 살아볼 생각으로 짐을 꾸리면서 가방 속에 『호미』를 챙겨넣습니다. 돌아올 때는 거기 살고 있는 누군가에게 주고 올게요. 내가 건네는 선생님 책을 누가 받게 될지는 모르겠으나 책 한 권이 아니라 대지의 생기를, 살아가는 나날의 발견과 대견함과 받아들임과 배려를 건넨다는 것을 아는 사람이 받게 되겠지요. 누구에게 주고 왔는지 일 년 후에 돌아와서 알려드릴게요.

그리고 선생님!

일 년 후에는 제게 시간 좀 내주세요. 박완서와 함께한 수요일…… 이런 시간 좀 만들고 싶어요. 한 달에 한 번이라두요. 그냥 선생님 곁에서 가만히 말씀을 듣고 싶어요. 가끔 드라이브도 가고, 따님과 함께 봉사활동 가시는 곳에 저도 데려가주세요. 제게 기도하는 법도 좀 알려주시고 신부님들과 함께 가는 여행에 저도 데려가주세요. 어떻게 그 세월을 그렇게 단 한 번도 멈추는 법 없이 주옥 같은 작품을 써오셨는지 그 비밀을 좀…… 그때까지 사랑하는 선생님, 건강하셔야 해요.

2011년 1월 23일

저녁 무렵에 예정에 없던 산보를 나가 찬바람 속을 걸어다니다가 식당에 들어가 저녁밥을 먹는데 전화벨이 울렸어요. 아주 미안한 목소리로 서울에 있는 기자가 맨해튼에 있는 나에게 당신 소식을 전했을 때 처음엔 무슨 소리인지 못 알아들었습니다. 아니요. 못 알아들은 게 아니라, 어떻게 그 말을 알아들을 수가 있었겠습니까. 뭐라구요? 두어 번 되물은 후에 당신이 이 세상을 떠나셨다는 전언인 것을 알고는 수저를 내려놓았습니다. 독백인지 뭔지 말을 처음 배우는 아이의 옹알이 같은 말이 제 입에서 튀어나오더군요.

안 되는데…… 어어…… 무슨…… 응…… 안 돼요……

눈앞이 하얘지더니 폭격 맞은 것같이 마음이 펑 터졌어요. 식당 안이 시끄러워 거리로 나와서도 수화기를 귀에 대고만 있었네요. 나중에 전화하자며 끊고는 눈이 내리고 있는 거리에 우두커니 서 있었네요. 모국어와 멀리 떨어져 있는 낯선 나라의 밤거리에서 모국어로 전해듣는 당신이 세상을 떠나셨다는 소식.

만 하루가 지난 다음에 이 글을 쓰고 있습니다.

어젯밤에는 내내 잠을 못 자고 당신을 생각했습니다. 사람을 꼼짝 못 하게 하는 당신이 쓴 작품 속의 문장들이 통째로 떠오르기도 했고, 당신이 내게 베풀어준 사랑들이 구슬들처럼 잠자리를 굴러다녔습니다. 무엇보다 여기 올 때 당신을 뵙지 못하고 전화통화만 하고 온 것(정말이지 이런 날이 오리라고는!)이 후회스러워 돌아눕고 돌아눕고 했습니다. 오늘 낮에는 첼시로 가는 지하철을 타야 하는데 반대편으로 가는 지하철을 타버려서 저도 알 수 없는 곳에 잘못 내려 멍하니 서 있다가 돌아왔습니다.

당신은 참! 당신답게 더는 미련 없다는 듯이 이런 사람 눈엔 매몰차 보일 정도로 갑자기 이쪽 세상일들을 탁 접어버리셨군요. 뒤도 안 돌아보셨을 것같이 느껴지는 건 제 마음만일까요. 내 발로 걸을 수 있을 때까지 걷고, 쓸 수 있을 때까지 쓰고, 읽을 수 있을 때까지 읽다가……라고 하시던 말씀. 그 누구도 당신 건강을 염려하지 않게 믿음을 주시더니, 막상 아프시고는 구질구질한 모습은 보여주기 싫다는 듯이 그렇게 훌쩍 가셨군요.

당신답습니다. 당신이 작품 속에서 속속들이 까뒤집어 보여주시던 삶의 비루함들 속에서 한 치도 떨어지지 못하고 들러붙어 살고 있는 이런 사람은, 당신이 가셨다는 소식에 낯선 나라의 길거리에 서서 훌쩍였습니다.

당신 때문에 훌쩍였던 일은 지난날에도 세 번 있었네요. 첫번째는 당신이 청대 같은 아드님을 잃으시고 쓰신 「한 말씀만 하소서」를 읽었을 때, 두번째는 당신이 아치울의 노란 집 마당에 심고 가꾸던 꽃과 나무들이 당신이 개성에서 보낸 어린 시절의 마당에서 본 것들이라는 것을 알게 되었을 때, 세번째는 박경리 선생님이 가셨을 때 장례위원장을 맡아 일을 치르던 당신 얼굴에 이따금 드리워지던 그늘 때문에.

그때의 당신은 문득문득 오늘 같은 날을 생각하고 계시는 것 같았습니다. 하루도 빠짐 없이 장례식장을 오가는 당신을 보며 안아드리고 싶을 만큼 당신의 작은 얼굴은 더욱 작아져 있었지요. 그때까지는 이생에 생각이 많으신 모습이셨는데, 당신에게 그날이 닥쳤을 땐 그렇게 아쉬움 없이 단호히 돌아서지던가요. 그렇게 붙들고 싶은 게 하나도 없으시던가요.

당신은 드러내지 않고 소외된 사람들을 껴안는 분으로서도 표본이었고, 어디에도 휘둘리는 법 없이 굳건한 모습으로 늘 그 자리에 존재하는 것만으로도 사람들의 안식처가 되어주셨으며, 팔순 가까이 새 작품을 써내시는 것으로 후배들에게 본이 되어주셨습니다. 마지막이 된 병상에서도 한 출판사의 젊은작가상에 올라온 작품 열다섯 편을 읽으셨다는 얘기도 전해 들었습니다. 이처럼 작가로서의 당신의 삶은 강건했습니다. 마지막까지 쓰시고 읽으신 것…… 감사드립니다. 오늘 같은 날이 올 줄을 모르고 여행을 마치고 돌아가면 자주 당신을 찾아가리라 생각했으니 한 치 앞도 내다보지 못하는 게 사람의 일인가봅니다.

부디 당신이 가신 곳에서도 당신이 원하시는 것을 하시기를. 이 세상에 계실 때 그립고 보고 싶어했던 사람들도 어서 만나시길. 그곳에서도 이곳에서처럼 사랑하고 사랑받으시길.

매해 새봄이 와서 당신이 살던 아치울의 노란 집 마당에 새싹이 돋고 나무에 움이 트고 꽃들이 만발할 때면 당신도 다시 봄바람으로 오셔서 남은 우리들의 머리를 쓰다듬어주시길.

2012년 1월 10일

선생님.

일 년 만에 이제는 당신이 없는 서울에 돌아온 이후 허전하여 당신이 남기신 마지막 책을 가방에 넣고 다녔습니다. 어느 날 지인과 당신 얘기를 나누다가 책 앞장에 당신이 서명한 '신경숙님. 2010년 여름. 박완서'라는 글씨를 보여주었더니 자기에게 달라고 해서 주었습니다. 무엇을 주어도 아깝지 않을 사람이었는데 건넬 때 잠시 망설이긴 했습니다. 그러나 당신의 서명을 바라보는 그의 눈이 간절해서 그의 손에 놓아주었습니다. 이미 당신은 내 마음에 대고 '박완서'라고 써놓았으니까요.

그리고 또 어느 날 새벽에 책장을 뒤적이다가 당신이 주신 새뱃돈을 찾아냈네요. 그리고 또 어느 날인가는 아주 오래전,

십오 년도 더 전에 당신이 제게 '신경숙씨, 보셔요'라는 제목으로 쓰셨던 글을 발견했습니다. 그래서 저도 이렇게 뒤늦게 이 글의 맨 앞에 '박완서 선생님, 보셔요'라고 씁니다. 아주 늦어버린 답장이네요.

안녕히, 안녕히 계세요.

김애란 추천작

닮은 방들

말들 주변에서, 말주변 찾기 _ 김애란

월간 중앙, 1974년 6월

마치 겁쟁이가 실로폰 채로 실로폰을 가볍게 건드린 것같이 짧게 살짝 울리는 차임벨의 '딩' 소리를 대가족의 무르익을 대로 무르익은 흥겨운 소란 속에서 나는 가려내야 하는 것이다. 그 일은 어렵다. 나는 그 일이 끔찍하다. 그 시간의 이 집안의 시끌시끌함을 무엇에 비길까.

안방에선 텔레비전이 골든타임이고 건넌방에선 동생이 기타를 퉁기고 아랫방에선 막냇동생이 FM을 듣는다. 고만고만한 조카애들과 내 아이들이 울고 웃고 싸우고 이 방에서 저 방으로 쫓고 쫓기고 숨바꼭질을 한다. 어른도 아이도 식모도 식후의 저녁 한때의 즐거움이 절정에 달해 전연 서로 상관하지 않고 내지르는 명랑한 소리가 시끌시끌 서로 어울려, 마치 커다란 가마솥에서 잡동사니들이 부글부글 끓어 이루는 알맞은 미미美味의 순간 같은 농익은 소란의 시간이다. 그러나 나는 그 시간에 그런 소음으로부터 내 청각을 단절시키고 단 한마디 소리 '딩'을 가려내야 하는 것이다. 나는 그 일에 익숙하다. 그러고도 그 일이 끔찍하다. 요즈음 내 귀는 그 일에 지쳐 있어 가끔 환청을 듣는다. 분명히 '딩' 소리를 듣고 대문을 열었는데 문밖 외등 밑에는 아무도 없다. 대문을 닫고 들어오며 나는 이 집 식구들에게 부끄러움을 탄다. 식모애에게까지 부끄러움을 탄다.

이 집은 내가 살고 있지만 우리 집이 아니고, 이 집이다. 이 집은 친정집이고 나는 출가외인이기 때문이다. 내가 좋아하는 사람이 가난뱅이라는 걸 알고도 결혼을 쾌히 승낙한 부모님도 우리가 셋방으로 나가는 건 반대하셨다. 친정에서 몇 년이고 거저먹여는 줄 테니 남편 월급을 고스란히 모았다가 집을 사서 나가라고 붙들었다. 우리는 못 이기는 척 그대로 했다. 친정 식구는 다 친절하고, 불편한 거라곤 아무것도 없었다. 널찍한 사랑채에서 우리는 거처했다. 올케도 있었지만 눈치 보일 건 조금도 없었다. 아직도 아버지가 경제권을 쥐시고 집안 살림을 도맡아 꾸리셨고 나는 아버지의 귀한 고명딸이었다. 올케 처지나 내 처지나 알고 보면 비슷했다. 올케도 집을 사서 딴살림을 나려고 오빠가 버는 돈을 열심히 모으고 있었다.

우리는 시누이 올케 사이지만 공범자끼리처럼 단짝이었다.

친정살이로서 겪어야 할 서러운 일, 야속한 일은 정말 하나도 없었다. 다만 남편을 기다리는 저녁시간이 끔찍했다. 차임벨을 누르는 소리는 식구마다 특색이 있어서 '딩, 뎅, 동' 소리만 듣고도 누군지를 알 수 있었다. 아버지의 그것은 아버지의 목소리처럼 느리고 점잖았다. 오빠는 강하게 누르고는 이어서 대문을 발길로 쾅 차는 버릇이 있었다. 동생은 기타를 퉁기듯이 방정맞게 누가 대문을 열어줄 때까지 계속해서 눌러댔고 막냇동생은 아예 차임벨 같은 건 무시하고 직접 대문을 어찌나 몹시 흔들어대는지 온 집안이 질겁을 했다. 어머니는 "이크, 괘사 도련님 왔구나. 어서 문 열어줘라, 빗장 부러질라" 하며 식모애를 재촉했고 식모애는 하던 일을 팽개치고 대문간으로 곤두박질쳤다. 막냇동생뿐 아니라 누가 오면, 대문은 식모애가 열어주기로 돼 있다. 올케까지도 번연히 오빠가 온 줄 알고도 텔레비전 앞에 질펀히 앉아서 일어나려 하지를 않았다. 겨우 마루 끝까지나 마중 나가면 잘 나가는 폭이다. 모든 것은 식모애가 알아서 잘 해준다.

다만 내 남편이 누르는 차임벨 소리를 알아듣고 나가서 대문을 열어주는 것은 내 일이다. 언제부터 그것이 내 몫의 일이 되었는지 그건 분명치 않다. 아마 남편이 누르는 차임벨 소리가 하도 희미해 웬만큼 귀가 밝지 않으면 못 알아듣겠고 그래서 내가 그 소리에 신경을 곤두세우고 보니 그렇게 된 모양이다. 나는 내 남편 특유의 그 가냘픈 '딩' 소리를 들을 때마다 처갓집 문전에서 겁쟁이로 위축돼 겨우 스위치에 손을 대다 말고 떼는 내 남편을 생각하고 뭉클하도록 측은하다. 나는 울음을 참는 아이처럼 슬픈 얼굴을 하고 대문을 열러 나간다. 대문 밖에 그이가 서 있다. 그러나 내 울음은 촉발되지 않는다. 남편은 결코 처가살이하는 겁쟁이로서 거기 서 있지 않다. 그이는 당당할뿐더러 경도硬度 높은 쇠붙이처럼 단단하고 냉혹해 뵌다. 너무 냉혹해 보여서 차임벨을 그렇게 희미하게 누른 것도 그이가 소심해서가 아니라 나를 골탕먹이기 위해 고의였을 것 같은 생각이 든다.

내가 반했을 당시의 그이는 부드럽고 따뜻하고 좀 슬픈 듯한 얼굴을 하고 있었다. 나는 아직도 내 남편을 그렇게 생각하고 있기 때문에 번번이 대문간에서 잠깐 낯을 가린다. 그이는 그런 나를 조금도 개의치 않고 우리 방으로 걸어들어간다.

조금씩 집 안의 소요가 가라앉는다. 어머니는 자기 혼자 짐작으로 사위가 시끄러운 것을 싫어하는 것으로 알고 있다. 그래서 우선 텔레비전의 볼륨부터 낮추고는 방방이 돌아다니면서 "매형 들어왔다, 쉿" 하는 소리로 기타와 FM을 멎게 한다. 내 동생들은 이렇게 착하다. 아이들까지 덩달아 조용해지고 내 아이들은 비로소 사랑채의 우리 방으로 들어온다.

식모애가 밥상을 가지고 들어온다. 아버지나 오빠의 상과 조금도 다르지 않게 깔끔하고 맛깔스럽게 봐논 상이다. 그래도 어머니는 행여 반찬 한 가지라도 빠뜨렸을까봐 따라 들어와 상을 점검한다. 그러고는 "찬은 없어도 많이 들게" 하며 공연히 미안해한다. "제가 뭐 손님인가요" "암, 사위는 백년손이라는데" 때로는 "자네 이것 좀 맛보려나" 하고 감추어두었던 빛깔 고운 양주까지 권하며 사위에게 은근히 아첨을 한다. 내 남편은 어머니의 이런 호의를 과분해한다거나 허겁지겁한다거나 하는 법 없이 어디까지나 당당하고 익숙하게 때로는 자못 무관심한 척 시들하게 받아들인다.

어머니는 이렇게 우리에게 잘 해준다. 아무것도 불편한 거라곤 없었다. 모든 것은 어머니와 식모애가 알아서 해줘서 저녁때 남편 문 열어주는 것 외에는 할 일이 없다. 그런데도 나는 단 하나의 내 일인 그 일이 끔찍하다. 그리고 내가 그 일을 얼마나 끔찍해하는지 내 남편이 알아줬으면 싶다. 점점 불어가는 저축도 남편의 노고의 대가 같지를 않고 내가 그 끔찍한 일을 감당한 결과 같은 생각이 들 때가 있고, 그럴 때는 백여

만원의 저축이 엄청난 무게로 나를 짓눌러 나는 압사 직전에 이르는 듯한 고통을 느낀다.

그래서 나는 남편에게 그 고통을 하소연하고 위로받고 싶다. 남편 혼자만 처가살이의 고통이 뭔지도 모르는 양 뻔뻔스러운 게 나는 견딜 수 없다. 그래도 나는 칠 년 동안이나 이런 혼자만의 고통을 견디었다. 내 귀는 그동안의 혹사로 자주 '딩' 하는 환청에 시달리게 되고 오동통하던 얼굴은 신경질적인 선으로 말라버렸다. 그리고 잘하면 조그만 아파트 하나는 장만할 수 있는 돈이 모이고 아이들은 국민학교에 들어갈 만큼 자랐다.

내 두 애는 같은 해에 같이 국민학교에 들어가게 돼 있다. 그 애들은 쌍둥이다. 나는 한 번의 입덧과 한 번의 잉태와 한 번의 산고로 두 아들을 얻은 것이다. 일석이조란 바로 이런 건가보다. 육아까지도 친정살이 덕분에 힘들거나 어려운 고비 없이 수월하게 치렀다.

이제 늠름하게 자란, 이목구비가 수려한 내 아들들을 보면 꼭 거저 얻은 한 쌍의 보물 같다. 나는 내 아들들보다 더 잘생긴 얼굴은 아예 상상도 할 수 없으므로 내 아들들이 쌍둥이라는 데 지극히 만족했다.

어머니도 아버지도 친손자보다는 외손자를 더 사랑했다. 성격이 낙천적인 올케는 노인네들이 자고로 친손자보다 외손자들을 더 사랑하는 것으로 치고 그런 데 마음을 쓰지 않았지만 내 눈엔 외손자 친손자의 문제가 아니었다. 내 아들들에겐 누구라도 사랑 안 하곤 못 배길 만한 천성의 귀여움과 순진성이 있었다.

그런 내 애들이 학교에 들어가게 된 것이다. 나는 독립하고 싶었다. 나는 내 귀여운 아이들이 학교에서 돌아와 내 집 문을 쾅쾅 두드리게 하고 싶었다. 조카애들보다 작고 위축된 내 애들의 차임벨 소리를 가려내는 일을 새롭게 시작할 수는 도저히 없었다. 그것은 상상만으로도 끔찍했다.

우리의 집을 갖는 데 대해서 친정 식구들은 서운해하면서도 찬성해주었다. 나는 그들이 진정으로 서운해해준 고운 마음씨를 추호도 의심하지 않는다.

그런데 처음 갖는 집을 아파트로 하느냐 단독주택으로 하느냐엔 올케와 어머니의 의견이 대립했다. 올케는 아파트 편이었다. 첫째 난방에 신경을 쓸 필요가 없으니 구공탄을 가는 구질구질한 일을 면할 수 있고, 부엌 등 모든 시설이 편리하니 식모가 필요 없고, 잠그고 외출할 수 있고, 이웃과 완전히 차단된 독립성이 보장돼 있고 등등이 아파트를 편드는 이유였다. 그러나 어머니는 바로 이 독립성이라는 걸 겁내고 있었다.

아파트에서 가끔 일어나는 살인사건 같은 걸 다 이 냉정하고 철저한 독립성에 그 까닭을 두고 있었다. 어머니의 이론대로라면 이 나라에선 살인 사건은 꼭 아파트에서만 일어나는 것으로 봐야 할 판이었다.

이웃끼리 고사떡 찌는 냄새도 훌훌 넘어오고, 지짐질하는 소리도 지글지글 넘어가 서로 나누어 먹고 대소사를 서로 의논하고 도와주고 해야 사람 사는 동네라는 거였다.

올케와 나는 마주 보고 눈을 찡긋했다. 나는 올케 편이었다. 나는 이웃사촌이 철저히 지켜지고 있는 이 구舊동네가 싫었다. 도대체가 남의 집 일에 너무 관심들이 많았다. 뉘 집 아들이 일류 대학이나 일류 고등학교에 들어갔다 하면 서로 제 일처럼 신이 나고, 떨어진 집엔 심란한 얼굴로 위로를 하러 몰려가고 노인네들 생일엔 서로 청해서 먹고 노는 것까지는 좋았으나 남의 집 내막을 알아내서 풍기고 흉을 보는 데도 선수들이었다.

나는 알고 있었다. 내 남편이 출퇴근할 때마다 이웃의 수다쟁이 여편네들이 왜 저렇게 신수가 멀쩡해가지고 처가살이를 할까 하며 혀를 끌끌 차고 입을 비죽대는 것을, 또 그 여편네들이 올케를 세상에도 없는 무던한 여자로 나는 그와는 정반대의 얌체로 꼽고 있는 줄도 알고 있었다.

어머니는 남의 속도 모르고 내가 돈이 모자라 아파트로 가려는 줄로만 알고 안쓰러워했다. 몇 년만 더 아버지 밥을 얻어먹으면 누가 뭐라겠느냐고 공연히 죄 없는 올케를 흘겨보고는, 나를 꼬이려 들기도 했다. 그렇지만 나는 올케와 단짝이 되어 돌아다니다가 드디어 마땅한 아파트를 구할 수 있었다. 어머니는 계약 후 모시고 갔다. 어머니는 우선 십팔 평짜리가 너무 좁은 데 놀라서 너희가 평수를 사기당한 거 아니냐고 성화를 했다. “원 세상에, 우리 집 건평이 그게 서른일곱 평인데 열몇 식구가 들끓고도 방이 몇 개나 남아돌았는데 세상에 이걸 열여덟 평이라고 젊은 것들을 속여?” 하며 분개해 마지않았다. 예전 평수하고 요새 평수하곤 다르다니까 그제야 그건 그래, 예전 고기 한 근하고 요새 고기 한 근하곤 다르고말고 하며 알아들은 듯한 얼굴을 했다.

그럭저럭 이삿날이 가까워졌다. 어머니는 새삼 묵은 근심을 들춰내서 또 걱정을 시작했다. 두터운 콘크리트 벽으로 차단된 세대간의 그 독립성이란 게 암만해도 못마땅한 모양이었다. 어머니는 내가 혼자서 살림을 할 수 있다는 나의 독립성조차 도무지 믿으려 하지 않았다. 그렇다고 당신이 와서 살림 참견을 하자니 사위고 딸이고 그래주십사고 청하지도 않는데 자청한다는 건 자존심 문제였다.

내 아파트는 소위 계단식이라는 것으로 계단을 오르면 두 세대의 현관문이 마주 보도록 되어 있다. 어머니의 성화로 우리는 미리 앞집에 인사를 하러 갔다. 어머니는 앞집 여주인이 적어도 자기만큼은 나이가 먹었으면 하고 기대했었나본데 나만큼 젊은 주부였다. 그래도 결혼하자 곧 딴살림을 나 팔 년째라니 나보다는 훨씬 선배였다.

어머니는 우리 애는 아무것도 모르는 철부지니 매사를 좀 가르쳐주고 도와주라고 그 여자에게 신신당부했다. 어머니의 부탁이 아니더라도 나는 단박에 그 여자에게 호감이 갔다. 그 여자네 살림살이는 어찌나 알뜰하고 아기자기한지 꼭 동화 속에 나오는 방 같았다. 나는 꼭 그 여자네 방처럼 꾸미고 싶었다. 나는 꽤나 수줍어하면서 가구나 실내장식에 대해 도와달라고 부탁했다. 그 여자는 조금도 염려 말라고, 이 아래 상가에 가구점이랑 커튼센터랑 없는 게 없다고 일러줬다. 아파트란 참 너희 올케 말 짝으로 편한 데로구나 하며 어머니까지 좋아했다.

방은 빨리 꾸며졌다. 뒤늦게 혼수해주는 셈 친다고 비용은 아버지가 부담했다. 나는 그 여자네 방보다 더 멋있게 꾸미려고 별렀으나 꾸며놓고 보니 가구의 배치나 커튼의 빛깔까지 비슷한 것이 되고 말았다. 내가 그 여자네 방에서 받은 첫인상이 너무 강렬해서 내 기호가 어느 틈에 그 여자를 흉내내고 있었는지도 모른다. 하여튼 올케도 부러워하고 어머니와 아버지도 신통해할 만큼 예쁜 방이 꾸며졌다.

아아, 이제야말로 초저녁의 그 대가족의 대소요 속에서 '딩' 하는 가냘픈 차임벨의 울음을 가려내야 하는 끔찍한 일로부터 놓여난 것이다.

나는 예쁜 앞치마를 두르고 식구들을 위해 밥도 짓고 반찬도 만들었다. 앞집 여자—철이 엄마가 내 요리선생이었다. 그녀는 내가 만든 반찬을 냠냠 간을 보고 나서 식초도 찔끔 쳐주고, 고춧가루도 솔솔 뿌려주고 했다. 그네가 너무 맛있어하면 나는 아낌없이 한 접시 나눠주었다. 그녀는 그녀대로 빈 접시를 보내는 법 없이 뭐든지 꼭 담아 보냈다. 우린 시장도 같이 봤다. 아파트 지하는 슈퍼마켓이어서 별의별 것이 다 있었다. 그러나 그녀나 내가 별의별 것을 다 살 수 있는 것은 아니었다. 그렇다고 그만 일로 비참해할 우리가 아니었다. 우리는 고급의 편식가처럼 오만한 얼굴을 하고 콩나물이니 두부니 꽁치니를 샀다. 나는 쉽게 이런 것들의 요리법을 익혔다. 가끔 오시는 어머니는 내가 만든 이런 반찬을 해서 진지를 많이 잡수시고 흡족해하시고 나서는 꼭 철이 엄마를 고마워하셨다.

남들까지 내 음식 솜씨를 칭찬해줄 만큼 살림에 익숙해질 무렵부터 나는 때때로 애기라도 서는 것처럼 발작적으로 내가 만든 음식에 메스꺼움을 느꼈다. 그것은 어떤 특정한 음식에 대한 식상이라기보다는 철이 엄마의 음식 솜씨에 대한 혐오감이랄 수도 있었다. 나는 인제 혼자서도 음식을 잘 만들 수 있었으나 철이 엄마의 음식 솜씨의 영향력을 벗어난 음식을 만들 수는 없었다. 이를테면 우리는 철이네와 똑같은 음식을 먹고 있는 셈이었다. 남편의 저녁상을 봐놓고 나서 앞집에서도 똑같은 저녁상이 그 집 남편을 기다린다고 생각하면 비참해졌다. 가끔 남편까지 내 음식 솜씨에 대해 악의에 찬 트집을 부려 내 비참함을 아주 결정적인 것으로 만들어놓기 일쑤였다. 가령 동치미에 떠 있는 꽃 모양으로 도려낸 당근 조각을 젓가락으로 끄집어내가지고는 "제발 맛대가리도 없는 걸 가지고 요리학원식 잔재주 좀 작작 부리라구……" 하면서 마치 헤엄치는 파리라도 건져낸 듯이 진저리를 쳤다. 그리고 나는 아직도 남편이 집으로 돌아오는 저녁시간을 끔찍해하고 있었다. 여긴 내 집이고 차임벨 대신 콩알만한 렌즈가 달려 있어 방문객의 얼굴을 확인할 수 있게 되어 있었다.

나는 내 눈을 애꾸를 만들어가지고 이 렌즈에다 대고, 천장에 달라붙은 이십 와트 형광등 불빛 밑에 서 있는 내 남편을 확인하는 일이 끔찍하다. 하루의 피로 때문인지 백색 형광등 때문인지 남편의 얼굴은 무섭도록 창백하고 냉혹하다. 어느 호주머니엔가 목을 조를 밧줄을 숨긴 얼굴이다. 번번이 나는 내 남편을 어머니가 겁내던 아파트 살인범으로 알아보고 화다닥 놀라고 나서야 남편임을 알아차린다. 문을 열어주고 옷을 걸고 하면서도 어느만큼은 당초의 무섬증과 혐오감이 남아 있다.

나는 내 이런 터무니없는 무섬증을 남편에게 고백하고 현관문에서 그 콩알만한 유리조각을 떼어버리도록 부탁하고 싶었으나 그런 얘기를 남편이 기분 안 상하게 할 자신이 없었다. 그이에게 나를 이해시킬 만한 말주변이 나에겐 없었다. 그이가 부드럽고 따뜻한 눈으로 나를 보아주던 시절 우리 사이엔 말주변 같은 건 필요 없었다. 그이와 나 사이에 말주변의 필요성을 다급하게 의식하게 되면서부터 내 불안과 초조는 비롯됐다. 나는 어쩌다 남편에게 "여보, 요새 나 좀 이상해요. 괜히 불안하고 초조하고……" 그러면 남편은 자못 냉담하게 "흥, 노이로제군, 누가 현대인 아니랄까봐" 했다. 남편은 척 하면 척 하고 빠르게 어떤 등식等式을 찾아내는 데 능했다. 그러나 이런 등식으로 도대체 무엇을 해결할 수 있단 말인가.

나는 철이 엄마에게 노이로제라는 것에 대해 물었다. 그러면 그녀는 내 증세 같은 건 물어보지도 않고 자기도 노이로제고 누구도 그렇고 또 누구도 그렇고 하며 그녀가 아는 여편네들을 모조리 꼽았다. 그녀는 아파트에 사는 많은 여편네들을 알고 있었고, 그만큼 여러 노이로제의 유형을 알고 있었다. 나는 그녀를 따라 몇 군데 마실도 가봤다. 비슷한 여편네들이 비슷한 형편의 살림을 하고 있었다. 우리 방과 철이네 방이 닮은 것만큼 우리의 상하좌우의 방들은 닮아 있었다. 물론 어느 집은 딴 집이 안 가진 세탁기가 있고 어느 집은 딴 집보다 먼저 피아노를 들여놓고 그 정도의 차이는 있었으나, 그 정도의 우월감조차 오래 누리지를 못했다. 곧 누가 그것을 흉내내고 말기 때문이다.

서양 여자들이 체중을 줄이기 위해 다이어트를 하듯이 이곳 아파트의 여자들은 남의 흉내를 내기 위해, 순전히 남을 닮기 위해 다이어트를 했다. 나는 이런 닮음에의 싫증으로 진저리를 쳐가면서도 철이네만 있고 우린 없는 세탁기를 위해 콩나물과 꽁치와 화학조미료와 철이 엄마식 요리법만 가지고 밥상을 차리고, 철이 엄마는 내가 살림 날 때 올케한테서 선물로 받은 미제 전기 프라이팬을 노골적으로 샘을 내더니, 오로지 그녀의 요리법 하나만 믿고 형편없는 장보기를 하고 있었다.

이렇게 나나 철이 엄마나 딴 방 여자들이나 남보다 잘살기 위해, 그러나 결과적으론 겨우 남과 닮기 위해 하루하루를 잃어버렸다. 내 남편이 십팔 평짜리 아파트를 위해 칠 년의 세월과 부드러움과 따뜻함을 상실했듯이.

우리 이웃에는 앙큼한 여편네도 있어, 이런 고단하고 허망한 경쟁으로부터 기상천외의 방법으로 탈출을 기도하는 이도 없지 않아 있었다. 철이 엄마만 해도 그랬다. 여지껏 철이 엄마는 내 거울 같은 존재였다. 내가 얼마나 권태로운가, 얼마나 공허한가, 얼마나 맥이 빠져 있나를 그 여자를 보면 알 수 있었다. 그런 그녀가 어느 날 전연 나와는 상관없는 표정을 하고 내 앞에 나타난 것이다. 속 깊숙이 염통 가까운 데쯤, 미칠 듯한 희열을 감춘 듯이 살갗은 반들대고 눈은 번들댔다. 나는 당혹했다. 기분이 영 잡쳤다. 우리가 어느 날 거울 앞에 섰을 때 허구한 날 거울에서 낯익은 자기 얼굴이 아닌 전연 생소한 얼굴이 비친다거나 자기는 분명히 찡그렸을 터인데 거울 속에선 웃어 보인다거나 할 때 우리는 얼마나 놀라고 기분이 나쁠 것인가. 내가 바로 그렇게 기분이 나빴고, 더 나쁜 것은 그런 그 여자를 볼 때 느껴야 하는 굴욕감이었다.

나는 어떻게든 그 여자의 변모의 비밀을 알아내야 했다. 둘 사이가 갑자기 긴장했다. 내가 파악할 수 있는 그 여자의 모든 것—눈빛, 몸짓, 말씨, 웃음, 하나하나에 내 조심스러운 탐색의 실絲은 던져졌다. 나는 사진絲診을 하는 전의典醫처럼 교활

하고 주의 깊게 실을 긴장시키고 실 끝에 온 신경을 모았다.

드디어 나는 그 여자의 희열과 긴장이 차츰 고조됐다가 급격히 쇠퇴하고 다시 그것을 잉태하고 하는 주기를 알아낼 수 있었다. 그것은 일주일을 주기로 하고 있었고 금요일 저녁을 그 정점으로 하고 있었다.

금요일 저녁, 금요일 저녁이 문제였다. 남편이 돌아오기 전 어린 남매는 이른 저녁을 먹고 피아노 레슨을 받으러 9동 음대생한테 가는 시간이었다. 나는 재빨리 금요일 저녁에서 후텁지근하고 아슬아슬한 간음의 냄새를 맡았다.

희열과 초조로 통통한 몸뚱이가 거의 파열할 듯이 불안해 뵈는 금요일, 그리고 다음날인 토요일의 그 여자의 걸레쪽 같은 허탈, 일요일부터 다시 번뜩이기 시작하는 그 기분 나쁜 희열—, 도대체 의심할 여지는 조금도 없었다.

어느 금요일 저녁, 마침내 나는 자신 있게 간음의 현장을 급습했다. 나는 간부姦夫 대신 한 장의 주택복권을 발견했다.

입술이 바싹 탄 그 여자는 한 손엔 주택복권을 움켜쥐고, 한 손으론 까닭 모를 팔짓을 해가며, 텔레비전 속에서 숫자판에 화살을 쏠 때마다 자기가 뛰어들어 대신 쏘아댈 듯이 그 살집 많은 궁둥이로 연방 엉덩방아를 찧으면서, 목구멍으로 끄르륵 끄르륵 이상한 신음소리를 내면서 텔레비전을 보고 있었다.

나는 단박에 무엇이 이 여자를 그토록 충만하게 빛나게 했던가를 알아차렸다. 이곳으로부터, 이곳의 무수한 닮은 방으로부터, 놓여날 수 있는 가능성이 이 여자를 그렇게 놀랍게 변모시켰던 것이다.

다음날, 나도 슈퍼마켓으로 내려가는 계단 입구에 나무궤짝을 놓고 복권을 파는 검버섯이 얼굴 가득히 핀 아줌마한테서 그것을 한 장 샀다. 그러나 그것을 사놓고 금요일을 기다리는 동안 아무래도 나는 철이 엄마처럼 되지를 않았다. 그것은 철이 엄마도 마찬가지인 것 같았다. 한번 비밀을 들키고 난 후의 그녀의 희열은 바늘로 찔리고 난 풍선 꼴이었다.

금요일이 되었다. 나는 희열은커녕 뜻하지 않은 불안으로 안절부절을 못했다. 나는 내 복권에 대해선 전연 관심이 없고 다만 철이 엄마의 복권에만 관심이 있었다. 내 것이 당첨될 리는 있을 수 없는 일로 여겨지는데 철이 엄마 것은 꼭 될 것 같았다. 그런 생각은 같은 무기수 중 하나만 이유 없이 석방되는 것을 봐야 하는 남은 무기수의 심정 같아서 미칠 것 같았다.

그 여자는 당첨금 팔백만원을 타면 곧 이곳에서 떨어진 공기 좋고 아름다운 전원도시의 언덕 위에 땅을 사고 말 거다, 그러곤 집을 설계하겠지. 다락방이 있는 뾰족한 지붕을 가진 오밀조밀한 집을 짓겠지. 그런 집은 내 집이어야 하는 건데.

그 집 철이와 난이는 다락방 서재에서 지붕에 떨어지는 빗소리를 들으며 『플란다스의 개』를 읽을 수 있겠구나. 내 아이들이 그래야 하는 건데. 내 아이들에게 내가 그렇게 해주고 싶었던 걸 그 여자는 모조리 훔쳐다가 제 아이들에게 해주겠구나.

마당에는 잔디를 깔고, 장미를 심고, 라일락도 심고, 그리고 철이와 난이의 밭도 따로 만들겠지. 그래서 완두콩도 심고, 옥수수도 심고, 이것은 쌍떡잎식물, 저것은 외떡잎식물 하며 씨앗에서 싹이 트는 신비한 모습을 아이들에게 보여주며 자기야말로 훌륭한 엄마인 양 자족의 미소를 짓겠지. 그런 짓은 내가 하려고 하던 건데 그 여자가 모조리 훔쳐다가 마치 제 것처럼 써먹겠지. 나는 너무 분해서 숨이 찼다.

이런 고통은 철이 엄마 쪽에서도 마찬가지였던가보다. 우리는 핏발 선 눈으로 서로 마주 보는 데 어지간히 지쳤다. 우리 중 누가 먼저였는지 모르게 복권을 살 때부터 네 것 내 것 없이 같이 사서 아무거나 당첨이 되면 반씩 나눠 갖자는 말이 나오고 두말없이 이에 합의를 보았다.

그러고 나니 복권 사는 재미는 김이 샐 대로 새서 시들해지고 시들해지자 갑자기 눈이 밝아지면서 몇백만분의 일이라는 당첨의 확률까지 계산하게 되고 그래서 일주일에 백원의 낭비도 할 게 뭐냐고 지극히 건전한 결론에 도달했다. 결국 철이 엄마에게도 나에게도 이곳으로부터 놓여날 수 있는 아무런 일도 일어나지 않고 말았다. 다시 심심한 날이 계속됐다.

나는 따분한 낮 동안 커튼을 젖히고 마주 보이는 13동의 방들을 세어보고 거기다가 이곳 아파트 단지의 아파트 총 동수를 곱해보고 하다가, 고만 눈이 아물아물해지면서 머리가 뒤죽박죽이 되고 만다.

그럴 때 나는 이상하게도 내 쌍둥이 아이들이 싫어진다. 그 애들이 쌍둥이라는 사실이 견딜 수 없어진다. 그러곤 눈앞이 어질어질해지면서 그애들을 구별할 수 없게 된다. 누가 형이고 누가 아우인지를 못 알아보게 되는 것이다.

나는 죽고 싶도록 비참한 심정으로 그애들에게 그걸 물을 수밖에 없다. 그애들은 그런 내가 재미있어 죽겠다는 듯이 깔깔대며 "엄마, 내가 형이야" "응, 그래 난 동생이구" 한다. "너희들은 그걸 어떻게 알았지?" 나는 내가 모르겠는 걸 쉽게 알고 있는 그애들이 수상쩍은 나머지 이런 멍청이 같은 질문까지 하고 만다.

아이들은 한층 깔깔대며 "엄마가 그랬잖아!" 한다. 참 내가 그랬겠군. 내가 그걸 가르쳐줬지. 그렇지 않으면 그애들이 어떻게 그걸 저절로 알 수가 있담. 그럼 나는 어떻게 그걸 알았더라. 그애들을 받은 의사가 일러줬었지. 행여 뒤바뀌는 일이 생길까봐 꼼꼼하게도 태어난 정확한 시각을 적은 반창고를 그 애들 가슴팍에 붙여서 퇴원시켜주지 않았던가.

처음엔 나도 그걸로 형 아우를 구별하다가 곧 그것 없이도 할 수 있게 되었다. 엄마답게 제일 먼저 그것을 구별할 수 있게 되었다. 가까이에서뿐 아니라 어울려 노는 것, 걸어오는 것을 멀리서 보고도 단박에 알 수 있었다. 나는 그 일이 예사로웠는데도 남들은 신기해해서 어떤 사람은 형과 아우의 차이점을 나더러 설명해달라고 조르기까지 했다. 그렇지만 그것은 설명을 초월한 엄마로서의 직관일 뿐이었다.

그러던 내가 문득문득 내 아이들을 구별 못 하는 일을 겪게 된 것이다. 이렇게 엄마다운 직관이 흐려질 때, 나는 내 아이들까지 믿을 수 없어진다. 꼭 두 놈이 짜고서 아우는 형이라고 형은 아우라고 나를 속여먹는 것 같다. 이런 의심은 불쾌하고 고통스럽다. 자꾸자꾸 속여먹다가 결국 제가 누군지 저희들 스스로도 잊어버리고 말 날이 올 것 같다. 꼭 그럴 것 같다. 나는 덜컥 겁이 나서 불의不意에 내 아이들이 나를 속여먹을 틈을 주지 않기 위해, 불의에 내 아이들의 이름을 불러가지고 찾아낸 형과 아우의 특징을 잊지 않으려고 요모조모 날카롭게 뜯어보고, 꼬옥 껴안고 만져보고 냄새도 맡아본다. 그러나 그들의 닮음은 어느 틈에 내 이런 모든 노력을 빠져나가 나를 포

위하고 나를 놀린다.

나는 지쳐빠진 나머지 그까짓 형 아우쯤 뒤바뀌면 어떠랴, 한 뱃속에서 동시에 생명이 비롯되어 나란히 한자리에 앉았다가 다만 세상 밖에 누가 몇 분 먼저 나오고 나중 나온 걸로 결정된 형 아운데 그게 무슨 대단한 의미가 있는 것일까 하고 눙쳐 생각하려 든다.

그럼, 내 아이들의 '나'는 함부로 바꿔치기해도 되는 '나'란 말인가. 다시 나는 그런 일은 절대로 그대로 내버려둘 수 없는 끔찍한 일이라고 진저리를 친다. 나는 엄청난 혼란에 빠지고 만다. 아아 쌍둥이 엄마란 얼마나 저주받은 엄마일까.

나는 거울에 나를 비춰볼 때 이미 이 세상을 다 살아버린 듯이 피곤하고 못쓰게 된 내 얼굴을 발견하고 놀란다. 철이 엄마를 불러서 계란팩이나 오이팩이나 그런 걸 해달란다. 우리는 서로 그 일을 품앗이한다. 그 여자는 내 얼굴에 주름이 하나도 없다고 샘을 내는 척하면서, 콜드크림으로 얼굴을 문지르고 두들기고 뱅뱅 돌리고, 살갗이 익어버리도록 뜨거운 타월로 찜질을 해내고, 한바탕 법석을 떨고는, 계란하고 꿀하고 무슨 당근 짜낸 국물 같은 걸 범벅을 해서 얼굴에 처덕거린다. 그것이 마르면서 피부를 옥죈다. 그동안 웃어도 안 되고 말을 해도 안 된다. 그동안을 못 참고 웃으면 얼굴에 주름이 간다는 게 우리들의 상식이다.

철이 엄만 혼자서 심심한지 종알종알 얘기를 시킨다. 하필 우스운 얘기만 골라서 한다. 내가 자기보다 먼저 주름이 잡히길 노리는 그 여자의 음모를 내가 모를 리 없다. "글쎄 우리 난이란 년, 고게 얼마나 깜찍하게 구는지 재미나긴 아들보다 딸이 납디다. 어제는 글쎄 나보고 이 세상에서 제일 먼저 다이빙을 한 사람이 누구게, 하지 않겠어. 나는 글쎄 누구더라, 아마 영국 사람일 텐데, 어쩌구 하며 좀 아는 척을 하려 했더니 고게 허릴 잡고 깔깔대며 대한민국 심청이, 하지 않겠어." 그러고는 혼자서 오랫동안 깔깔댔다. 그 여자는 내가 따라 웃기를 바라고 있었다. 나는 안 웃는다. 주름 때문에 못 웃는 게 아니라 하나도 안 우습다. 코미디언이나 디스크자키들이 골백번은 써먹은 소리다. 요샌 신선한 웃음거리조차 없다. 직업적인 웃기기꾼들이 동서고금의 우스운 이야기란 이야기는 다 끄집어내다가 요리조리 장난질을 해서 써먹고 또 써먹어 단물은 다 빼먹고 씹어뱉은 찌꺼기뿐이다. 말장난질에 닳고닳아빠진 말뿐이다. 나는 우습기는커녕 어느 개뼈다귀가 씹다 버린 껌이라도 입속에 던져진 듯한 욕지기를 느낀다.

이번엔 내가 철이 엄마를 해줄 차례다. 내가 당한 것과 똑같은 짓을 그 여자의 얼굴에 베푼다. 대낮에 계란팩을 뒤집어쓰고 나자빠졌는 여편네 꼴은 추하고 너절하다. 흡사 합성섬유의 누더기 같다.

나도 심심해진다. 심심풀이 삼아라도 입을 놀리고 싶다. 그러나 그 여자를 웃길 생각은 안 한다. 저 보기 흉한 얼굴에서 입이 벌어지면서 이빨과 혀와 목구멍이 보일 것을 생각하면 끔찍하다. 낮도깨비를 상상하는 것처럼 끔찍하다. 나는 그 여자를 아프게 하고 싶다. 그 여자를 아프게 하려면 샘을 내게 하는 수밖에 없다. 내 남편과 내가 연애하던 때의 이야기를 해줘야겠다. 그런 이야기가 얼마나 쑥스럽고 더리적은지, 너무 안다고 할 만큼 알고 있는데도 그 짓이 하고 싶다. 나는 그 이야기를 이 여자에게 들려주고 싶은 건지 내가 듣고 싶은 건지 구별을 못 한다. 이 여자를 아프게 하고 싶은지 내가 아프고 싶은지 그것도 모르겠다. 모르는 채 나는 지껄였다.

총각 때의 남편은 건강하고 훤칠하니 키도 컸는데도 그를 볼 때마다 나는 그를 불쌍해했다. 그를 불쌍해하는 내 느낌은 너무도 애틋하고 순수해서 그를 불쌍해하는 게 그에게 모욕이 된다고는 조금도 생각하지 않았다.

우리는 대개 만날 장소를 길가로 정하고 길가에서 만났다. 오래 기다리고 서 있어도 남이 이상하게 보지 않을 길가, 그러니까 버스정거장 같은 데가 좋았다. 홍릉 버스 종점, 이대 입구 정거장, 미도파 앞 이런 식이었다. 취미가 고상하다거나 괴팍해서 다방을 기피했거나, 찻값이 아까울 만큼 가난해서가 아니었다. 시작부터 어쩌다 그렇게 되고 말았다. 제대하고 복교해서 한 학년이 된 그를 알게 되고 학교 외의 장소에서 만나고 싶다고 생각하고, 만날 날짜와 시간은 쉽사리 정했는데도 만날 장소는 쉽게 정해지지를 않았다. 우린 다 같이 단골 다방도 없었고 이름과 장소가 연관지어져 기억나는 다방도 없었다. 여기저기 생각은 났으나 조금씩 어리숭했다. 어리숭한 채로 정할 수도 있겠는데 그랬다가 우리의 중대한 두번째 만남에 어떤 차질이 생길까 두려웠다. 우선 꼭 다시 만나야 했다. S동 버스정거장에서 만나기로 하고 내가 먼저 가서 기다렸다.

나는 아주 멀리서부터 인파 속에서 그를 알아보았다. 그는 딴사람들과 달랐다. 그 다른 것이 나로 하여금 그를 최초로 불쌍해하게 했다.

그와의 사귐이 깊어짐에 따라 불쌍하다는 느낌도 심화됐다. 그가 남보다 착해 보이는 것, 정직해 보이는 것, 그런 것 때문에도 그가 불쌍했다. 딴 사람들은 갑각류처럼 견고하고 무표정한데 그만이 인간의 가장 깊고 연한 속살, 따뜻하고 부드러운 속살을 노출시키고 있는 게 불쌍했다. 딴 사람들은 다 무장을 하고 있는데 그만이 무방비상태인 것으로 여겨져 불쌍했다.

나는 그가 불쌍하고 불쌍해서 가슴을 조이며 내 앞으로 가까이 오는 것을 기다리는 동안이 좋았다. 나는 그가 불쌍해서, 서럽도록 불쌍해서 좋았다.

우리는 만나면 여러 군데를 걸어 돌아다녔고, 걷다가 지치면 시외버스를 탔다. 이름난 유원지로 가는 것만 아니면 우리는 아무 거나 탔다. 아무 데서나 내렸다. 서울 교외의 시골은 비슷비슷했다. 지독한 거름 냄새가 나는 곳도 있었지만 산기슭 쪽으로 조금만 피하면 거름 냄새는 구수하게 희석되고 싱그러운 초록의 냄새를 맡을 수 있었다. 초록빛 나는 풀, 나물, 채소 등이 풍기는 풋풋한 시골 들판의 냄새를 우리는 좋아했다. 가깝고 낮은 산들의 초록빛, 멀수록 푸른빛을 띠다가 푸른 안개처럼 번져 보이는 먼, 먼 높은 산들, 밭둑의 미루나무, 마을 어귀 까치집이 매달린 고목, 느릿느릿 꼬부라진 들길, 그런 평범한 풍경들이 그와 함께 바라보면 그렇게 좋을 수가 없었다. 그러나 더 좋은 것은 그를 바라보는 거였다.

나는 군중 속에 있는 그를 불쌍해하며 바라보는 것도 좋아했지만, 단둘이서 아무와도 비교 안 하고 그를 바라보는 것을 더 좋아했다. 그의 따뜻함과 부드러움을 불쌍해하지 않고 느끼는 것이 실상은 더 좋았던 것이다. 우리는 이렇게 해서 가까워졌다.

우리가 처음 뽀뽀하던 날, 그날도 우리는 밭이 끝나고 산이 시작되려는 둔덕 풀밭에 있었다. 우리는 같이 노래도 부르고 까불고 장난치고 했다. 나의 어머니 아버지는 사내놈은 그저 도둑놈으로 알라는 무지막지한 공갈로 나에 대한 성교육을 삼았지만 나는 그를 조금도 경계하지 않았다. 경계는커녕 어린애 같은 천진한 장난에 열중하다가도 문득 그의 도둑놈에 대해 안타까운 궁금증을 느끼곤 했다.

그가 어디로 숨었는가 하다가, 목덜미로부터 뺨으로 기는 송충이의 징그러운 감촉을 느끼고 질겁을 해서 비명을 지르며 오두방정을 떨었다. 그러나 송충이가 아니었다. 그가 강아지풀로 콧수염을 해 달고 내 등뒤로 돌아와 나를 놀렸던 것이다. 그는 장난질이 성공한 아이답잖게 얼굴은 심한 부끄러움으로 붉게 상기되어 있고 눈은 슬퍼 보였다. 나는 곧 강아지풀로 위장한 그의 욕망을 본다. 그가 정말로 하고 싶었던 건 뽀뽀였다는 걸 안다. 나는 그렇게밖에 뽀뽀를 할 줄 모르는 그가 측은하고 불쌍해 울음이라도 터질 것 같다.

나는 그에게 다가가 그 우스꽝스러운 콧수염을 뜯어내고 그의 부드럽고 따뜻한 입술에 뽀뽀를 해주었다. 마침내 망설임과 부끄러움을 떨친 그의 뽀뽀는 길고 섬세했다. 나는 그가 좋아서 너무 좋아서 슬펐다. 그가 사랑한다고 그랬고, 결혼하자고 그랬고 나는 좋다고 했다. 그가 죽자고 해도 좋다고 했을 것이다.

내 이야기와 철이 엄마의 계란팩은 거의 같이 끝났다. 뜨거운 물수건으로 얼굴을 닦아낸 그녀는 흡사 표피가 뜨거운 물수건에 익어서 홀라당 벗겨진 것처럼 징그럽고 붉게 이글거렸다. 그 여자는 그 위에 냄새가 짙은 화장수를 처덕이며 부르르 몸서리를 치더니 음탕하게 웃으며 "우리 그 새낀 잔재미라곤 없다우. 그 새낀 무지막지하고 억세기가 꼭 짐승이라니까. 아이 징그러" 했다. 그러곤 다시 건강하고 흰 이를 드러내고 찍 웃었다. 웃는 입이 방금 찢어진 상처처럼 생생했다. 그 생생함과 남편을 '그 새끼'라고 하는 당돌한 호칭이 짐승 같다는 표현에 이상하리만큼 싱싱한 현실감을 주었다.

나는 어떤 예감이 강한 전류처럼 나를 꿰뚫는 것을 느끼고 깊이 전율했다. 그것은 고통스러운 쾌감이었다.

그후에도 내 생활은 여전히 끔찍하게 따분했다. 나는 내 이웃의 무수한 닮은 방들이 끔찍했고 내 쌍둥이 아들을 구별 못하는 일이 끔찍했고 무엇보다도 한 눈을 애꾸를 만들어가지고 콩알만한 유리조각을 통해 퇴근한 남편의 얼굴을 확인하는 일이 끔찍했다. 천장에 달라붙은 이십 와트 형광등 불빛 밑에서 비인간적으로 창백하고 냉혹해 보여 자기 남편을 아파트 살인범으로 착각해야 하는 일이 끔찍했다.

내 생활에서 끔찍하지 않은 일은 철이 엄마의 그 '짐승 같은 새끼'와 간음을 하고 말 것 같은 예감뿐이었다. 나는 그 예감을 사랑했다. 그 예감이 미칠 듯이 따분한 내 생활과 마찰하면서 일으키는 섬광 같은 불꽃을 사랑했다. 그 섬광을 통해 보는 일상적인 사물의 돌변한 빛깔을 사랑했다.

뭔가 저질러야겠다는, 꼭 저지르고 말리라는 준비태세로 온몸이 조바심했다. 마치 오랫동안 맛대가리 없는 배합사료로 사육돼오던 들짐승이 어떤 계기로 촉발된 싱싱한 야성의 먹이에 대한 식욕으로 이빨이 견딜 수 없이 근질대듯 내 온몸이 이빨이 되어 근질근질 조바심했다.

어느 날 철이 엄마는 시골 친정에 다녀오마고 했다. 허름한 걸로 어머니 아버지 옷감이나 사다드리고 고추랑 깨랑 마늘이랑 얻어오면 그게 어디냐고 나에게 그동안 자기 식구 식사를 부탁하는 것이었다. 남편에겐 당일로 돌아오마고 했지만, 가까워도 시골이고 친정인데 하룻밤쯤 자고 오면 제까짓 게 날 내쫓을까 했다. "아무렴요, 아무렴. 자고 와요. 자고 와. 집 걱정도 밥 걱정도 나한테 맡겨요." 나는 눈웃음을 치며 알랑을 떨었다.

모든 것이 다 잘됐다. 나는 양쪽 집을 분주하게 오락가락하며 두 남편과 네 아이를 먹이고 잠재웠다.

밤이 제대로 깊어갈 즈음, 나는 살금살금 철이네로 들어갔다. 곤히 잠든 철이 아빠를 침대 머리에 달린 촉광 낮은 푸른 베드 라이트가 비추고 있었다. 그는 하필 전에 내가 철이 엄마하고 같이 나가서 산 내 남편의 것과 똑같은 파자마를 입고 있었다. 그래서 그런지, 베드 라이트가 파래서 그런지 철이 아빤 평상시보다 창백하고 피곤해 보여 내 남편과 퍽 닮아 있었다. 나는 누구에겐지 모를 연민을 느꼈다. 베드 라이트를 끌까 하다가 만약의 경우를 생각해서 아주 두꺼비집의 스위치를 내려버렸다. 칠흑의 어둠이 왔다.

나는 그의 옆에 누웠다. 그의 머리를 안았다. D포마드 냄새가 역겹다. 내 남편도 D포마드의 애용자다. 나는 참고 그의 입술을 찾는다. 매캐한 담배 냄새가 난다. 그도 내 남편도 골초다. 그가 조금씩 잠이 깨면서 귀찮다는 듯이 나를 뿌리친다. 나는 더욱 그에게 나를 밀착시킨다. 마침내 "언제 왔어" 잠꼬대처럼 웅얼대고 마지못해 나를 안는다.

그의 섹스는 신경질적이고 허약한 주제에 가학적이다. 당하는 쪽의 기분을 공중변소처럼 타락시킨다. 그의 속살은 쇠붙이에서 풍기는 것 같은, 사람을 밀어내는 기분 나쁜 냄새를 지니고 있다. 그런 모든 것이 내 남편과 너무도 닮아 있다. 나는 내가 간음하고 있다는 느낌조차 가질 수 없다. 나는 내 남편에 안겨 있는 동안에도 간음하고 있는 것으로 공상을 하는 못된 버릇이 있었는데 정작 간음을 하면서도 그것조차 안 된다. 죄의식도 쾌감도 없다.

일을 끝낸 그는 더 깊이 잠들고 나는 여기가 정말 철이넨가 그것조차 믿어지지 않아 아이들이 자고 있는 이층침대로 가서 자는 애들을 더듬어본다. 난이의 머리꼬랑이가 만져진다. 아들과 딸이 있다는 건 좋은 일이다. 우리는 아들만 있는데 그것도 쌍둥이로.

우리 집 이층침대에도 아이들이 깊이 잠들어 있다. 나는 걷어찬 이불을 덮어주고 고른 숨소리를 듣는다. 나의 어머니가 우리들을 기를 땐 우리를 잠재우고 고른 숨소리를 지키며 우리가 자라서 어느 만큼 훌륭하게 될까, 어떤 효도를 할까, 그런 공상을 할 때가 제일 흐뭇하고 행복했다고 한다. 나도 그래보려고 한다. 그러나 그게 되지를 않는다. 나는 내 애들이 자라 무엇이 될지도 나와 어떤 모자관계를 이룰지도 짐작할 수도 없다. 춥고 막막하다.

나는 욕실에 들어가 불을 켠다. 눈이 부시게 환하다. 간음한 여자를 똑똑히 보고 싶다. 거울 앞에 선다. 거울 속에 내가 있다. 생전 아무하고도 얘기해본 적도 관계를 맺어본 적도 없는 것같이 절망적인 무구無垢를 풍기는 여자가 거기 있다.

나는 이상하리만큼 해맑고 절망적인 기분으로 나를 처녀처럼 느낀다. 십 년 가까운 남의 아내 노릇에 두 아이까지 있고 방금 간음까지 저지른 주제에 나는 나를 처녀처럼 느낀다. 그런 처녀는 끔찍하지만 그렇게 느낀다.

말言 주변에서, 말주변 찾기

김애란

이따금 나는, 당신 소설에 나오는 여자들이 나 같다. 생활력 강하고, 이웃을 잘 깔보는 아낙은 내 어머니 같고, 추문과 질투, 경쟁과 온정 속에서 반목과 친목을 되풀이하는 동네 사람들은 꼭 우리 고향 어른들 같다. 아이들, 청년들의 경우도 마찬가지다. 이들은 소설에 일단 등장한 이상 종이 위에서 꾸준히 맥박 소리를 내며 사람답게 군다. 제 역할이 크든 작든, 교양이 많건 적건, 활달하게. '생활'을 업신여기지 않는 이들의 건강함으로. 혹은 '생활'에 묶여 있는 자들의 비루함으로, 수고롭고, 부끄럽게.

책장을 열면, 당신의 인물들이 기우뚱한 욕망을 안고 내 쪽으로 절름거리며 다가온다. 나는 이들을 잘 알아본다. 허영이 허영을 알아보듯, 타락이 타락을 알아채듯 제법 간단히. 어떤 악惡은 하도 반가워 나도 모르게 큰 소리로 알은체할 뻔하기도 한다. 이들의 절뚝거림은 이들의 불편이자 경쾌輕快다. 그 엇박 안에서 어떤 흠欠은 정겹고, 어떤 선善은 언짢아, 당신의 인물들은 이윽고 한번 더 사람다워진다. 그리고 그 광경을 보며 나는 '열 길 물속은 알아도 한 길 사람 속은 모른다' 할 적의 바로 그 '한 길', 그 '사람 속' 앞에서, 언제고 겸손하고자 했을 한 작가의 모습을 떠올린다. 만일 어느 작품 속 인물이 평편하지 않고 울퉁불퉁하게 표현됐다면, 몹시 부조리한데 과연 그럴 법하고, 전적으로 지지할 순 없으되 한편으론 이해할 수 있게 그려졌다면, 그건 그 작가가 유능하기보다(혹은 그 능력에 앞서) 겸손하기 때문에 이뤄진 일이라고 믿어서이다.

「엄마의 말뚝1」에 나오는 어머니가 "뭐니 뭐니 해도 그 사람들이야말로 진국이었지"라고 할 때, 「도둑맞은 가난」의 '나'가 당당하게 "더군다나 내 가난은 그게 어떤 가난이라고" 할 때 내가 멈칫거리게 되는 이유도 다르지 않다. 나는 선생의 인물들이 아무렇지 않게 내비치는 저 불합리한 합리, 핏기 어린 모순을 편애한다. 주위에서 이르듯 당신은 분명 '세태'를 표현하는 데 능한 작가이지만 김홍도가 섬세한 풍속화가이기 이전에 뛰어난 인물화가였듯이, 당신 또한 그 시대의 중심에 단순하지 않은 인간을 간단치 않게 놓아두고 보는 데 선수가 아니셨을까 싶다. 그리고 그걸 더 잘 보고 싶어서, 그걸 한번 더 보려고, 이 까마득한 후배가 당신 작품 중 하나를 꺼내어 본다. 그 시대와 인물이 마블링처럼 엉겨 이상한 그림을 만들어내는, 선생 특유의 붓질이 묻어 있는 작품으로, 당신이 약 사십 년 전 쯤 세상에 내놓은 소설이다.

「닮은 방들」은 1974년 『월간중앙』에 발표된 단편이다. 얼개는 대략 오랫동안 친정에서 얹혀살던 여자가 아파트에 들어간 뒤 이웃의 삶을 자꾸 모방하게 됐다는 식으로 꾸려져 있다. 여자는 그 '흉내내기'의 과정에서 두려움과 안도, 초조와 매혹을 느낀다. 그러고는 그 긴장을 이기지 못해 급기야 기이한 일을 저지르고 만다. 얼핏 '현대인의 불안' 또는 '동일성의 공포'를 다룬 익숙한 이야기로 보이지만, 번번이 쓰이고도 또 새롭게 쓰이곤 하는 문학의 사정은 그렇지 않다. 일단 바로 그렇게 요약하고자 하는 누군가의 충동을, 명쾌한 듯 아무것도 말해주지 않는 말들의 횡포를 여자가 진작부터 거부하고 있기 때문이다.

> “여보, 요새 나 좀 이상해요. 괜히 불안하고 초조하고……” (……) “흥 노이로제로군, 누가 현대인 아니랄까봐” 했다. 남편은 척 하면 척 하고 빠르게 어떤 등식等式을 찾아내는 데 능했다. 그러나 이런 등식으로 도대체 무엇을 해결할 수 있단 말인가.(「닮은 방들」, 237쪽)

「닮은 방들」을 즐기는 방법으론 여러 가지가 있을 것이다. 아주 구체적인 물가, 물건들의 이름, 사람들의 말씨를 통해 그 시대의 공기를 한껏 쐬어보는 식도 있을 테고, 손으로 일일이 작품의 매끄러운 구조를 훑어가며 조형미를 느껴보는 방법도 있을 것이다. 나는 이 소설을 바로 저 장면부터 시작해 살펴보는 것을 좋아한다. 마치 저기 저 여자가 불만을 토로하는 부분이, 선생이 ‘소설’에 대해 갖고 계셨을 생각, 또는 단서를 희미하게나마 던져주고 있는 듯해서이다. 당신은 어쩌면 일찍부터 저 ‘등식’ 같은 것에 대해 무력감 혹은 혐오감을 갖고 계셨는지도 모르겠다. 내게 이 여자의 불만이 소설의 불만 또는 소설의 욕구처럼 여겨지는 것은 그 때문이다. 작가에게 ‘주제’란 단순히 ‘말하고자 하는 바’만을 가리키지는 않으니까, ‘소재’ 또한 막연히 ‘이야깃거리’를 일컫는 게 아니니까. 어떤 창작자에게 ‘소재’는 오히려 자신이 다루려고 하는 대상 바깥에 있는 자장들, 이를테면 이야기가 되려 하거나, 되게 하는 조짐들이 모인 장소를 가리키는 말과도 같다. 그러니 이 「닮은 방들」은 현대인의 노이로제에 관한 소설인 동시에, '현대인'과 '노이로제'라는 단어를 뺀 나머지 이야기로 읽을 수도 있을 것이다. 한 사람 또는 사회를 설명하는 자명한 말 속에서, 그것으론 충분치 않아, 정말이지 늘 충분치 않아, 더 많은 '충분치 않음'들을 동원해 거꾸로 자신들의 고유한 영토를 늘려가는 이야기. 그럼으로써 한 존재가 가까스로 설 자리를 마련해내는 식의 과정으로 말이다. 여자는 그것을 '말주변'이라고 했던가? "그이와 나 사이에 말주변의 필요성을 다급하게 의식하게 되면서 내 불안과 초조는 비롯됐다"고…… 그러니 그 언어의 변두리에서, 등식의 바깥 땅에서 여자가 자꾸 이상한 자백을 할 때, 철이 엄마를 "아프게 하고 싶은지 내가 아프고 싶은지" 모르겠다고 하거나 "그 '짐승 같은 새끼'와 간음을 하고 말 것 같은 예감"을 "사랑한다"는 고백이 별로 이상하게 들리지 않는 것은 그 나름대로 이상한 일이 아닐 것이다.

그러나 그런 것을 빼더라도 「닮은 방들」은 그 자체로 매력적이다. 나는 최근에야 이 단편을 읽고 두 번 놀랐는데, 하나는 사십 년 전에 발표된 이 단편 속 풍경과 몇 해 전 발표된 내

데뷔작 속 현실이 비슷한 모양을 하고 있다는 거였고, 다른 하나는 감히 견줄 바는 못 되나 그럼에도 불구하고 「닭은 방들」의 이야기가 훨씬 생생하고 젊게 느껴졌다는 거였다. 이 소설뿐이 아니다. 나는 여전히 선생이 만들어낸 골목 안에서, 시장에서, 학교 또는 주택가에서 내가 아는 장소, 내가 사는 세계와 만난다. 그리고 궁금해한다. 빨리 크느라 제대로 크지 못해, 어울리지 않는 여러 개의 기관器官을 기워붙인 듯 괴상한 얼굴을 가지게 된 한국에서, 오늘과 어제가 쉽게 작별하고, 내일을 오늘인 양 자꾸 우겨대는 이곳에서, 사십구 년, 이미 반세기에 가까운 시차를 사이에 둔 선생님의 근본과 나의 근본은 어찌 만나나. 어둠 속 뿌리는 물길을 어떻게 아나. 그럴 때면 오래전, 「닭은 방들」의 문을 열고 들어가, 그 안에 다른 문을 열고서, 다른 방에 도착한 한국 작가들을 떠올린다. 그 소중한 소급遡及 안에 내 근본을 적신다. 세상이 아무리 변해도 질문은 변하지 않는다는 걸. 어떤 고민들은 여전히 유효하고 심지어 더 다급해지기도 했다는 걸. "웃는 입이 방금 찢어진 상처처럼 생생한" 시대의 얼굴을 진작에 당신이 일러주고 있는 듯하여, 그 시대와 문득 같이 웃다 멈춘다.

해설 _ 신형철

박완서라는, 소설의 고향
-고인의 마지막 소설집에 부쳐

1

소설의 가치를 정서적, 미학적, 인식적 가치로 분류해보는 일은 단순하나마 쓸모 있는 일일 것이다. 좋은 소설은 감동과 교화로 요약될 정서의 어떤 파고를 유발하거나(정서적 가치), 문장 세공술과 서사 건축술의 장관을 보여주거나(미학적 가치), 인간과 세계의 숨은 진실을 예리하게 제시한다(인식적 가치). 사람에 따라 셋 중 하나에 더 무게를 실어 자신의 소설관으로 삼기도 한다. "감정들의 카타르시스를 행하는 것"(『시학』, 6장)이 비극의 효용이라 본 아리스토텔레스 이래로 '정서적' 가치를 높이 사는 이들이 있다. "도덕적이거나 비도덕적인 책이란 존재하지 않는다. 책은 잘 썼든지 못 썼든지 둘 중

하나다. 단지 그뿐이다"(『도리언 그레이의 초상』, 서문)라고 단언한 오스카 와일드처럼 '미학적' 가치를 배타적으로 옹호한 유미주의자들도 있다. "소설의 유일한 도덕은 인식이다. 실존의 그때까지 알려지지 않은 어떠한 단면도 발견하지 못하는 소설은 곧 비도덕적이다"(『커튼』)라고 말하면서 밀란 쿤데라는 '인식적' 가치를 지고의 것으로 격상시킨다. 그러나 위대한 소설은 이 셋을 늘 동시에 갖고 있는 법이니, 이 분류법의 쓸모는 차라리 시시한 소설을 타박하는 데 있는 것인지도 모른다. 어떻게 이 셋 중 하나도 없단 말인가, 하고.

셋 중 어느 하나도 갖고 있지 않은 소설을 읽는 이유는 단 한 가지뿐인데 사람들은 그것을 '시간 죽이기'라고 부른다. 시간을 죽인다니, 그것은 유사 이래로 가능했던 적이 없는 일이다. 시간이 인간을 죽이는 것이지 인간이 시간을 죽이는 것이 아니다. 멍청하고 진부한 소설을 읽으면서 다섯 시간을 보냈다면 그것은 시간이 다섯 시간만큼의 나를 죽이는 동안 어리석게도 이를 방치한 것과 다르지 않다. 이 세상에는 내가 시간을 살리고 시간이 나를 살리는 일이 몇 가지가 있는데, 그중에서 박완서 선생의 소설을 읽는 일은 우리가 할 수 있는 가장 손쉬운 일 중의 하나다. 발표 순서대로 나열하자면, 「부끄러움을 가르칩니다」「그 살벌했던 날의 할미꽃」「그 가을의 사흘 동안」「엄마의 말뚝」 연작, 「해산 바가지」「여덟 개의 모자로 남은 당신」「환각의 나비」「그리움을 위하여」 등과 같은 명편에는 앞에서 우리가 억지로 분류해놓은 저 세 종류의 가치가 경쟁하듯 뒤엉켜 있다. 정서의 연금술과 천의무봉의 서술과 칼날 같은 통찰력이, 어김없이, 있다. 소설 읽기가 심드렁해질 때마다 박완서라는 '소설의 고향'으로 되돌아가서 다시 읽어나갈 힘을 얻은 경험이 비평하는 이들에게는 더러 있을 것이다.

그런 작가를 우리는 일 년 전에 잃었으니, 선생이 사십 년 동안 전집으로 삼십여 권에 이르는 방대한 소설을 우리에게 남기고 가신 것은 축복이되, 이제 더이상 선생의 새 책을 받아드는 기쁨을 누리지 못하게 된 것은 서운한 일이다. 그런데 고인의 1주기를 맞아 '새 책' 한 권이 세상에 나간다. 사정이 있다. 한번 발표된 단편소설은 대개 서너 단계의 이사를 겪는다. 1) 문예지나 공동소설집에 최초로 발표되고, 2) 이후 각종 문학상의 후보작 혹은 수상작이 될 경우 관련 단행본에 재수록되기도 하며, 3) 대개 삼사 년에 한 번씩 출간되는 작가의 정규 단편집에 수록되어 1차 정본이 되고, 4) 차후에 작가의 전집에서 다시 제자리를 얻어 최종적으로 안착한다.[1] 선생의 최근 단편 세 편은 2단계까지만 밟고 말았는데, 이 작품들을 한

자리에 모아 3단계에 해당할 제집을 마련해주자는 것이 이번 책의 취지다. 그리고 여기에, 이미 4단계를 모두 거친 옛 작품 중 세 편을 의미 있는 방식으로 골라 더해서, 더 오롯한 한 권의 책이 되도록 했다. 편리한 대로 옛 작품 셋을 '대표작', 새 작품 셋을 '신작'이라 부르면 될 것이다. 선생의 깊은 작의作意를 온전히 투시할 시력이 내게는 없지만, 딴에는 이 여섯 편의 걸작을 차례로 음미해보려고 한다.

2

「카메라와 워커」(『한국문학』, 1975년 2월호)를 읽는다. 한국전쟁 당시 오빠와 올케가 세상을 떴다. 어머니와 내가 사 개월 된 갓난쟁이 아이를 키워야 한다. 나는 그 자신도 당황할 정도의 애정으로 그 아이를 돌본다. "조카에 대한 고모 이상의 것,

1) 선생이 생전에 발표한 중단편소설은 100편이 조금 넘는다. 중편은 중장편을 총결산한 『박완서 소설전집』(세계사, 1993~) 중 두 권에, 단편은 『박완서 단편소설 전집』(문학동네, 2006) 여섯 권에 묶였다. 선생은 그 이후 단편집 『친절한 복희씨』(문학과지성사, 2007)를 목록에 추가했고, 이 책이 출간된 뒤에 세 편의 단편을 더 쓰셨다. 그 세 편이 이번 책에 처음으로 묶인다.

이를테면 모성이 아니었던가 싶다."(136쪽) 아이는 잘 자란다. 그 아이의 아비가 사회주의 사상에 관여했다가 죽어나갔기 때문일까, 고모는 조카의 삶이 철저하게 세속적인 것이기를 바란다. 그저 휴일에 '카메라'를 메고 야외에 나갈 수 있을 만큼의 풍요면 족하다. 그래서 고등학생 시절에는 이과에 진학하길 강권했고, 대학에서는 학생운동에 휩쓸리지 않도록 단속했으며, 졸업 후에는 해외 취업을 말리고 변변찮은 직장일지언정 국내에 주저앉힌다. 고비 때마다 반항의 기색이 없지 않았으나 조카는 결국 순순히 정해진 길을 간다. 소설의 후반, 영동고속도로 건설현장에서 혹사당하고 있는 조카를 만난 '나'는 자신의 소박한 소망이 얼마간 허망한 것이었음을 깨닫고는 서울로 돌아가자 하지만 조카는 외려 담담하다. 고모는 어째서 조카를 그리 키워야만 했을까. 조카는 왜 순순했고 지금도 그러고만 있는 것일까. 두 사람의 속내를 명료하게 드러낸 두 대목이 있으니 아래와 같이 맞세워보면 어떨까.

> 글쎄 어떻게 설명할 수 있을 것인가. 그 녀석이 꼭 이 땅에서, 내 눈앞에서 잘 살아주었으면 하는 내 간절한 소망의 참뜻을, (……) 제가 잘되고 잘사는 것으로, 다만 그것만으로 나는 내가 겪은 더럽고 잔인한 전쟁에 대해 통쾌한 복수를 할 수 있고 그

때 받은 깊숙한 상처의 치유를 확인받을 수 있다는 걸 어떻게 저 녀석에게 알릴 수 있을 것인가.(148~149쪽)

"나는 더 비참해지고 싶어. 그래서 고모나 할머니가 철석같이 믿고 있는 기술이니 정직이니 근면이니 하는 것이 결국엔 어떤 보상이 되어 돌아오나를 똑똑히 확인하고 싶어. 그리고 그걸 고모나 할머니에게 보여주고 싶어."(163~164쪽)

조카가 카메라의 세계에 뿌리내려주기를 내가 그토록 바랐던 이유가 적시돼 있다. 자연스런 모성의 발현이었으되 그것만은 아니었다. 나 자신의 질긴 욕망이 실현되는 과정이기도 했던 것. 전쟁에 복수하고 상처를 치유할 수 있는 길 하나가 거기에 있다고 믿었기 때문이었다. 그러나 지금 조카는, 그런 소망의 간절함을 1970년대 중반의 한국사회가 수락해줄 리 없음을 눈치챈 조숙한 표정으로, "워커에 뿌리라도 내린 듯이 꼼짝 않고"(166쪽) 서 있다. 소설 후반부를 압축하고 있는 조카의 '워커'는 전반부를 이끈 고모의 '카메라'와 맞선다. 전후세대의 욕망이 개발시대의 현실과 충돌하고 있는 장면이다. 다음 문장이 이 소설을 쓸 당시 선생의 핵심적인 고뇌였으리라 짐작해도 틀리지 않을 것이다. "그러나 아직도 얼마나 뿌리

내리기 힘든 고장인가."(166쪽) 전쟁 이후 이십 년이 지났는데 말이다. 요컨대 이 소설은 1960년대를 거쳐 1970년대에 분출한 한국사회의 욕망의 뿌리가 실은 한국전쟁의 아픈 산물인 '복수와 치유'에의 의지에 있을 수도 있다는 사회심리학적 통찰을 제시하고, 그 의지에 응분의 '보상'이 지불되지 않고 있는 사회 구조 속에서 당대 한국인들이 느꼈을 '혼란'을 연민의 눈으로 재현한 작품이다.

비슷한 시기에 쓰인 「닮은 방들」(『월간중앙』, 1974년 6월호)이 이번 책에 수록되어 다행이라고 생각한다. 고인 생전에 출간된 각종 선집에 거의 포함된 적이 없다. 대표작을 호명할 때 잘 끼지 못하는 작품이라는 얘기다. 그러나 이 작품에는 사십여 년의 시간을 단숨에 뛰어넘는 어떤 보편성이 있다. 남편과 함께 친정에 얹혀사는 '나'는 남편 특유의 초인종 소리를 들을 때마다 끔찍하다. 위축된 남편은 측은한데 당당한 남편은 또 얄밉다. 이런 이중적인 감정이어서 끔찍함이라 했을 것이다. 쌍둥이 아들이 초등학생이 된 시점에 맞추어 아파트로 분가하게 되었다. 한국에서 대규모 아파트 단지가 막 들어서기 시작한 시점에 쓰인 이 소설에서 아파트라는 공간은 또하나의 주인공이다. 입주하기 전에 그곳은 홀가분한 '독립성'의 상징처럼 보여서 '나'를 설레게 했지만, 입주한 이후 그곳은 숨막

히는 '동일성'의 지옥임이 밝혀진다. 남과 다르면 불안한데 또 같아지면 공허해진다. 그래서 같아지기(모방하기)와 달라지기(구별짓기)의 악순환이 펼쳐질 수밖에 없다. 여기서부터 이 소설은 '현대적 욕망'의 임상보고서가 되기 시작한다. 예컨대 겨우 '같아지기'에 성공한 대상인 '철이 엄마'에게서 뭔가 '달라지기'의 징후가 보일 때 '나'가 느끼는 심정을 보라.

> 여지껏 철이 엄마는 내 거울 같은 존재였다. 내가 얼마나 권태로운가, 얼마나 공허한가, 얼마나 맥이 빠져 있나를 그 여자를 보면 알 수 있었다. 그런 그녀가 어느 날 전연 나와는 상관없는 표정을 하고 내 앞에 나타난 것이다. 속 깊숙이 염통 가까운 데쯤, 미칠 듯한 희열을 감춘 듯이 살갗은 반들대고 눈은 번들댔다. 나는 당혹했다. 기분이 영 잡쳤다. 우리가 어느 날 거울 앞에 섰을 때 허구한 날 거울에서 낯익은 자기 얼굴이 아닌 전연 생소한 얼굴이 비친다거나 자기는 분명히 찡그렸을 터인데 거울 속에선 웃어 보인다거나 할 때 우리는 얼마나 놀라고 기분이 나쁠 것인가. 내가 바로 그렇게 기분이 나빴고, 더 나쁜 것은 그런 그 여자를 볼 때 느껴야 하는 굴욕감이었다.(239쪽)

이런 대목들에는 현대비평이론의 몇몇 핵심이 일찌감치 선

취돼 있다. 그러나 그런 논의들을 동원할 필요를 느끼지 않는다. 비평이 이론에 의지하는 것은 형상적인 것을 개념적인 것으로 변환하기 위해서이지, 구체적인 것을 추상적인 것으로 되돌려놓기 위해서가 아니니다. 선생의 서술은 평이하고 정확하며 긴박하게 결말로 달려간다. 이제 두 여인의 욕망의 쟁투는 각자의 남편에게까지 번진다. 내가 내 남편의 '순수성'의 가치를 내밀자 철이 엄마는 자기 남편의 '음란성'의 매혹으로 맞선다. 철이 엄마가 '그 새끼'라 부를 정도로 '짐승 같은' 성적 활력을 소유한 남편이 내게는 없다. 그녀가 다시 한 걸음 달라졌으므로, 나는 다시 그녀를 따라잡아 같아져야 한다. 그러므로 나의 파멸적인 마지막 선택은 서사적으로는 지극히 논리적이다. 그 결과 나는 다시 '같아지기'에 성공했지만, 이전의 것과는 달리 이번의 '같아지기'는 나의 존재 근거라고나 해야 할 최후의 차이를 무너뜨렸기 때문에, 파국적이다. 이제 나는 무無가 되었으니 욕망의 다그침도 사라질 것이다. "나는 이상하리만큼 해맑고 절망적인 기분으로 나를 처녀처럼 느낀다."(255쪽) 모든 것을 다 잃으면 아무것도 부족한 게 없어지는 아이러니를 "해맑고 절망적인"이라는 표현으로 슬그머니 포착하는 솜씨는 당시에 이미 대가였던 신인작가 박완서의 탁월함을 입증하는 사소한 사례다.

위의 소설들을 쓰고 나서 이십여 년의 시간이 흐르는 동안 선생은, 평생 한 번 감당하기도 힘겨운 비극을, 몇 달 간격으로 연이어 겪어야 했다. 1988년에 남편과 독자를 잃었다. 먼저 간 남편에게 바쳐진 소설이 「여덟 개의 모자로 남은 당신」(『여성동아문집』, 1991)이고, 가슴에 묻은 아들과 더불어 쓴 소설이 「나의 가장 나종 지니인 것」(『상상』, 1993년 가을호)이다. 앞의 것은 윤흥길의 「아홉 켤레의 구두로 남은 사내」에서, 뒤의 것은 김현승의 시 「눈물」에서 제목을 차용했다. 고통스런 이야기를 써야 했으므로 선행 텍스트들에 조금이라도 의지하고 싶었던 것일까. 공통점은 또 있다. 이 두 소설은 1990년대 이후 쓰인 것들 중에서도 선생의 대표작으로 손꼽힌다. 특히 이듬해 제25회 동인문학상을 수상한 「나의 가장 나종 지니인 것」은 선생의 중단편을 통틀어서도 몇 손가락 안에 들 것이다. 이 소설에서 무엇보다 독자를 압도하는 것은 자식을 먼저 보내본 이가 아니라면 알 수 없을 고통의 세목들이 섬세하게 복원돼 있는 양상이기는 하지만 이 작품은 수기가 아니라 소설이다.[2)]

2) 수기는 아니지만 일기의 형식으로 선생은 저 참척의 체험을 사실 그대로 기록한 바 있다. 이는 '한 말씀만 하소서'라는 제목으로 1990년 9월부터 이듬해 9월까지 『생활성서』에 연재됐고 몇 년 뒤에 단행본으로 출간됐다. 『한 말씀만 하소서』(솔, 1994)와 박완서 소설전집 14 『그대 아직도 꿈꾸고 있는가/한 말씀만 하소서』(세계사, 1999) 참조.

선생은 필요한 만큼의 허구를 더해서 자신의 고통을 기록하는 일이 한 시대의 고통을 이해하고 위로하는 일이 되도록 했다.

그래서 선생의 실제 경험과는 달리 이 소설에서 아들 '창환'은 1980년에 대학에 들어가 1987년 민주화투쟁의 와중에 거리에서 경찰의 쇠파이프에 맞아 숨진 것으로 설정돼 있다. 백만 인파의 물결 속에서 장엄한 장례가 치러졌다고도 돼 있으니, 이 인물 속에 이한열 열사의 모습이 투영돼 있다는 것은 말할 필요도 없을 것이다. 이 죽음은 물론 숭고한 것이지만 세상의 어떤 긍정적인 변화가 그 죽음을 영광되게 한다 한들 어미의 고통이 치유될 수 있을까. 그래서 '나'의 친구는 '나'를 그들의 동창 중에서 뺑소니 사고로 하반신이 마비되고 치매에까지 이른 아들을 돌보느라 지옥 같은 나날을 보내는 중인 한 여인의 집으로 데려간다. 한 인간의 고통은 타인의 더 큰 고통 앞에서만 위로받을 수 있다는 뜻이리라. 그러나 위로받기는커녕, '나'는, 살아 있는 시체나 다름없는 그 청년이 그래도 아직은 살아 있다는 사실만으로도 그의 노모에게 "견딜 수 없는 질투"(207쪽)를 느끼고 대성통곡을 하고 만다. 이 대목이 전달하는, 당사자의 고통을 짐작조차 못할 독자들마저도 압도해버리는 이 실감은, 박완서 문학의 한 절정이다. 위대한 민주화의 연대였던 1980년대가 적잖은 부모들에게는 다만 참척의 시절이기도 했음을, 그 고통을 보상해줄 수 있는 것은 이 세상 어디에도 없음을, 이 소설의 결말부는 착잡하게 증언한다.

> 전 그 울음을 통해 기를 쓰고 꾸민 자신으로부터 비로소 놓여난 것 같은 해방감을 느꼈어요. 그러고 나서 요 며칠 동안은 울고 싶을 때 우는 낙으로 살고 있죠. (……) 이제부터 울고 싶을 때 울면서 살 거예요. 떠내려갈 거 있으면 다 떠내려가라죠, 뭐. 아무렇지도 않은 것처럼 꾸미는 짓도 안 할 거구요. 생때같은 아들이 어느 날 갑자기 이 세상에서 소멸했어요. 그 바람에 전 졸지에 장한 어머니가 됐구요. 그게 어떻게 아무렇지도 않은 일이 될 수가 있답니까. 어찌 그리 독한 세상이 다 있었을까요, 네, 형님? 그나저나 그 독한 세상을 우리가 다 살아내기나 한 걸까요?(208~209쪽)

3

대표작 세 편은 각각 한국전쟁에서부터 개발독재 시대로 이어지는 어떤 욕망의 뿌리를, 산업화와 더불어 도래한 대중사회가 지핀 병리적인 욕망의 메커니즘을, 민주화 시대의 숭고한 희생들에 경의를 표하면서도 우리가 잊지 말아야 할 복구불가의 상처를 그린다. 1950년대에서 1970년대를 거쳐 1980년대에 이르는 시기 동안 우리가 살아내야 했던 한국사회의 한 단면을 예리하게 도려낸 사례들이다. 역사는 세상의 길 위에서도 흐르지만 인간의 마음속에서도 흐른다. 이 마음의 역사를 소설가가 아니면 누가 기록할 것인가. 또 우리는 한 사회학자가 "결국 사회학이 탐구해야 하는 최종 영역은 한 사회의 다양한 현상들을 발생시키는 원형적 에너지인 그 사회의 '마음'이 아닐까"라고 자문한 뒤 그 이유를 "근대사회의 모순과 병리를 해결하고자 등장한 사회학은 어느 수준에서 필연적으로 사회의 마음을 촉진觸診해야 하는 순간을 만나기 때문"이라고 대답하면서 '마음의 사회학'이라는 개념을 제창한 최근의 사례도 떠올리게 된다.[3] 선생의 소설이야말로 마음의 역사학, 마음의 사회학이라는 이름에 적실하게 부합하지 않는가.

결국 훌륭한 소설은 이 세상에는 소설만이 할 수 있는 일이 있다는 사실을 입증하는 소설이다. 사십여 년의 세월이 그 줄기찬 입증의 과정이었고, 그 입증의 성공은 소설가로서 선생이 늘 품고 있었던 자부심의 근거였다. 그럴 수 있기 위해 늘

3) 김홍중, 『마음의 사회학』, 문학동네, 2009, 7쪽.

견지해야 했던 작가로서의 긴장을 말년의 단편들에서도 여전히 목격한다. 쓰인 순서대로 읽자면 가장 먼저 펼쳐야 할 것은 「갱년기의 기나긴 하루」(『문학의문학』, 2008년 가을호)다. 며느리와 시어머니, 딸과 친정어머니 사이에 흐르는 미묘한 기류와 소통의 굴절을 날렵한 필치로 묘파하는 데 일가견이 있는 선생의 솜씨를 다시 증명하는 경쾌한 작품이다. 「석양을 등에 지고 그림자를 밟다」(『석양을 등에 지고 그림자를 밟다』, 현대문학, 2010)는 이승에서 선생이 쓴 마지막 소설인데, 마지막 소설이 '자전소설'의 형식으로 쓰인 것은 마치 그 무슨 필연처럼 느껴져서 숙연해지기까지 한다. 이미 많은 소설과 산문에서 상세하게 재현된 바 있는 팔십여 년 일생의 결정적인 순간들이 단편의 분량 안에 아름답게 갈무리돼 있다. 신작 세 편 중에서 아무래도 가장 뛰어난 작품은 이 두 작품 사이에 끼어 있는 「빨갱이 바이러스」(『문학동네』, 2009년 가을호)라고 해야 할 텐데, 이 작품은 선생의 대표작 목록에 올릴 수 있고 또 올려야 할 마지막 작품이 될 것이다.

강원도의 한 시골길을 지나치던 '나'는 버스정류장에서 세 여인을 만난다. 선생은 어딘가 야멸친 데가 있는 화자의 눈으로 이 세 여인의 특징을 경쾌하게 스케치한다. 소설을 특정 주어에 술어를 배당하는 작업으로 규정해본다면, 서술어를 (인물을 형상화하는) '주어 충전형 술어'와 (서사를 진행시키는) '플롯 전진형 술어'로 나눌 수도 있을 것이다.[4] 세 여인을 차례로 독자에게 소개하는 도입부의 몇 페이지는 바로 이 두 종류의 술어를 빈틈없이 교차 배열하는 데 능한, 그래서 인물이 형상화되는 와중에도 서사의 속도가 전혀 느려지지 않는 박완서 소설의 특별한 장점을 여실히 보여준다. 세 여인이 차례로 자신이 겪은 비극을 털어놓으면서 이야기는 궤도에 오르고, 제각각 하나의 단편소설이 될 만한 사연들이 선생 특유의 리드미컬한 독백 형식으로 짧고 깊게 요약된다. 세 여인의 사연은 각각 남편, 자식, 애인과 결부돼 있다. 마치 우리 시대 기혼 여성에게 닥칠 수 있는 가장 서글프고 기구한 이야기를 선별해놓은 듯 보이는 이 이야기들은 하나같이 예상을 배반하는 결말로 치달아 인간이라는 우주 어느 미답의 영역을 기어이 발굴해낸다. 그리고 나의 이야기가 시작된다. 서두가 이렇다.

그날 밤도 저 산봉우리들은 저러했을까. 그날 밤의 산봉우리는 저렇게 무심하지 않았다. 암벽은 곤두서 있었고 숲은 선혈이 낭자해서 몸을 뒤틀었다. 단풍철이었다고 해도 밤중에 붉은

4) 히라노 게이치로, 『소설 읽는 방법』, 양윤옥 옮김, 문학동네, 2011, 38쪽.

빛이 그렇게 드러나 보였을 리 없건만 내 심상엔 그렇게 남아 있다. 그날 밤 내 마음에 인화된 산이 진짜고, 여기 올 때마다 대하는 현실의 산이 가짜 같다. 마치 화집이나 미술관에서 세잔이나 고흐가 그린 풍경화를 보고 깊이 감동받은 일이 있다면 그후 그 그림에 영감을 준 현실의 경치 앞에 설 기회가 생겼을 때, 현실이 가짜고 그림이 진짜인 것 같은 착란이었다.(80쪽)

이후의 삶이 가끔 허깨비처럼 느껴질 정도로 일생을 두고 나를 괴롭혀온 그날 밤의 일은 무엇인가. 전쟁 당시 아버지가 북에서 내려온 삼촌을 삽으로 찍어 죽인 다음 마당에 묻었다는 믿음이 내게는 있다는 것. 사실 여부는 중요하지 않다. 평생을 시달려온 착란이라면 그것은 이미 사실보다 더한 사실이라고 해야 한다. 이 상처는 여성이기 때문에 겪은 것이라고 해도 될 세 여인의 그것과는 성격이 다르다. "문득 내 안의 상처가 남의 상처와 만나 하나가 되려고 몸부림치는 걸 느꼈다. 고약한 느낌이었다"(54쪽)에서 출발한 소설이 "어떤 상처하고 만나도 하나가 될 수 없는 상처를 가진 내 몸이 나는 대책 없이 불쌍하다"(91쪽)라는 참담한 확인으로 끝나는 것은 그 때문이다. 결국 당신의 최저심층에는 동족상잔의 와중에 겪은 참혹한 가족사가 있는 것이었고, 이것은 박완서 소설의 절대적인 근원이어서 쉽게 호환될 수 있는 성질의 것이 아니었을 것이다. 스무 살 박완서의 오빠가 이념 갈등의 와중에 참혹하게 죽으면서 남긴 상흔의 재현은 초기작 「부처님 근처」(『현대문학』, 1973년 7월호) 이래로 이 소설에 이르기까지 집요하게 반복되고 있는 셈이다. 스무 살에 전쟁을 겪은 이후로 영혼의 나이가 멈춰버렸다는 선생의 고백이 이런 맥락에서도 이해가 된다.

그러나 이 소설이 가족사의 변주이기만 한 것은 아니다. 선생이 이 소설에 '빨갱이 바이러스'라는 제목을 붙인 의도는 "아무에게도 발설하지 못한 골육상잔의 기억은 돌파구를 찾지 못해 나하고 한 몸이 되었다. 내 몸은 툭하면 떨리고 아팠다"(88쪽)나, "나의 입과 우리 마당은 동일하다. 둘 다 폭력을 삼켰다. 폭력을 삼킨 몸은 목석같이 단단한 것 같지만 자주 아프다"(90쪽)와 같은 문장에서 짐작할 수 있다. 이념 갈등이 동기간의 골육상쟁으로 치달은 당시의 기억이 '빨갱이'라는 단어에 응축되었고, 그 기억은 옛집 마당뿐만 아니라 나의 내면에도 묻혀 있어서 여전히 바이러스처럼 나의 고통의 원인이 되고 있다는 뜻일 것이다. 그렇다면 전쟁을 기억하는 노년 세대의 숫자가 점점 줄고 있으니 이제 전쟁의 상처는 아물고 있는 것이 아니냐고, 저 문제의 바이러스는 이제 박멸된 것이 아니냐고 말할 수 있는가. 당연히 그럴 수가 없다. 전쟁 이후 고착화된 분단체제가 그동안 한국사회의 전진을 얼마나 왜곡해왔는지를 지적하는 일은 새삼스럽고, '종북從北'이라는 낙인어烙印語가 여전히 횡행하는 현실을 보건대 그 상황이 진행형이라는 사실을 지적하는 일은 서글프다. 평화적인 방식으로 그 병인을 영구 제거하자는 것이 이 제목의 취지이기도 했을 것이다. 이 작품은 우선 선생의 문학적 근원을 재확인하는 소설로 읽히겠지만, 나는 이 소설에 다음 세대를 향한 선생의 간곡한 당부도 담겨 있다고 믿는다.

4

일 년 전 이맘 때 쓴 짧은 글을 이렇게 끝냈었다. "선생의 문학은 장악掌握의 문학이다. 국어사전에 '장악'은 '손안에 잡아 쥔다는 뜻으로, 무엇을 마음대로 할 수 있게 됨을 이르는 말'이라 풀이돼 있다. 선생의 손바닥 위에 올라가면 모든 게 다 문학이 되었다. 그 손으로 선생은 지난 사십 년간 역사와 풍속과 인간을 장악해왔다. 그 책들을 읽으며 우리는 살아온 날들을 부끄러워했고 살아갈 날들 앞에 겸허해졌다. 선생이 남긴

수십 권의 책들은 앞으로도 한국사회의 공유 자산으로 남아 우리들 마음공부의 교본이 될 것이다. 우리는 원로 작가 한 분을 떠나보낸 게 아니라 당대의 가장 젊은 작가 하나를 잃었다. 이 나라의 가장 거대한 도서관 하나가 무너져내린 것처럼 쓸쓸하다."(한겨레21, 847호) 나를 포함한 모두가 함께 느꼈을 깊은 상실감을 도서관의 붕괴 운운해본 것이었다. 이제는 이렇게 고쳐 말하고 싶다. 선생의 전집 삼십여 권을 내 앞에 쌓아놓고 있는 지금, 나는, 이 나라 소설사에서 가장 빛나는 성채 하나가 끝 모를 높이로 솟아 있는 장면을 보고 있다. 저 높은 곳에 언제쯤 올라갈 수 있을까. 선생의 1주기를 맞아 그 성채의 기단 언저리에 이 소박한 글을 내려놓는다.

1931년 10월 20일 경기도 개풍군 청교면 묵송리 박적골에서 출생. 아버지 박영노(朴泳魯), 어머니 홍기숙(洪己宿). 열 살 위인 오빠 있음.

1934년 아버지 별세. 어머니는 오빠만 데리고 서울로 떠남. 조부모와 숙부모 밑에서 어린 시절을 보냄.

1938년 서울로 와서 살게 됨. 매동국민학교 입학.

1944년 숙명여고 입학.

1945년 소개령(疎開令)이 내려져 개성으로 이사, 호수돈여고로 전학. 고향에서 해방을 맞음. 서울로 와 학교를 계속 다님. 여중 5학년 때 담임을 맡은 소설가 박노갑 선생에게서 많은 영향을 받음.

1950년 서울대학교 문리대 국문과 입학. 6월 초순에 입학식이 있어서 학교를 다닌 기간은 며칠 되지 않음. 전쟁으로 오빠와 숙부가 죽고 대가족의 생계를 책임지게 됨. 미군 부대에 취직, 미8군 PX(동화백화점, 곧 지금의 신세계백화점 자리)의 초상화부에 근무. 거기서 박수근 화백을 알게 됨.

1953년 호영진(扈榮鎭)과 결혼, 이후 1남 4녀의 자녀를 둠(1954년 원숙, 1955년 원순, 1958년 원경, 1960년 원균, 1963년 원태).

1970년 『나목』으로 『여성동아』 여류장편소설 공모에 당선.

1975년 남편이 사기사건에 연루되어 옥바라지를 함. 『도시의 흉년』을 『문학사상』에 연재.

1976년 첫 소설집 『부끄러움을 가르칩니다』(일지사) 출간. 『휘청거리는 오후』를 동아일보에 연재.

1977년 남편의 옥바라지 체험을 바탕으로 전해에 발표했던 단편소설 「조그만 체험기」에 얽힌 기사가 일간지에 실렸는데, 개인의 명예를 생각하지 않고 검찰측의 입장만 밝혀서 문제가 됨. 『휘청거리는 오후』(창작과비평사, 전2권), 중편집 『창밖은 봄』(열화당), 산문집 『꼴찌에게 보내는 갈채』(평민사), 『혼자 부르는 합창』(진문출판사) 출간.

1978년 소설집 『배반의 여름』(창작과비평사), 장편소설 『목마른 계절』(원제 『한발기』, 수문서관), 산문집 『여자와 남자가 있는 풍경』(한길사) 출간.

1979년 『도시의 흉년』(문학사상사, 전3권), 『욕망의 응달』(수문서관, 이 책은 1985년 같은 출판사에서 『인간의 꽃』으로, 1989년 원제대로 우리문학사에서 재출간), 창작동화 『달걀은 달걀로 갚으렴』(샘터, 『마지막 임금님』으로 재출간) 출간.

1980년 「그 가을의 사흘 동안」으로 한국문학작가상 수상. 전해부터 동아일보에 연재했던 『살아 있는 날의 시작』(전예원) 출간. 『오만과 몽상』을 『한국문학』에 연재.

1981년 「엄마의 말뚝 2」로 제5회 이상문학상 수상. 제5회 이상문학상 수상작품집 『엄마의 말뚝 2』 출간. 『도둑맞은 가난』(민음사, 『나목』이 재수록되어 있음), 콩트집 『이민가는 맷돌』(심설당) 출간. 20년간 살던 보문동 한옥을 떠나 강남의 아파트로 이사.

1982년 10월, 11월 문공부 주최 문인해외연수에 참가하여 유럽과 인도를 다녀옴. 소설집 『엄마의 말뚝』(일월서각), 장편소설 『오만과 몽상』(한국문학사, 1985년 고려원에서 같은 제목으로 재출간), 산문집 『살아 있는 날의 소망』(학원사) 출간. 『그해 겨울은 따뜻했네』를 한국일보에 연재.

1984년 7월 1일 영세 받음. 풍자소설집 『서울 사람들』(글수레) 출간.

1985년 11월에 '일본 국제기금재단'의 초청으로 일본을 여행함. 장편소설 『서 있는 여자』(학원사, 『떠도는 결혼』과 동일 작품), 작품선집 『그 가을의 사흘 동안』(나남) 출간.

1986년 산문집 『서 있는 여자의 갈등』(나남), 소설집 『꽃을 찾아서』(창작사, 1982년에서 1986년 사이에 창작한 중·단편 수록) 출간.

1988년 남편과 아들을 연이어 잃음. 서울을 떠나는 일이 많아짐. 미국 여행을 다녀옴. 『문학사상』에 연재하던 『미망』을 10월부터 다음해 6월까지 쉼.

1989년 『그대 아직도 꿈꾸고 있는가』를 여성신문에 연재. 장편소설 『그대 아직도 꿈꾸고 있는가』(삼진기획) 출간.

1990년 『미망』(문학사상사, 전3권) 출간. 이 작품으로 대한민국문학상 우수상을 수상. 산문집 『나는 왜 작은 일에만 분개하는가』(햇빛출판사) 출간. 『그대 아직도 꿈꾸고 있는가』의 성공으로 출판사 주최 성지순례 해외여행을 다녀옴.

1991년 회갑 기념 소설집 『저문 날의 삽화』(문학과지성사), 콩트집 『나의 아름다운 이웃』(작가정신) 출간. 장편소설 『미망』으로 제3회 이산문학상 수상 .

1992년 『그 많던 싱아는 누가 다 먹었을까』(웅진출판사), 『박완서 문학앨범』(웅진출판사) 출간.

1993년 「꿈꾸는 인큐베이터」(『현대문학』 1월호)로 제38회 현대문학상 수상. 제38회 현대문학상 수상작품집 『꿈꾸는 인큐베이터』(현대문학) 출간. 제19회 중앙문화대상(예술 부문) 수상. 장편소설 『휘청거리는 오후』를 제1권으로 『박완서 소설전집』(세계사) 출간 시작. 소설전집 제 2·3·4·5권으로 장편소설 『도시의 흉년』(상·하), 『살아 있는 날의 시작』 『욕망의 응달』 출간.

1994년 「나의 가장 나종 지니인 것」(『상상』 창간호, 1993)으로 제25회 동인문학상 수상. 제25회 동인문학상 수상작품집 『나의 가장 나종 지니인 것』(조선일보사), 소설집 『한 말씀만 하소서』(솔), 창작동화 『부숭이의 땅힘』(한양출판사), 소설전집 제6·7·8·9권으로 장편소설 『목마른 계절』, 소설집 『엄마의 말뚝』, 장편소설『오만과 몽상』『그해 겨울은 따뜻했네』 출간.

1995년 장편소설『그 산이 정말 거기 있었을까』(웅진출판사), 산문집『한 길 사람 속』(작가정신) 출간.「환각의 나비」(『문학동네』 봄호)로 제1회 한무숙문학상 수상. 소설전집 제10·11권으로 장편소설『나목』『서 있는 여자』 출간.

1996년 소설전집 제12·13권으로 장편소설『미망』(상·하) 출간.

1997년 티베트, 네팔 여행기『모독冒瀆』(학고재), 동화집『속삭임』(샘터) 출간. 장편소설『그 산이 정말 거기 있었을까』로 제5회 대산문학상 수상.

1998년 산문집『어른 노릇 사람 노릇』(작가정신) 출간. 보관문화훈장(문화관광부) 받음. 소설집『너무도 쓸쓸한 당신』(창작과비평사) 출간.

1999년 묵상집『님이여, 그 숲을 떠나지 마오』(여백) 출간.『너무도 쓸쓸한 당신』으로 제14회 만해문학상 수상.『박완서 단편소설 전집』(문학동네, 전5권) 출간.

2000년 장편소설『아주 오래된 농담』(실천문학사) 출간. 제14회 인촌상 수상.

2001년 단편소설「그리움을 위하여」(『현대문학』 2월호)로 제1회 황순원문학상 수상.

2005년 기행산문집『잃어버린 여행가방』(실천문학사) 출간.

2006년 『박완서 단편소설 전집』 개정판(문학동네, 전6권) 출간. 서울대학교 명예문학박사학위 수여. 제16회 호암상 예술상 수상.

2007년 산문집 『호미』(열림원), 소설집 『친절한 복희씨』(문학과지성사) 출간.

2009년 동화집 『세 가지 소원』(마음산책), 장편동화 『이 세상에 태어나길 참 잘했다』(어린이작가정신) 출간. 『문학동네』 가을호에 단편소설 「빨갱이 바이러스」 발표.

2010년 산문집 『못 가본 길이 더 아름답다』(현대문학) 출간.

2011년 1월 22일, 담낭암 투병중 향년 81세를 일기로 별세. 1월 24일, 정부로부터 금관문화훈장을 추서받음.

2012년 산문집 『세상에 예쁜 것』(마음산책), 마지막 소설집 『기나긴 하루』(문학동네) 출간.

2013년 『박완서 단편소설 전집』 개정판(문학동네, 전7권), 소설집 『노란 집』(열림원) 출간.

2014년 티베트, 네팔 여행기 『모독』, 산문집 『호미』 개정판(열림원), 그림동화 『엄마 아빠 기다리신다』(어린이작가정신) 출간.

2015년 『박완서 산문집』(문학동네, 전7권), 그림동화 『이 세상에서 제일 예쁜 못난이』 『7년 동안의 잠』(어린이작가정신) 출간.

2016년 대담집 『우리가 참 아끼던 사람』(달) 출간.

2017년 소설집 『꿈을 찍는 사진사』(문학판), 그림동화 『노인과 소년』(어린이작가정신) 출간.

2018년 『박완서 산문집』 제8 · 9권 『한 길 사람 속』 『나를 닮은 목소리로』(문학동네), 대담집 『박완서의 말』(마음산책) 출간.

2020년 『프롤로그 에필로그 박완서의 모든 책』(작가정신) 출간.

박완서(1931~2011)
1970년 불혹의 나이에 『나목裸木』으로 『여성동아』 장편소설 공모에 당선되어 문단에 나온 이래 2011년 영면에 들기까지 40여 년간 수많은 걸작들을 선보였다. 『부끄러움을 가르칩니다』 『배반의 여름』 『엄마의 말뚝』 『그해 겨울은 따뜻했네』 『그 많던 싱아는 누가 다 먹었을까』 『그 산이 정말 거기 있었을까』 『친절한 복희씨』 『기나긴 하루』 등 다수의 작품이 있고, 한국문학작가상 이상문학상 대한민국문학상 이산문학상 중앙문화대상 현대문학상 동인문학상 한무숙문학상 대산문학상 만해문학상 인촌상 황순원문학상 호암상 등을 수상했다. 2006년, 서울대 명예문학박사학위를 받았다.

문학동네 소설집
기나긴 하루

1판 1쇄 | 2012년 1월 20일
1판 26쇄 | 2023년 11월 21일

지은이 박완서
책임편집 조연주 | 편집 백다흠
디자인 송윤형 유현아 | 저작권 박지영 형소진 최은진 서연주 오서영
마케팅 정민호 서지화 한민아 이민경 안남영 왕지경 황승현 김혜원 김하연 김예진
브랜딩 함유지 함근아 고보미 박민재 김희숙 박다솔 조다현 정승민 배진성
제작 강신은 김동욱 이순호 | 제작처 (주)상지사P&B

펴낸곳 (주)문학동네 | 펴낸이 김소영
출판등록 1993년 10월 22일 제2003-000045호
주소 10881 경기도 파주시 회동길 210
전자우편 editor@munhak.com | 대표전화 031)955-8888 | 팩스 031)955-8855
문의전화 031) 955-2696(마케팅) 031) 955-8864(편집)
문학동네카페 http://cafe.naver.com/mhdn
인스타그램 @munhakdongne | 트위터 @munhakdongne
북클럽문학동네 http://bookclubmunhak.com

ISBN 978-89-546-1738-3 03810

www.munhak.com